中国作家协会 2020 年度少数民族文学重点作品扶持项目

鲍坪记

谭功才◎著

天津出版传媒集团
百花文艺出版社

图书在版编目(CIP)数据

鲍坪记 / 谭功才著. --天津: 百花文艺出版社, 2024.6

ISBN 978-7-5306-8857-1

Ⅰ. ①鲍… Ⅱ. ①谭… Ⅲ. ①散文集-中国-当代 Ⅳ. ①I267

中国版本图书馆 CIP 数据核字(2024)第 105773 号

鲍坪记

BAOPING JI

谭功才 著

出 版 人： 薛印胜

责任编辑： 王 欣 **设计制作：** 景秀文化

出版发行： 百花文艺出版社

地址： 天津市和平区西康路 35 号 **邮编：** 300051

电话传真： +86-22-23332651（发行部）

+86-22-23332656（总编室）

+86-22-23332478（邮购部）

网址： http://www.baihuawenyi.com

印刷： 四川科德彩色数码科技有限公司

开本： 889 毫米×1194 毫米 1/32

字数： 206 千字

印张： 9.5

版次： 2024 年 6 月第 1 版

印次： 2024 年 6 月第 1 次印刷

定价： 69.00 元

如有印装质量问题，请与四川科德彩色数码科技有限公司联系调换

地址：成都市郫都区成都现代工业港北片区港北二路 551 号

电话：（028）86009394

邮编：611730

目　录

第一辑：地理志

第二辑：植物志

第三辑：生命志

第四辑：风物志

第五辑：人物志

第六辑：事件志

第一辑：地理志

粟　谷　坝

武陵山区地貌往往是两山夹一河，站在河北岸山顶可以喊得应对岸山顶，走起来少则个把小时，多则大半天甚至一整天。五十年前，我老师和我老师的老师曾站在海拔一千多米的鸦鹊山，俯瞰着眼皮底下的青龙河即兴吟诗。师爷吟：“青龙有座鸦鹊山，离天只有三尺三，下去擦背脊，上来顶鼻梁。”老师吟：“硝洞有条粟谷河，两岸尽是麻岩壳，喝的懒豆腐，吃的马尔科（方言指洋芋）。”粟谷河穿过硝洞公社门口的坝子，便被人们称为粟谷坝了。

如果说清江是长江中游最大的一条支流，那么全长几十公里的粟谷河最多就是清江的一条小支流而已。粟谷河究竟发源于官店哪个具体位置，这种溯源似乎并无多大意义，就像人类追寻自己的源头，至今也多是推测而已。不过我很清楚粟谷河汇入清江的位置，就在姑父家门前的阳门峡。这又有点儿像我或者我们很多人非常清楚自己当下所处的位置，至于接下来要去往哪里，终究是个模糊甚至缥缈的东西。

早年曾听父亲说粟谷河发源于一个叫坛子孔的地方，四十年前父亲和堂兄去那里伐木过。因为其地貌特殊，又因为那时山林较原始，所以每年春夏之交的特大暴雨都会引发山洪。山洪冲来一批又圆又粗的木材，那是上游人家准备建房子堆放在河边的木材。我读小学时曾见证过一次山洪，看到过它裹挟而来的家具、牲畜之类。粟谷河边的人家，便自制了竹筏，拖着一头带有爪钉的竹篙，去泥浆子水里捞取这些“意外之财”。随洪水卷来的还有乱七八糟的渣子，最后一股脑儿堵在了阳门峡十来米宽的入口，甚至淹到了粟谷坝下游洲子边上几十户人家住房的二楼。

粟谷河从海拔一千多米的坛子孔发端，在短短几十公里便将身段放在了海拔不到八百米的粟谷坝，它那激越的势态一下子就变成S形，体态优美地躺在粟谷坝中间。而上游随河水冲刷来的泥土，在这里经年累月淤积成平整且土壤肥沃的坝子，滋养着粟谷河两岸几百户人家。

粟谷河两岸不知何时生长出两排垂柳，每到春夏，和那些苹果、柑橘等果木一起，将粟谷坝描绘成一幅美丽的风景画。沿河两岸随山的走向，分布着各式结构的楼房。或一明两暗的土木结构石板屋，或一明两暗的石木结构瓦房，或全木结构四合院，甚至还有用粟谷河的鹅卵石碎石和水泥混合搅拌后砌成的混凝土结构平房，高矮相间，大小不一，颜色深褐，形态各异。顺着并不宽敞的沙石路前行，几乎每家门前都有竹枝或杂柴枝围成的菜园。那些觅食的鸡们见无法闯进菜园，便占据着公路，任意泼洒它们的排泄物。有人路过，它们也不慌不忙，只顾择食，还大摇大摆，俨然与己无关。天热的季节，靠近路边的猪圈、牛圈、羊圈大都会散发出独特的气味，与粟谷坝凝滞的空气融为一体。人口密集的阳家街路段，一到雨季便积水严重，于是人们用石头或者断砖铺好门前道路，方便自己出入的同时，也为来往的行人提供了落脚的便利。也许是因为早已习惯这种环境，他们接纳了这里的所有，包括偶尔被路过的拖拉机溅满一身泥浆这样的糟心事。他们也可以沉浸在一种少有的幸福之中。毕竟，他们是乡人眼里坐街的幸福人家。

站在粟谷坝东面慢阳坡上的岩洞门口，一眼望上去，两排古典和现代风格交织的各式民房与果林互相掩映。每到春夏，桃花、梨花、樱花，在明媚阳光下次第开放，与水上的小桥、桥上的行人，以及在水里的倒影，互相映衬，极具画面感。

这是一个旧时硝洞人民公社的驻地，如果再往前延伸，就是乡公所了。无论是去乡公所还是去公社，通常都会说去粟谷坝。那条流淌了几千甚至几万年的河流呢？从未有过自己的名字，甚至连小名都没有，每次必须要说到那条河，就说“粟谷坝河里”，姑且就叫粟谷河吧。粟谷坝才是这个地方的主体或者主人，而粟谷河不过依附了粟谷坝而已。

粟谷坝对面不远的鸦鹊山脚下，是另一条唤作青龙河的清江支流，再翻过马头山便是宋朝宰相寇准曾任过县令的巴东县了。于我而言，对粟谷坝真正的记忆，则始于 20 世纪 70 年代初期。那时硝洞人民公社曾设址于粟谷坝，准确地说，叫星光大队，粟谷坝仅仅是几个生产小队的总称而已。这个极具时代特色的名字，随着后来的“撤社并区”而成为历史。而我的出生地鲍坪，就在粟谷坝对面那个叫麻岩包的地方。以山里人的速度，从鲍坪到粟谷坝，一溜儿的陡坡，几个“飞蹦”就到了，算算时间，不过十来分钟而已。如果要上街，那就有点儿远了——粟谷坝有一条阳家街，但那算不上真正的街。

上街要么去景阳，要么去官店，无论去哪边都得翻山越岭，走十几公里的山路。且不说我们这些细娃儿，好多上了年纪的人也没去过。该卖的东西或者该买的东西，一般去粟谷坝就能解决，无非就是柴米油盐酱醋茶这些生活必需品。

粟谷坝是麻雀虽小但五脏俱全，有公社的常设机构。车站？车站确实没有。全公社就几台拖拉机，哪里还要车站？随便一个空地就能停。农机站倒是有，车坏了得去那里修嘛。说是农机站，几乎就一空架子，连墙壁上都是黑黢黢的机油，一看就是手揩上去的，这里一块，那里一坨。学校倒是蛮有气势，那时啥都缺，唯独不缺人。不到万人的公社，竟设有好几所初中，“农业学大寨”那阵子，还设了“五七”高中，不少初中水平的教师堂而皇之地成了高中教师。其实，那时的高中生大部分时间在葛藤坡开荒种地，谓之德智体美劳全面发展。葛藤坡位于现在的蝴蝶岩核心景区，那是偏僻的地方，如今却被打造成了旅游度假胜地。

因为地势相对平缓，粟谷坝实际上就是整个硝洞公社的“政治经济文化中心”，其辐射范围可至方圆十几公里的一百多个生产队，包括今天的摩峰、青龙、栗子坪、硝洞坪、谢家湾、桐子沟等地。整个公社除了摩峰有个小卖部外，其他小卖部全集中在粟谷坝沿河两岸一公里长的路段上。这些小卖部通常仅卖针头线脑日用小百货，稍微上档次的商品，是要到十几公里外的下渡坪或者官店口去买的。

粟谷坝最热闹的时候，莫过于夏秋两季交公粮的时节。四面八方的农民莫不披了牛皮坎肩，背上的竹篾做的脚背篓上架起山一样的麻包，腰里别着底部带有铁钻的打杵，先是一个人上路，走着走着就不断有人加入。吃公粮是所有农民一生的梦想，但也仅仅停留在梦里，生存的尴尬和窘迫使得他们很难在孩子们身上下本钱，残存的一线希望，就得看祖坟上能否冒出青烟，儿女中奇迹般蹦出个大学生来。

种粮食讲究颇多，交粮食也有学问。粮所仓库前一字排着数部风车，顶上有斗可装百十来斤粮食，风车正面是手摇柄和手动闸门，闸门和摇柄互相配合，风的力量便把粮食分为两个等级，从不同的漏斗流出。二道口里的次等品粮所不收，因此粮官是个肥缺。“尖脑壳”懂得这学问，就不至于杭育杭育地把次等品往家里驮。这把戏当然瞒不了农民，他们不敢也不愿做出头鸟，他们知道关系一旦弄僵反而后半辈子更倒霉——按照那时的惯例，粮官退休后，一般都是“带把儿”的顶班，秤砣依然捏在人家手里，农民只有忍的份儿。

说到粮所，免不了勾引出我初中生活那段插曲。初三同桌是我远房表兄，他爸正是粮官。表面上我们的确还存在一层亲戚关系，事实上他处处都在极力显示自己的优越感。我曾经在一节晚自习下课后跟着表哥去粮所用公家的菜油炸洋芋，他分明就是用油在我面前摆阔绰。想起荒月里一大家子人一个月也不曾吃到那么多菜油，我当时非常恨他。他是全班唯一用计算器计算算术题的。因为同桌，我顺手就在某天下午偷偷用了一下他的计算器，然后再放回原位，谁知第二天早上，计算器就不见了。我也承认头天下午用过，可无论如何他都认定是我偷了，得照价赔偿。且不说我家里连买盐的钱都一直吃紧，单是这事若让父母知道，我绝对会脱掉一层皮。此事的淤积发酵最终导致我那年中考一败涂地。这是后话，不说也罢。

农民们七曲八折将公粮交脱了，沉在心底的石头终于落地，长舒一口气，这才放下脚背篓踏踏实实坐下来，从荷包里掏出一个黑包，层层打开，取一截叶子烟在口中哈气滋润一下，然后卷成长长的“喇叭筒”，边抽烟边讲些年岁收成的话题，从麦子讲到红苕，又从红苕讲到老前辈，最后落到女人七长八短的话题上，脸上便多少有些眉飞色舞，先前的种种不快就这样淡化了不少。

粟谷坝也有饭馆，两三家而已，乡人管去那地方叫上馆子。饭馆里多卖馒头、包子或者面条，也有小炒，菜式与农家的并无二致，只是天天有或瘦或肥的新鲜猪肉罢了。乡人却少有进里面的，即便亲戚或熟人在里面，也就扶着门枋打个招呼亲热一下。他们说做生意的都是“尖脑壳”。婆娘们攥着角票，差不多捏出水来，才买上一两个包子或者馒头，那多是临出家门前娃儿哭着赶路脱不开身，只得连哄带骗说：“噢噢噢，娃莫哭，娘回来给你们买馒头。”买了馒头包好，又折身去供销社称盐打煤油买针头线脑，做这些婆娘们分内的活计。上馆子的多是政府的同志，或者倒卖白肋烟的贩子。当然，也不乏靠种烟叶发了点儿小财的农民，索性“敞开”吃一顿，犒劳一下辛苦了大半年的自己。

粟谷坝的鼎盛时期应该是20世纪80年代中期。整个鄂西州（今恩施州）刮起了一股强劲的白肋烟叶种植风。地处二高山的硝洞公社，成为整个景阳区烟叶重点种植基地之一，迎来了历史上的黄金发展时期。一时间，在政府的号召下，每家每户预留了少量土地，无一例外都种上了白肋烟。一时间，公路边的石壁上、农舍土墙上，但凡显眼位置上全是石灰浆刷成的宣传标语和口号。一时间，无论走到哪里，涌入眼帘的都是青吼吼的烟苗。一时间，每个公社至少新增一到两个烟草收购站，或曰烟草站。一时间，不少有关系、有后台的农民摇身一变成了烟草站的合同工。一时间，仅粟谷坝周边就诞生了不少“万元户”。新房子在不断建成，收录机在一日日增多。人在田间劳作，那收录机的声音也开得老大，老远都听得见李玲玉那甜甜的歌声：“夏天夏天悄悄过去留下小秘密……”

山里人此前只听说过或偶尔见过小小的收音机，哪见过这种有收录放三种功能的洋玩意儿！乡人因此称之为“三洋”。这“三洋”是有意蕴的。乡人将有点钱有点本事又喜欢张扬的称为“二洋”或者“二嘚”。那“三洋”呢？自不必说就是“洋”的最高级形式了。谁家买了“三洋”，说话的声音都要高八度，屁股后面近不得人了。即便同是“三洋”，又有两个喇叭、四个喇叭、六个喇叭之分。你在东边山头，我在西边山头，他在北边山头，暗地里都较着劲哩。

有了点钱，就要买大米，整袋整袋买回来，那才叫一个气势。粟谷坝地平，按理说是产大米的好地方。事实上整个坝子就水田坪那个小地方产点大米。现在的情况是，摩峰一带产白肋烟的地方买大米多用拖拉机拉，这让粟谷坝人眼睛红红的。山妹子的“身价”也随着烟价的提升而倍涨，无论哪家媒婆来提亲，必言“三转一响”，即缝纫机、自行车、手表和收录机，少了任何一样都有悔亲的风险。

如果窄窄的粟谷河两岸到处都是背着大大的麻包或花筐的人在攒动，那么毫无疑问是烟叶收购旺季逼近了，这也是那些小卖部或者饭馆一年中最盼望的季节了。烟草站从早上八九点钟一直到临近天黑，除去午饭时间短暂的安宁外，都是闹哄哄的。原来的农机站稍加改装便成了粟谷坝烟草收购站。站内墙壁上展示着不同级别的标准样品，将一株烟上的烟叶分成了若干个等级。顶级的四块多钱一公斤，末级的大约是三毛二分钱。末级的一般而言要么是脚叶子烟，要么就是顶部的收尾烟。有了若干等级便会衍生出若干的可能性。于是，就有尖脑壳趁着黢黑的夜晚，将家里上好的腊猪蹄，或是攒了又攒连娃儿生病也舍不得吃的鸡蛋，送给那些洗脚上田的收购员。

粟谷坝代表性的建筑物，当属那座五层高红墙黄瓦的公社办公楼。公社刚成立那阵子，政府的人全挤在旁边一幢两层全木结构的低矮楼房里，冬天取暖必用煤炭或木炭，安全隐患十分突出。刚好那几年经济呈现历史性的好转，政府便召集乡里手艺最高的木、石二匠，他们个个施展绝手好艺，将一块块炸出的奇石砌成近二十米高壁面耐看的石墙屋。墙身的搓沙上了红色涂料，然后用雕刀做成大小一致的条块，整座大楼看上去就像用红砖砌成，在夕阳的照射下更显肃穆端庄。建筑物正前方大门门楣上挂着几块木牌子，上面有用油漆喷成的两行大字。

又一年春天来临，各级干部按惯例要去各自挂钩点实施新一年的烟叶种植计划。建始县是全国白肋烟种植基地。为了脱贫致富，建始县根据各个镇区的气候和土质等综合因素，下达了烟叶种植任务，作为考核干部的指标。按理而言，许多农民尝到了种烟的甜头，政府不必再像从前那样声势浩大地广泛动员农民种植了。

就整体而言，农民的生活水平较之往年有所提高，毕竟种一亩烟尚可弄到几百块钱，起码手头上要活泛得多，不再为最基本的柴米油盐过度犯愁。那些年除了种烟，还有部分农民早年种了杜仲、黄柏或者芍药，也都或多或少赚了些钱。然而，这些作物产量毕竟有限，而且生长期较长，农民们一时想不到更好的办法，于是，又有尖脑壳开始谋划新的门路。

那年，有位唤作杨大安的跛脚后生，跟他回来探亲的叔父去了趟河南，回来便将自家妹子送去了那边。他一个劲儿吹着河南的种种好处，什么一马平川、一眼望不到边际的大平原啊，全年吃着米饭和馒头啊，婆娘们一年四季只要在家弄弄饭，照顾一下娃儿就行，甚至连猪也不用喂……直听得不少十七八岁的山妹子心头痒痒的。要知道，山区山高路陡石头多，出门就爬坡，婆娘们一年四季就守在家里弄饭喂猪，连灶门槛也没有跨出过几回，上顿下顿活渣苞谷面饭满口钻，能吃上软和的米饭和馒头无异于过上了城里人的生活。据说跛脚后生送他妹子去那边，男方一下就给了几千块钱的彩礼，这在当时的粟谷坝无异于爆炸新闻。要知道，几千块钱对毫无门路的一个家庭来说，那是相当诱人的一个数目。还听说山外的世界跟电影里一样，每天骑自行车按时上下班，星期天还可以到公园里散步，或者在凉亭里玩耍，那是多好的日子啊。山妹子纳着纳着鞋底就把手指给扎了，这才想起眼前的现实，禁不住又心里没底，慌忙起身去看煮在锅里的猪食，原来火早灭了。

粟谷坝人嫁姑娘一般局限于坡田坎下，当然，能“下嫁”到清江南北两岸的低山，就是掉进了“福塘”里。如若谁家把闺女嫁给远方的男人，一辈子在人面前抬不起头，甚至会被唾沫星子淹死。做父母的自然也听人说过，山外有轮船、火车、飞机以及许许多多连名字都说不全的好东西，但那毕竟太遥远了，遥远得叫人一点都不敢相信。

那年冬天，山里很冷，粟谷坝沿河两岸寒风刮得凄厉。湖南方向来的猪贩子在粟谷坝一带收购年猪往大地方贩运，水田坪只读了几年书的英子，趁走亲戚的父母未回，偷偷将两百多斤的年猪卖给了猪贩子，然后就跟人跑了。再过几年，英子带着孩子和丈夫回粟谷坝探亲，乡亲们这才晓得她跑到河南的一个地方，天天吃上了馒头和面条。木已成舟，做父母的总算见到了消失已久的闺女，看看眼前乖巧的小外孙子，再听着闺女描绘了外面的世界，悲喜交加的泪水就哗哗直流。

接下来就到了“撤社并区”。硝洞公社和附近的几个公社合并成景阳区，隶属县政府，硝洞公社好多部门全搬到了区公所，仅在粟谷坝留下部分代办点之类的机构。当初那些耀眼的建筑，随着年轮的缓缓推进逐渐黯淡下来。原本就不太平整的通向山外的唯一公路，也日渐露出本来面目，让人看着都会浑身不舒畅。水沟长时间无人清理，一到雨季，山上汇聚的水得不到及时疏通，将原本就不多的沙石泥土冲刷殆尽，只留下面目狰狞的石头，高昂着倔强的头颅，在湛蓝而深邃的天空下格外显眼。偶有拖拉机运送粮油或是煤炭、水泥经过，在这些与山路并无二致的毛公路上，跳着一种奇特的舞蹈。那支长长的朝向天空的烟囱，哮喘一般，不断排泄出浓浓黑烟。车上仍旧坐满了乡人，正随着拖拉机的东倒西歪毫无规则地摇摆。偶有东风汽车从那个熟悉得不能再熟悉的牛鼻子洞垭口冒出，正在田间种地的驻锄观望良久，往往要等其走过那段“之子拐”，再走一段平路，一直稳稳当当停在政府门口，听那汽车放完一声长长的响屁，这才想起手中的薅锄把握了很久。

说来也颇有意思，尽管粟谷坝只剩下供销、粮所、医院、学校、邮局等单位，流动人口也少得可怜，但只要有汽车来此，人们终究还是感觉到了作为粟谷坝的一分子，有着某种意义上的存在感，且由此衍生出些许的自豪。粟谷坝人的这种感觉当然只是暂时的，往往会随着汽车的离开而再一次陷入空荡失落中，那种“庭院深深深几许”的愁绪，就再也不肯轻易走开了。每遇夏季，粟谷坝的太阳因其地理位置的凹陷而格外火辣，苞谷芜子常被晒得卷成喇叭筒状，知了们全躲进了河边的杨柳树林里，看得见的只有空气中晃动的火苗子，似要吞噬坝子里的一切。供销社后铁匠铺里发出“叮——当——叮——当——”的打铁声，时断时续地提醒着人们，这是一个炎热夏季的正午天。尔后，河边石拱桥下那家裁缝店，也有阵阵轰隆声传来，与铁匠铺里有气无力的叮当声懒洋洋地呼应着。

原本这跨度百米的水泥桥也算是一座有故事的桥了，只因故事的颜色呈现不出桃花的粉红，粟谷坝人提不起太大兴趣。再穷再苦的山旮旯，两性话题一样能激发出人的各种潜能。比如桥下的裁缝铺，缝纫机那轰隆隆的声音，便能将这里的风闻逸事传到一百多公里外的县城。早年的裁缝师傅就是老板娘，嫁了个在县城上班的工人，种种原因导致她没能跟老公去县城里住，便在粟谷坝河边开了这间裁缝店，过着两地分居的日子。也许是老公常年难得回来几趟，寂寞难耐的老板娘与本村一小伙产生了感情。那小子个头一米九以上，先是在老板娘家做帮工，后来便顺理成章地成了老板。如果此事就此结束，也并无甚新意，粟谷坝和更远地方的桌上，也仍是淡淡的白开水一杯。话说后来，这老板娘的儿子长大去县城投靠生父，在一家工厂里做事。这小子其他本事没啥，追女孩子却是无师自通。人们更愿意相信这段“佳话”，因为它比粟谷坝那些“佳话”更具穿透力。

夜晚的粟谷坝总算有了些许氛围。安置在政府五楼东窗的高音喇叭，一般都会准点响起，除非那个管广播的伯伯出差或是回了青龙河老家。粟谷坝是个狭长且凹陷的平坝，高音喇叭的声音顺着河流的走向，一直可以传递到关家垭那个大岩洞。微微的凉风这个时候开始酝酿，正在吃饭的人们腾出左手一边摇着蒲扇，一边听着喇叭里的新闻、时事，间或也发表观点，表明自己也算得上是有“哈数”的人。在粟谷坝说某个人有点“哈数”，无疑是对那个人持一种肯定和赞赏的态度。紧接着，就有穿着裤衩光着身子肩上搭了毛巾的男人们，两趾夹着一根筋的拖鞋，扑沓扑沓往粟谷河边走。不出两三分钟，就听见扑通通的声音传来，不消说是在老桥下面洗澡。

平时家长和学校对娃儿看得甚紧，别看粟谷坝这条河沟沟不深，几乎每年都要淹死个娃儿。养猪场转弯的那地方有个绿荫塘，水深至少三米，一扇岩壁斜罩着伸进水底，不会水的常在这里就被水神收走了。晚上在河里洗澡，自然有会水的家长带着，在外围浅水区嬉戏。大人们则在深水区比拼着水技，或扬手，或仰泳，或潜水，或鼓波浪。沉闷燥热的夏季，就这样一点一点被分解完了。

要说到粟谷坝最为闪亮的部分，无疑是这里的硝洞中学。20 世纪 70 年代早期“农业学大寨”那阵子，全公社还在粟谷坝设立了“五七”高中。小学、初中、高中师生有六七百人，每年这里的初中都要为全县各重点高中输送一批好苗子。在县一中考取清华、南开等重点大学的学子，学校上至领导下到老师甚至粟谷坝人都挂在嘴上当歌一样传唱，这可是天大的事情啊。从前的粟谷坝，准确点说就是阳家街，虽不乏吃公粮的，可明眼人都晓得正儿八经名牌学校出来的根本就没有，无非是或这或那的原因吃上公粮的，哪能跟上清华、南开的相提并论？“撤社并区”后，许多老师因教学出成绩而被提拔。有的做了文教部门领导，有的改行从政，并一步步成为县一级的实权人物。每当同外乡人谈起，源山源水地绕弯子都要讲道，“我就是县委书记老家那地方的”，听者莫不频频颔首道，“好风水，好风水”。其实，县委书记老家离粟谷坝还有十几公里地哪。

粟谷河的水按理说是一股好水。水源在大山深处，流水有沙石过滤，自然清澈见底，只是途经公社斜对面的医院后，看起来仍然清澈无比，却总让人感觉到有点不大对头。那时医院，常把杂七杂八的脏东西拿到河里来洗，夏季河水流量充足，那些脏东西哗啦啦就流走了。粟谷坝那么大一个坝子，只有肖家坡那边有口水井，一到枯水季节，水井根本就没法供应那么多人家。人们便将粟谷河往下挖出一个深坑，算是用沙石过滤，水质稍好而已。大家心里那疙瘩仍旧解不开，因为一股好水被医院糟蹋了。

粟谷坝是个喝白开水都能长膘的地方，读书的风气比其他地方更甚。当地有句三岁半娃儿都会说的口头禅：养儿不读书，只当喂头猪。那时还没计划生育一说，一家少说也有五六个娃儿。交不起学费咋办？给班主任说好话，或是找相熟的老师担保，哪怕学期结束还没钱交，起码也得念完小学。中学的前身，应该就是那家现在仍保持古老风格、长满青苔和绿草的天井口大院。院主祖辈乃大户之家，将正中的堂屋腾出来做了教室。20 世纪 70 年代中期政府沿着四合院，建起了一幢两层石墙瓦房做教学楼。楼下是学生教室，楼上则是教师办公兼睡觉的地方，叫寝室。师资极度紧缺，民办教师占了相当名额。老师们往往布置完作业，就返回寝室备另一个班的课。学生偶有调皮捣蛋的高声喧哗，老师便在楼上跺木质楼板，下面立即悄无声息。

紧接着，政府又在操场的另一边建起了一长溜三层石墙瓦房，同样是一楼教室、二楼寝室，三楼则是高年级宿舍。我说的高年级就是初中和“五七”高中。你也就理解了为何这所学校叫硝洞中学。学校的逐渐演变和升级的最终结果，就是一年级的娃娃和高中生在做早操或者开大会时，形成一道参差不齐的景致。教室一直都很紧张，低年级的甚至有两个班挤在一间教室里的情形。校长在全校师生大会上说，要自力更生艰苦奋斗，充分利用课间时间去几百米开外的粟谷河搬运石头扩建校园，然后就按年级高低将任务划分给各班，班主任又划分到各小组。如果小组还再细分，那就说明学生实在太小，只能备上常春藤和水竹篾做的一种“攀”，带着扁担，从河里往学校抬石头。时节正值隆冬，河床上裸露着许多被冲刷得光溜溜的圆石，几个月下来就被学生们搬得只剩下小得用不上的鹅卵石了。自然不乏挖空心思的“尖脑壳”，他们往往在堆放石头的过程中，将空间放得更大，以便按方计量时讨得更多便宜，起初也能将老师蒙骗过关，后来就被人揭发，只得老老实实地干。

除了搬石头，学生们还要背沙，甚至去十几里外的地方背瓦，抬椽角、檩子。“五七”高中生是学校的中坚力量，扮演着重要角色。备齐所有用料后，就赶上了“农业学大寨”高潮，全校学生又被安排到各生产队支农，吃不消重活的低年级学生，就做撕苞谷壳叶、扯黄豆、拾麦穗的“手上活”。

如果稍加留意，便会发现“农业学大寨”的宣传充斥到了每个角落。新通公路边那些裸露的岩石上，全是用石灰浆刷成的各式各样的口号与宣传标语，如“学习大寨赶昔阳，力争粮棉双超纲”等，有时被田地隔开，一条标语往往要跳过很远的地方才能接上。但凡显眼点的农家房屋的墙壁上，几乎无一例外地刷有宣传标语，字体可谓五花八门。

如果要找出最能代表粟谷坝文化的，非阳家街莫属。这条街奇就奇在整条街上竟没有一家人姓阳。后来才知道很多年前这条街的大户人家姓欧阳，只是几经变迁后欧阳家不知去往何处。相反，陈熊刘三姓逐渐占据了主导，而这三家起初又以陈姓出人多，其中有人在县政府任职，对于穷乡僻壤的粟谷坝人而言，实在是一件光宗耀祖的事情。再后来又以熊姓人家人才辈出（粟谷坝通常把吃公粮的称为人才），整条街虽未出达官显贵，任公职的却特多，在粟谷坝乃至更广的地方为人称道。据老辈人讲，这条街鼎盛时期就是欧阳人家崛起时，自从这家人衰败后就一蹶不振，直至彻底消失。20 世纪六七十年代，这条街拥有靠近学校的便利，这三家家的娃儿多读了几天书，便借各种机会慢慢改变，先是做生产小队队长、记工员之类，然后步步升迁，直至政府官员，熊家老幺就做到了县公路局局长。其后人亦多读中专师范等学校而成了国企职工，加之那个时代可以接班，整条街道吃公粮的就越来越多了。那时的山里人特穷，一辈子就靠读书冲出去，否则就永远和泥巴纠缠不清。这三家得益于上辈人提供的较好家境，纷纷教育孩子拼命读书，孩子一届考不取又来一届，死缠烂打直至拿到录取通知书。

阳家街熊家的一个“典故”，也是促使熊姓人家子女勤奋读书的又一动力和生动教材。熊家兄弟七八个，家境最贫寒的老二育有三男二女，当家的以割漆为营生，老两口含辛茹苦吃了近十年的南瓜洋芋和渣面饭，好不容易熬到大儿子高考，接到高考确切分数的那个黄昏，熊漆匠正在树上收漆笕子，一听说儿子以两分之差落榜，顿时如一截湿柴棒从高高的漆树上落下来，重重砸在那片青青的苞谷林中。儿子则躲进吊脚楼顶的苞谷壳叶里，整整一星期没下楼。后来老漆匠四处借苞谷维持一家七八口人的生活，将分得的生漆全卖给供销社，拿到钱后让儿子补习，最终儿子考取了大学，一时在粟谷坝甚至更广的地方传为美谈。

粟谷河岸边的杨柳青了又黄黄了又青，一个又一个大学生从这里走了出去，无论官至何级，很长一段时间内都再难回来一趟。那条通往区公所的乡村公路，也因“撤社并区”后多年无人修缮而变得破烂，小车根本没法通行。那些走出去的有了一官半职的同志，当然不再乐意坐那颠颠簸簸的、还装满了煤炭或者其他杂货的拖拉机回到粟谷河边。

从区公所到粟谷坝不到二十公里，坐汽车得一个多小时，颠得全身骨头散架，更别说坐拖拉机了。这路况你怎么发挥想象力都不过分，那是在跳一种怎样怪诞的舞蹈啊。很多时候，车上的人还得下来帮忙推，油门踩到底也无济于事。颇为滑稽的是，政府门前那段路居然也是大坑连着小坑。晴天，拖拉机一过，一条长长的灰龙腾空而起，直呛得公路两边的行人使劲捂鼻子，就连路边田里的苞谷叶上也积淀了厚厚一层灰尘。下雨天又是另一番景象，每当供销社从区里调货回来，行人老远就得找地方躲避，那浑黄的泥水在车轮碾过时，溅起两道波浪。起初，人们的确太不习惯，就像富裕人家遭遇家道中落时的那种空荡荡的失落感，要多深有多深。

维修一下路那么难吗？说不难也不难，政府不牵头，啥事也干不成。人们都在自己的责任地里忙活，各级干部的心思多半也放到了家里。于是，就有人在背后开骂："通干搭饭的!"凡是所有能骂的语言都出来了。事实上这点小事的确也花不了多少钱，打点沙石料，掺和些黄泥巴铺上去即成。

当然，"撤社并区"后政府也并非从未修缮过公路。比如遭受山洪暴雨袭击后，原来的公路变成水沟，乡里的干部看不下去了，组织过全乡的劳动力进行过集中修缮，像这种猫儿盖屎的表面功夫，自然经不起下一次山洪暴发的冲刷而再一次露出本来面目。

粟谷坝通往山外唯一的那条景硝公路，年久无人修缮，重要原因在于大集体时代的不少遗留问题，组织劳力特别棘手。

20 世纪 90 年代初期，那种靠种烟过点日子的遭遇了寒流，不仅烟价不理想，而且收购站还给烟农打白条。拿这些白条去买东西还得被"打折"，一百块钱只能兑换到八十块钱左右的物品，不消说，那就是百分之二十的蹊跷所在了。

20 世纪 90 年代初期，山区逐渐兴起了一股外出打工潮流，越来越多的粟谷坝人，先是“一窝蜂”去省城武汉打工，然后又起了“鸡瘟病”，很多人便往石家庄或是北京打工。多数年轻人没文化，又无特别技能，只好在砖厂里或建筑工地干苦力活，虽然辛苦，但活得比较单纯，不像在家里两头摸黑，还有做不完的家务。一个人在城里除去吃喝，光景好点还可落下几千块钱，年前回家大人娃儿透身换新，弄套城里人时兴的VCD（影音光碟）之类玩玩，日子开始滋润风光起来。

粟谷坝偏僻落后，改革的春风还是拐弯抹角地吹到了这个山旮旯。政府已开始对各乡镇的官员进行政绩考核了。那年镇武装部里新调来一位武装部长，为带领粟谷坝村脱贫致富，在机匠包搞种茶推广。那时改革开放已有十多个年头，农民靠种植白肋烟或做些小本生意手头稍微活泛了点，就开始大兴土木。在农村，有几间像模像样的房子，不仅人前人后脸上有光，年老时在后人面前腰也伸得挺直。三两年时光，那密攒攒的松树杉树全被伐倒，只剩些茅草荆棘和一些未长大的树儿了。

镇武装部部长带领粟谷坝全村男女老少，在土质极好又向阳的机匠包上开始大会战。那阵子全村几乎倾巢出动，带上锄头、镰刀、背篓等家什，备了煮熟的红苕洋芋，大有决战到底的架势。烧山、挖坑、施底肥、播种，一系列工作顺利有序，次年光秃的黄土坡就泛起了一层浅浅绿意。可随着这位部长离开，种茶之事没了后续。机匠包那一坡的茶林，仿佛成了附近村民的自留地，每到茶叶采摘季节，只要愿意，谁都可以去到那里采摘茶叶。只是到了后来，缺乏管理的茶林沦落到与草木为友的境地。

历史的车轮滚滚向前，打工浪潮越来越盛。在最初的前奏曲中，我就逃离了既恨又爱的粟谷坝，去北京追寻我的理想，从此就远离了那个生活了二十年的村庄。而有关粟谷坝的人和事，则只能从教师朋友的来信中了解到一鳞半爪。后来我又从北京辗转到沿海的这座城市，其间不断有南下的老乡加入，在与他们的闲聊中，我又了解到粟谷坝的点点滴滴。

受南下打工潮的影响，一些中学生往往上课时思想就跑到了麦子坡。周围出去打工回来的人大把地花钱，吹嘘外面如何的灯红酒绿，撩得他们春心痒痒的，做父母的也赶潮流一般更看重“钱”途，全没了早年督促孩子念书的那股狠劲儿。

近年来，也曾听说过小镇有些发展，沿海地区有的东西在小镇上几乎都有，价钱也不太高。小镇的一些土特产也几经辗转，来到了这座城市的批发市场，小镇更是同沿海一样风靡着流行歌手的歌曲。一直坚守在教育一线的朋友来信说，清江大开发的战鼓已擂响，西部大开发也撬动了小镇启程的脚步。不久的将来会有高速公路和铁路穿过，那时的小镇或许会彻底改变旧时的模样。

多年后，当我像模像样衣锦还乡时，我不知道该怎样去寻找旧时记忆中的粟谷坝，或许，那时的一切，都将变得不再那么重要了。

小　溪

小溪是条小河沟，也是个地名。

小溪源头不详，源自邻镇官店某个村庄或者山洞，大致方位可以判断，但人们懒得追寻，缺追根溯源的动力和恒心，遂不了了之。唯一能确认的是，它在鲍坪坎底下融入粟谷河，然后又穿越狭窄的阳门峡，形成野三峡经典景区蝴蝶岩飞瀑，落入八百里清江，最终在枝江口融入悠悠长江。

小溪很小，地方也不大，方圆不过一公里左右，沿河而居的有二十来户人家，极不均匀地分布在东西两面坡上，真正意义上的临溪而居的，则只有七八户。我们说到小溪，实际上是去粟谷坝村十队，而到杨柳坦就说去九队，到鲍坪就说去八队。

硝官、硝青公路建成前，小溪几乎不为外人所知。改革开放后，两条公路先后建成并在此交会，形成丁字路口，一边通往景阳，一边通往官店，支线则通往穷山恶水的青龙河村。名为公路，实则就是毛公路。碗口石铺在底层，上面撒一层黄泥，再撒一层碎石子就成了公路。刚通车那会儿，甚至担心那些裸露出来的尖石会将轮胎刺破，时间久了才发现，我们的担心略显多余。那些装载得满满的拖拉机上，还载有不少搭便车的村民。一遇晴天，就有拉化肥或是煤炭的拖拉机、农运车在此交叉路口经过，小溪四面坡上于田畴间劳作的村民，便驻锄观看："哇，好多车哟!"其实不过两三台而已。发动机的轰鸣声直在河谷回荡，对于一条长期安静得有些过分的小溪来说，此时此刻的热闹劲儿，恐怕比过年时更甚。

对小溪的朦胧记忆，始于我跨进学堂读书那年。刚满五岁的我，便被父亲带到一间被借过来用作学堂的吊脚楼里。按老师的要求，我伸出右手，越过头顶，勉强摸到了左边的上耳廓，这标志着懵懵懂懂的我，能跨进学堂门念书识字了。然后便跟在大我两岁的哥哥屁股后面，进了一年级教室。时至今日，老师教了些啥，我毫无印象，只记得有好多小朋友在一起闹哄哄地玩耍。吊脚楼后面就是密密麻麻的枞树、杉树林。课间十分钟，特别是午休，我们时常钻进林子里玩，顺便拾些干柴回来送给吊脚楼的主人。不幸的是，年轻的主人得了一种怪病，寻了不少郎中都无计可施。

同样是那年年底，我卧床数年的婆婆病情加重，就连喝水都要借助细细的竹管来吮吸。估计是看婆婆实在撑不下去了，幺幺和父亲才将婆婆抬去镇医院。那是个晴朗的下午，太阳稍微西斜，我们一帮细娃儿课间在院坝里玩耍，父亲和幺幺还有摩峰的大伯等几个人，抬着一副担架停在操场边，每个人脸上、身上都被汗水湿透了。从镇医院将婆婆抬回来，上上下下十几公里山路，仅靠脚力，绝对不是一件轻松的事情。他们需要休息，更需要补充体内的水分。

这一次，只要将婆婆抬到离学校还有一公里多地的麻岩包，抬或被抬的人，都将彻底轻松。在农村一个病人往往到了不得已的情况下，才会被送进医院。当婆婆不得已从医院被抬回来时，也就表示她将与这个世界彻底撇清关系。来没来过这个世界，已无关紧要了，而紧要的是她将永远脱离人间苦海。

那个明晃晃的下午，浑身湿透的父亲、大伯、幺幺，还有厚厚的棉被、滑竿绑成的担架、奄奄一息的婆婆，铺垫出了我人生最初的底色，不断熏染着我，直至成为我后来文学作品中不断呈现出来的乡村意象。

鲍坪人生活的沉重和疾病对他们的困扰，犹如一对难兄难弟，彼此楔为一个如影随形的整体。只有当死亡的信号越发强烈后，才没有人对它不屑一顾。就像某天下午我放学回家，一副黑漆木寿枋停在了堂屋正中——我知道婆婆再也不会站起来了。尽管我并无多少悲戚，但幼年的我第一次铭记了死亡的底色。那浓得化不开的黑，与那个异常醒目的白色“奠”字，构成了死亡的基调。尽管时隔将近五十年，我依然记得大夜次日早上九点多，婆婆后家侄女才从遥远的巴东赶来给她送葬，眼前却是人去楼空一地狼藉，她顿时就从青石壁上滚到院坝，呼天抢地。

一年后，学堂搬到了小溪生产队保管室二楼。保管室与大多数家居房的格局相差无几，墙身乃石砌而成，屋顶盖着从苏家坡石场起回来的石板。保管室居于小溪南坡，背对着小溪，底层是吊脚楼，是生产队的集体养猪场和茅厕。教室就在养猪场楼上，楼板并不紧致，透过缝隙看得到楼下猪们活动的情形，厕所的臭气自然就常常通过这些缝隙钻进我们的鼻孔，在我们的大脑中留下难以磨灭的记忆。

与二楼处在同一水平位置的院坝，便是粮食摊晒场。晒场乃用厚且平的石头铺成，可用来打小麦碾稻子或豆子。每到秋季，我们得绕过晒满场的黄豆、芒豆、苞谷等粮食，才能到达楼下的茅厕。茅厕没分男女，一下课我们就和女孩子赛跑，谁跑在前面就能霸占茅坑，得等男同学们或女同学们全部上完了，其他同学才有份儿。

小溪在地理上相对独立，又居于粟谷坝村尾部四个生产队中间位置，生源自然不够，加上无正规校舍，只能开设一、二年级混合班。三年级以上则要去好几里外的粟谷坝小学，桌椅照例自带，还得由班主任统一安排座位。前排是矮个子加矮桌子，唯一不相称的，是我这个小个子被老师安排在了最后一位。

再过些时日，一幢稍微有点儿模样的小学在保管室旁边建了起来，尽管只是三间石墙岩板屋，外加一个厨房和老师的寝室，但我们总算有了真正的学校。我们叫它小溪小学，正式名字叫小溪教学点。学校前面是黄泥巴操场，还有一块青石做底的水泥乒乓球台和一组爬竿。我们的课外活动，除了打乒乓球、爬竹竿以外，还可以玩追逐、丢手绢的游戏，抓石子的游戏，或者滚铁圈的游戏。后来，我们又学会了对角棋和“狗卵子”棋。学校相比之前租借的课室而言，无疑要正规许多。

学校老师增加到了三名。学校不仅有一、二年级，还设置了育红班，只是厕所照旧在保管室楼底，路程远了好几倍。下课铃一响，男生女生就夺门而出，抢得先机的调皮娃儿便故意拖延时间，等急了的女学生就开始骂难听的话，甚至给老师打小报告。最为尴尬的一次，是我肚子疼拉稀，径直就往学校操场下面的苞谷林子里跑，却因系裤子的芝麻带太紧，越急越见鬼，拉在了裤子里。老师就带我去河边竹林里脱下裤子，帮我在小溪里搓洗干净，把裤子挂在竹枝上晒到半干，我这才穿上返回课室。

教二年级课程的是名水平较高的老师。说较高，当然是相对而言。那位老师平时教完课批改完作业后，常常利用夜晚自修，最后考上我们县里唯一的一所师范学校，成了一名公办老师。老师寝室里有盏点煤油的罩子灯，每晚就是在它的照明下，挑灯夜战而取得最终胜利的。这名老师师范毕业后去了硝洞中学教化学，最后还当上了校长，这是后话。老师水平较高，还表现在他会创作“三句半”，我们排练后在支农活动中表演，成为学校的一抹亮色。那时每星期起码有一天时间支农，主要在夏秋两季，尤其是秋收季节，要帮附近几个生产队扯黄豆芜子、撕苞谷壳等。

我对“三句半”记忆格外深刻，是因为在一次表演中闹了个大笑话。“四人并排站，说段三句半，今天说什么，请听!”那次社员们刚好在杨柳坦保管室撕苞谷壳，我父亲是生产队会计，班主任父亲则是队长，他创作的“三句半”中有点名表扬他们二人的句子。面对着那么多长辈，我也是急中出错，竟连续念出了父亲的两个名字。在生产队所有社员们的哄堂大笑中，我都不记得后面的表演是不是完全演砸了，反正只记得下台后我就躲到大人们后面去了。作为上门女婿，入赘得跟女方改姓，于是我父亲就有了两个名字。我父亲和班主任的父亲都是从邻村入赘到杨柳坦的上门女婿，只因我这一紧张，多年后的父辈们谈到这些往事时，免不了还要笑话我小时候的糗事。

除了支农，我们课余时间常去山里头捡干柴。刚进学堂读书，在鲍坪都叫发蒙，也就是启蒙的意思。大集体时代，我们都从家里带午饭，或苞谷饭，或活渣洋芋，或者就是光胴胴的红苕。光胴胴就是不穿衣服的样子，表达的意思是枯燥而单一。中午时分，老师俨然是我们的全职保姆，十几号学生，有的要煮，有的要热，一口锅也够忙碌好一阵子的。光胴胴的红苕，来不及热就吃冷的，课堂上放臭屁的特别多也正常。而靠近小溪方向有条通往阴坡生产队的小路，我与班上那个绰号叫“小脑壳”的去捡柴，遇到一个有精神障碍的人，拿出小刀要劁我们的小鸡鸡，吓得我们怪叫着飞奔回学校，自此不再去那个方向。即便多年后，我依然对那个浓密阴森的山头有着某种恐惧。

在小溪教学点读书，书没正经读上几天，除去支农，还得“以学为主，兼学别样”，“别样”实际就是勤工俭学。谁对学校贡献大，谁就能得到奖状和奖品。奖状无一例外是一张纸，上面写了“某某同学或考试或比赛或勤工俭学获得了几等奖，特发此状，以资鼓励”之类的字样。奖品则是练习簿或者铅笔，如果获得了卷笔刀，极有可能就是一等奖了。金银花、淫羊藿、枇杷树叶等，漫山遍野的，被我们翻了个遍。最烦“唰”桦树叶，满山的桦树，一到深秋那黄中带红的颜色就格外显眼。这种树多得你只要往山上瞟一眼，便能准确无误地找到目标。用“唰”这个象声词来表示我们的动作，实则是因为找不到对应的动词。顺着桦树枝条生长的路径，“唰——”一把桦树叶就到了我们手中，再“唰——”这无数“唰”声的汇集，才能使蛇皮袋里的成果一点一点地增多。装满桦树叶的袋子轻飘飘的，还得一把又一把将桦树叶顺着袋子壁往下按，直到弹性一减再减。然后将桦树叶晒干，再次装进袋子背到学校交给老师过秤。我人生中第一份正式荣誉，正是来自勤工俭学“唰”桦树叶。一个练习簿或者一支铅笔，还有一张奖状，一度让我忘记了算术成绩差带来的羞耻。

小溪是热闹的，这是因为有我们这群小麻雀般孩童的朗朗读书声和追逐嬉闹天真无邪的欢笑声，更是因为夏天和秋天有许多的故事随着小溪欢快的流水发生。小溪下游的楠树塘，无疑是我们儿时的天然乐园。这段长几公里，宽十多米的小河沟，在楠树塘这个平行地段，靠着天然石阶形成四五十平方米的水塘。每到夏天，我们总会将老师和家长的告诫扔在脑后，在楠树塘玩个痛快。偶有附近劳作的大人们，总会提醒我们别玩水，但好在楠树塘不深也不大，三两下狗刨就游到了对岸。

楠树塘的名字当然是取自那棵三人才能合抱的老楠树。那棵楠树究竟活了多少年，就连小溪八旬老人也说不清楚。他说他记事时楠树就已高达几十米，记不得哪年遭受雷击，就只剩下半截树桩，却依然每年长出绿叶。最为奇特的是 1976 年，楠树一下子叶落精光，竟又在 1978 年重绽新绿。后来有识货之人说此树为金丝楠木，属珍稀名贵木材，在鲍坪小溪一带绝无仅有，这更凸显出这棵楠树的奇特。更为有趣的是，小溪全长十余公里，只有从楠树塘开始上溯约两公里，才能发现小鱼、小虾。每年端午节前后，家中无肉可食，我就跟随幺幺和哥哥，提上木水桶，扛上大锤，从楠树塘上溯，遇到大点儿的石头，就抡起大锤铆足劲儿猛砸下去，被震得头昏眼花的小鱼立马就会浮出来。一阵砸下来，运气稍好也可弄上三两斤小鱼。回到家里，我们将木桶里的小鱼一个个剖肚洗净，母亲则用面粉将鱼裹好，放进烧得青烟直冒的油锅里，立马就飘出香喷喷的鱼味。我们早已吞着口水，等得心里痒痒的。贫穷岁月里的端午节，小溪的这些小鱼，使得天空有了些许爽朗。

小溪的秋天同样是热闹的。寒冷而漫长的冬季将至，天气晴得透明的日子，住在小溪附近山上的人家便会将家中所有过冬的衣物装进大大的篾背篓里背到小溪里洗涤，临水而居的婶婶伯娘们也凑热闹似的，加入浣衣队伍中来。于是，棒槌敲打衣裳的声音，夹杂着姨娘们肆无忌惮的嬉笑，升腾在窄窄的小溪上空，直到太阳落山时才渐渐消散。

冥冥之中，小溪人受了楠树的恩泽，而特殊年代里小溪人守护了楠树。据说有好几次楠树差点儿被砍伐，最后还是被人保护了下来。从此走出去的人物越来越多，小到人民教师、粮所工人，大到教育站长，更有远在国家兵工厂里的工程师、在报社里的编辑部主任以及在部队里任职的团级干部。而今，除去任公职的数十人外，在当地从事吹鼓手、木石二匠、杀猪佬、裁缝、理发师等职业的，也都将日子过得风生水起。每当有外人谈及小溪，大都会这样说："小溪不小啊！"

垭 上

垭上，是个模糊地名，当它有所指时才具有明确意义，比如我说去垭上，就是去奶奶家。我们称奶奶为婆婆。

前面是茅腊堰，后面是向家包，中间低洼处就是垭上。两座山夹着这个垭口，就将栗子坪村分割成两大块。我们说去栗子坪，主要是指左边那个更大的坪，右边的则叫村坊坪。早年间栗子坪村在这个中间地带设立了管委会，于我而言，垭上便有了双重身份和意味。

垭上是父亲的出生地，自然就是我家根之所在地。那时，父亲的弟弟（我幺幺）也刚成家，年迈的婆婆自是不必担心将来。如果父亲真长有后眼，能预测到幺幺的英年早逝，那他也许就不会撇下他唯一的弟弟和老娘，而成为隔壁村鲍坪的上门女婿。

我没见过的爷爷，好像也是三十几岁便因病离开了人世。是婆婆一人将我父亲、幺幺和姑姑拉扯成人。从这个角度来看，婆婆一家的日子肯定过得特别凄苦，这也可以很好地解释为何一家才两兄弟，就有一个做了别人家的上门女婿。

管委会设在垭上，垭上有个管委会，二者的位置可以说是重叠的。1979 年左右，大队变成村，管委会被撤走，整幢土墙屋就空了下来。垭上在整个栗子坪村的中心位置，于是便有人在楼下开了家小卖部，那是村坊坪族房才亮幺叔，卖些针头线脑等日用百货。楼上则是一家裁缝铺，师傅叫张正清。他脸上有不少麻子，长相不太好，嘴巴却格外甜。婆婆只要稍有好吃的东西，就站在阶沿上喊："正清，正清呀，下来吃饭！"照例不超过三声，木楼板上裁缝机的轰鸣声准停。管委会屋顶盖的是岩板，缝隙大，正清师傅耳朵这个时间点就特别尖。当然，每年婆婆生日，作为裁缝的正清师傅也绝不空手，时不时给婆婆送件对襟过生。大人们就会在背后翻小话，说那些布是从别人身上"省"下来的，手艺好的裁缝会省布料。

整个栗子坪村最缺的不是粮食，也不是水，而是柴。婆婆家缺柴尤甚。距婆婆家大概两公里多的地方，是父亲入赘的麻岩包。站在旁边那棵高高的白杨树下远眺，隐约可见婆婆家的黄泥巴墙和青石板屋顶，天晴时甚至看得见屋顶炊烟袅袅。每当浓浓炊烟在屋顶聚集时，父亲就会说，你们婆婆又在烧那些湿漉漉的枞树枝了。

那时，在我最小的堂弟还在走叉叉步时，我幺幺就早早地走了。幺幺一走，幺婶撇下两个孩子改嫁，刚完整没几年的一家人，就像刚被修复的破镜一样再一次破碎，且又增添了新的伤痕。婆婆将她两个儿子一个女儿刚拉扯上岸，又要含着老年丧子的悲戚，拉扯着两个才几岁的孙子。

婆婆再一次扛起家庭的重担，不仅要随生产队出工，而且放工后还得上山砍柴，回到家还有做饭、喂猪等一大摊子的事等着她。栗子坪缺柴，有劳动力的还可以去徐家包岩里弄岩柴，婆婆一个妇道人家，只好去自留山里割茅草。茅草不经烧，婆婆就教两个孙子怎样将茅草绾成一个个草疙瘩，守在灶门口，隔会儿往灶膛里添一个。割一回茅草，尚能烧一餐饭、一锅猪食。一到连阴雨季，便格外棘手，父亲便将备好的枞树“划块子柴”，趁了月色，从麻岩包送到垭上，但终究也仅能解决一时之急。

及至堂兄勉强背得起背篓，婆婆就将他送到摩峰，跟着外公学“撬棕垫”的手艺。年幼的堂弟尚在小学念书，父亲就交代我和哥哥趁星期天弄点儿柴给婆婆送去。麻岩包背后就是悬崖峭壁，有胆量的人可以采取种种办法，将那些质地坚硬又耐烧的岩柴弄回来。父亲当然不支持我们去冒险，但我们去了他也不反对，只是一再嘱咐我们注意安全。那几年只要放寒假，我们四兄弟都会一起上阵。年纪最小的幺弟，就扛一根最轻的岩柴走在最前面。

走在栗子坪的大路上，田畴间劳动的村人们，常常驻锄观望我们这支小小的队伍。他们早就清楚这些柴是给垭上婆婆送去的，只是阳坡姓熊的两兄弟每次都要翻来覆去地问，到哪里去呀？你老家伙叫什么名字呀？后来才知道是两个“活宝”。以至于我们走了好远，他们还会撵着说：“回来的时候到家里歇稍喝茶啊！”

从我家背后岩里弄柴的地方到垭上婆婆家，足足有五公里，得早早吃饭下岩砍柴，稍缓一下手，回来就要天摸黑。惯常的做法是先将柴弄回来，再找个时间，集中起来一起送。最难走的当然是快到垭上的那段上坡，两个弟弟好几次双肩都疼得想放弃，大哥就教我们自己记步数，每走一百步就歇一会儿。这个笨办法转移了注意力，果然有效，只是见到路边的懒凳，只要屁股挨上去，整个人就呈现出完全解脱的状态，任凭凉风吹个够，在大哥不断的催促中，只好再一次极不情愿地将双肩送进背篓系（竹制背带）里面。一直走啊走啊，终于看得到管委会了，就双手罩在嘴边对着垭上喊："婆婆，婆婆，来接我们!"婆婆应声，便跷着小脚一颠一颠来接我们。婆婆一边从我们每人背架子上拿取一截，一边埋怨我们背多了要扎腰的，现在不觉得，等年纪大了就晓得"火色"了。

婆婆说昨晚煮饭，灶膛里火苗子笑，今儿个又是星期天，知道我们会来，早早就为我们备了饭菜。背篓系刚脱身，婆婆便催我们上桌吃饭，茅草疙瘩烧出来的炒面饭格外香，两大碗下肚，渐渐感到先前的疲惫有了缓解。双肩和双脚依然疼痛乏力，但明显好了不少。

婆婆曾对我们说，刘家老屋当初实际上是在靠近村坊坪那边垭口田中间。那地方我知道，爷爷就埋在田头山上。一直以来，我都没能了解到婆婆是怎样与我爷爷成为一家人的。前几年走了的那位大姑，与父亲是同母异父，这中间有着怎样的故事，婆婆何时从老屋搬到垭上管委会边上，我幺幺病逝是在老屋里还是新屋里，凡此种种，都随他们先后作古而被统统埋葬了。

上天好像专门与这个家庭过不去似的。且不说婆婆一个妇道人家遭受了多少生活中的屈辱和辛酸，也不说她老年丧子的悲怆和儿媳妇改嫁的心酸，单说她一把屎一把尿地将两个孙子拉扯成人，就有说不完道不尽的酸辣苦涩。

婆婆是在我二十岁那年离开这个世界的。她一辈子没遭受过太大的病痛折磨，只是临走前得了大病，遭了一星期的罪。

读书那些年，我只有寒暑假期间才能抽出时间去看看婆婆，她走时我刚刚高中毕业。跪在婆婆灵柩前，我欲哭无泪。一生承受太多苦楚和磨难的婆婆，是该好好休息了。

婆婆娘家在清江边一个叫桃符口的地方，那是个我只闻其音却从未去过的远方。从我记事起，婆婆就一直被现实的泥淖裹挟着抽不开身，直到她走完这心酸与泪水交织的一生。她没念过多少书，也不懂得什么大道理，但她在与现实生活不屈的对抗中，不仅没倒下，还很好地践行了中国的优良的传统。她在七十几年的人生磨砺中，练就了一种超越一般女性的韧性，使得她的人生特别厚重。

按照婆婆生前的愿望，父亲将她葬在了老屋旁的柿子树下，前面是她匍匐了一生的黄泥巴地，后面山包上就是我们的爷爷和幺幺，还有英年早逝的姑姑们。

婆婆去世时，长孙也就是我的堂兄已经娶妻绾配，而小孙也就是我的堂弟也快到了讨媳妇儿的年龄。然而，她又怎能料到，就在她走后十年，上天仍然睁一只眼闭一只眼，无视垭上这个历来就多灾多难的家庭。先是堂嫂猝然逝去，后是堂兄因病追随而去，只留下两个小学尚未毕业就已辍学的儿女。与他们的父辈和爷爷辈一样，都止步于三十六岁这道人生难以逾越的门槛。

再一次穿越关山万里，站在这片黄土地上时，已是公元2000年以后的某一天，我的泪水一如那扫堂的北风呼啸而出——昔日的管委会早已被拆除，旁边的菜园子里有两堆半新不旧的黄泥，那是在另一个国度里相拥的堂兄和堂嫂。婆婆的坟堆在垭上略高的位置，斜望着堂兄堂嫂，一左一右地厮守着仅有的几亩薄田和仍是光秃秃的荒山，还有中间那条近年来修的村级公路。

婆婆从清江边的桃符口下嫁到栗子坪，一生都没能走出垭上，堂兄尽管从艺时去过巴东串乡走户，仍因贫穷而受困于垭上。那条新修的公路，不知能否载着他们的魂灵走向富贵的天堂？我在南国一隅，只能深深地祝愿他们，再也不要回到这令数辈人感到凄凉和辛酸的垭上。

土司大寨

我开始记事时土司大寨就叫大寨，那时根本就不知道这座寨子还有段厚重的历史。及至稍大，才在一些红白两喜熬夜时听长辈们说起寨子曾发生的故事。近年来，随着恩施知名度的不断提升，也随着建始县野三峡风景区的开发，土司大寨就像它背后的蝴蝶岩，逐渐成为被经常说起的地方。

史志记载，元代时期，湖北建始清江南岸为容美土司所辖，景阳田氏土司本系容美土司子孙。清雍正十一年（1733），鹤峰容美土司田旻如兵败自缢，景阳田氏土司遂将土司寨址迁至景阳粟谷坝村的大寨山上，据此筑寨与清军鏖战，凭险固守达数年之久。红三军收复清江南岸官店革命根据地时，以此为战场由营坡向下俯攻大寨山东侧绝壁下的阵坡，将当地团阀刘志武赶过了清江。弥漫阵坡的硝烟还未散尽，红三军政委关向应来到土司寨址凭古吊今，思绪万千。土司大寨之名由此而来。

谁曾想到，关向应走后不到二十年，一个与我有着血亲关系的女人嫁到了这座寨子。她就是我父亲的姐姐——我的姑母，我们叫她大爹。那个男人——我的姑父，我们叫他姑爷。直到如今，我依然没能弄清楚当年这座孤寨是怎样与我姑爷一家联系起来的，而我的大爹又是在怎样的因缘际会下，成为人们口中的“压寨夫人”。姑爷和大爹相继作古，要从那些小学都没毕业的表哥表姐们那里深挖，估计没多大可能性，况且我早已寄居南方多年，与他们几无联系，这些问题便无从探究了。

年少时，我们两家也甚少行走，原因不外乎家大口阔，连过个夜也不甚方便。姑爷家有十个孩子，加上二老共十二口人，想要在那个缺吃少穿的年代活下来都不容易，谁承想我那姑爷居然还是个游手好闲之徒。

那条从营坡通往寨子唯一的石梯子路，不仅异常陡峭，还歪歪斜斜。旁边莫说护栏，连小树苗和茅草、荆棘也少得出奇，使得本就陡峭的石级，更加令人胆战。空着双手走上去已属不易，由此可见当年那场战争该是何等的惊心动魄。走在这段数百步的石级上，只要出现任何意外，定会直接摔得粉碎。当然，我说的是 20 世纪七八十年代的大寨。

说大寨是座孤寨一点儿都不为过，整个寨子就住着两户人家。但大寨脚下的阵坡和营坡，则是人口密集地。单从阵坡和营坡这两个地名，就能窥探到当年清军围困大寨的阵仗该当是何等庞大与壮观。就拿大寨脚下的大屋场来说吧，居住的人多，养的狗也多。大概小学四五年级，我和一起读书的哥哥结伴去大寨，即便头天在家准备好了打狗棍，哪怕人手一根，经过大屋场，还是大气都不敢出。胆战心惊成功穿越“雷区”来到大寨脚下的石梯子下，离大屋场就有两三百米了。这时候，我和哥哥就故意扯几嗓子，想挑逗那些可恶的狗。也许是有点儿鞭长莫及，那些狗狂吠几声做做样子也就罢了。

生在大山长在大山，再陡再险甚至再烂的石梯子，对于我们，尤其是长期住在寨子上的人来说，实在不值一提。表哥，甚至表姐都能挑着一担近百斤的水上石梯，尽管热汗直往下流，他们却能轻松自如地调换肩头。大寨上无活水源，两家人就在靠近绝壁那面的低洼处，挖了好大一个水井来收集雨水。如果连续十天半月不下雨，他们自然就得下山挑水了。挑水则去两处，一处无须经过城门，顺着一条毛路，曲里拐弯可到半山坡的一口小水井。说是水井，其实就是个小水坑，只能装几担水，一家人都不够用。另外一处就得从笔陡的城门下到寨子底部的村庄，然后再走好几里地，一直下到阳门峡的粟谷河。算算路程，少说也有五六里地。

从大屋场到大寨，算起来也就不到两公里。前三分之一是沙石路，中间三分之一是石梯，后三分之一则是泥巴路。爬完九九八十一级石梯，就有一道城门。城门形状依稀可见，唯门顶不见踪影。上得城门，有一块几百平方米的平地，据说就是当年守护城门那些将士们的“舞台”了。穿过窄的田埂和滑的缓坡，就是一片竹子和核桃树、柿子树、板栗树混杂的园子了。树林里十几座坟墓一字排开，这就是看得见的大寨历史了。当年听姑爷讲古，隐隐约约听到一个叫“章士钊”的名字，那时太小，仅仅记住了这个名字而已。后来查询了不少资料，了解到在那一带活动过的名人，也只有朱和中、章太炎等。或许，这又是一个谜一样的存在了。

在大寨上有两怕，当然是说我自己。第一怕就是那排坟墓。原本整个大寨就只有与世隔绝的两户人家，那一排密集的坟墓就更增添了其孤寂感。况且坟墓还是在一片浓密的竹林和果树掩映之下，就更显阴森恐怖。第二怕则是隔壁死去的姐姐。据说那个即将出嫁的姐姐，某天在后崖那棵花栎树下的水井边洗完衣服被单后，准备将被单晾在两棵花栎树之间的绳子上，不知是脚下踩空，还是背后一股山风吹来，总之，就从明晃晃的悬崖上掉下去了。另一说，则是姐姐抗婚自寻短见，在那棵花栎树上吊死，这在农村被称为凶死。无论是跳岩还是吊颈，死相都甚为恐怖。反正在姑爷家有限的几次过夜，我都进入不了沉睡状态。总感觉微白的窗户边，有个青面獠牙的面孔，久久也不肯离去。

姑爷好吃懒做，生育能力却不低下。家里从大我二十多岁的大表哥算起，到小我好几岁的表妹，一共十人。每到开饭，满满一大铁锅活渣洋芋，很快就被舀得汤都不剩。每天安排一个人在家煮饭，还忙不过来。好在大寨上土地相对充足，虽说土质单薄雨水欠缺，但算是盆大刮稀饭，粮食不足的日子并不算太多，凑凑巴巴，一大家子总算存活了下来。

表哥表姐们似乎从来都是无忧无虑，忙完农活，就带着猎狗和火铳去阳门峡赶战（打猎）。每当青黄不接的三四月，他们时不时弄到兔子、野猪之类的战利品回来，润滑一下早已生锈的肠胃，也算得上是苦中唯一的乐趣和享受了。阳门峡是粟谷河最下游，那时的生态还没怎么被破坏，且地势极为险恶，没多少人敢去，也因此为野物们提供了藏身的机会。粟谷河下来的水流，经过窄窄的阳门峡之后，来到大寨的最前端，也就是今天最热门的旅游景点——蝴蝶岩那里，喷薄而出，形成一道高达数百米的飞瀑，颇为壮观。野猪和山羊之类在那时尚属稀罕之物，而野兔和野鸡几乎可以说手到擒来。有几次表哥们清早割牛草，割着割着，突然就“咯咯咯”地从草丛里飞出几只野鸡，扑棱着翅膀，惶然向阳门峡对面飞窜而去。至于白糜子，打到它就要花点儿工夫了。

于是，表哥们自制火铳，将两支手电筒连接起来，装入四节电池的手电筒就格外明亮。每到秋冬季节的半夜时分，一个手持电筒，一个手握火铳，在门口那片坟墓林子的树上寻找野物。秋收季节里，满树红彤彤的柿子或是板栗、核桃，都会招徕不少白糜子趁着黑夜偷食。火铳一响，树上的猎物即便没被击中也会掉下来，于是自然也逃不过守在下面那些赶战狗们的围追堵截。

印象中的姑爷从来没有下地干过活，整天就蹲在火塘边，抽他似乎永远也抽不完的劣质土烟。喔，忘了说我姑爷还有门手艺的。心情好或是有需求时，他也会摆弄一下他的篾刀，织些箢篼、背篓之类的篾货换点儿油盐钱。大爹就不用说了，十个孩子，仅仅坐月子就得花多少年啊。还有怀胎、分娩呢！更别说还得将那么多孩子拉扯大。用大爹的话说，她吃的苦有卖的。

大寨缺水，人所共知。农村嫁姑娘先讲门当户对，后讲柴方水便。我估计大爹当年从平平整整的栗子坪嫁到大寨，要不就是看中了姑爷那门手艺，要不就是看中了这里的山林。方圆几公里的大寨，可以说满坡各种叫不出名号的杂柴，随便砍点回来，也比山下的啥都好。还有更值钱的山货，譬如棕片、黄姜、枇杷叶、淫羊藿等，时不时能换点小钱，年根岁毕，也能为一家人勉强换一层纱。至于读书，活下来再说吧。

转眼间就到了 20 世纪 80 年代中期，去了外地读书的我就甚少回家。毕业后参加工作的我，就更少回到那片土地上了。关于姑爷和大爹——大寨的种种情况，就只能通过亲人的言语得知一鳞半爪。及至我到了南方，就更是远离了家乡的一切。掐指算来，已有二十多年没有去过大寨了。家里人说，寨子还是那个寨子，寨子里的人却面目全非。隔壁家的老年人早已作古。两个儿子，大的自从出去打工后就蒸发了似的，小的在江汉平原有了家室，并将年迈的老母接去照顾小孩。姑爷家先是那个入赘远方的大表哥因病而故，后来还有一个小表哥从果树上跌下来瘫痪了，最后也不治而终。再后来，姑爷因病去世。前些年政府的“消茅工程”中，还住在大寨的两个表哥也在政策的扶持下，搬到了山下的平缓地带。昔日尚算热闹的大寨，只剩下一幢孤零零的老屋，风蚀残烛一般立于寨顶。

今日之恩施，终于迎来了史无前例的开发机遇。西部大开发战略的东风，吹到了武陵山深处。这些年恩施的旅游开发呈现前所未有的力度。土司大寨因毗邻野三峡风景区核心蝴蝶岩，仿佛嗅到了三月梨花的清香。据悉，随着野三峡景区的梯级开发，土司大寨也因其那段厚重的历史，在新一轮的开发中，正焕发出它应有的风采。

阵　坡

写阵坡，首先想到的就是几位住在那里的小学同班同学。全班几十名学生，都来自本大队各生产小队，最远的除十一队的“小脑壳”罗书龙，就要数阵坡一队那几位了。

别看阵坡是个小生产队，各家到学校的距离仍差别很大。比如宋家咀的刘青芝，就比靠近二队那些同学至少多半个小时的路程。宋家咀是我们大队的起点，再往下就没人住了。从宋家咀下去再转个弯，稍稍仰头，便见一道水流从几百米高的一个峡口喷薄而出，形成一道壮丽的飞瀑。空气里弥漫着水雾，那瀑布落下来撞击山石的巨大回响不绝于耳。再往下看，还有个小水电站，早期公社大部分地方都靠这个电站发电照明。这地方说出来保准让你惊讶：蝴蝶岩听说过吧？对。就是现在野三峡景区的核心景点。

尽管山里人见惯了坡呀坎啊甚至悬崖峭壁什么的，一说到宋家咀，还是禁不住撇嘴：那是人住的地方吗？简直就是挂在清江边崖壁上的一幅画，稍有风吹草动说不定就会跌落到清江里。旱鸭子的山里人不怕山，只怕水。宋家咀门口那面寡坡底下就是一壁吊坎，吊坎下面便是滚滚清江。偏偏宋家咀小路上多沙砾，一不小心脚打滑，不就掉进了清江吗？

宋家咀到粟谷坝学校少说也有好几公里地，出门那段路，路窄不说，还特陡，到关家垭其实也就两三公里地，再快也得半个小时，那里的学生绝大部分早自习或多或少会迟到，路滑的雨天和亮得迟的冬天就更不消说了，老师也不会过多批评。夏季雨水多，走溜溜滑滑的泥路便成常事。遮雨的工具多是斗笠、雨衣，或者油纸伞，去到学校时大半个身子都是湿的，看到学生那模样，换做谁都下不了狠心批评。

这是我走出那个叫鲍坪的小地方多年后回忆的情景，这个时候的我已到了活在回忆往事里的年龄段。这种回忆还因为我与鲍坪之间的距离，变得甜蜜而美好。事实上当时的我，看起来比其他同学更为可怜和令人心疼。小学阶段除冬天外，大部分时间的我穿着草鞋上学，这在班上并不多见，我也因此在同学面前有点抬不起头。阵坡在我们大队甚至整个公社都属低山，不出产大米，水果却比我们二高山丰富得多。让孩子们眼里望得出血的就是低山出产的水果。父母去低山走亲戚，通常很少或者根本就不带孩子，特别是那种胡搅蛮缠的孩子很让父母尴尬头疼。每到水果成熟后，阵坡的同学时不时往书包里塞上几个歪头瘪脑的橘子呀梨子呀，等到午间休息或是下午大扫除那阵，就拿出来遮遮掩掩地吃。如果他们自己偷偷吃，那么我或许还不会眼红，更不会产生心理上的痛感，关键是他们时不时还分一两瓣给那些家境稍好的同学，他们每吃一口都要蹙蹙眉，或是搞怪，而我在旁边只有吞口水的份儿，心里就常常埋怨自己的父母。人穷心事多嘛，或者还想了不少乱七八糟的心事，也是有的。小学毕业前那些水果啥味道我都不晓得。

大概从小学四年级起，因为水果，我对阵坡就产生了一种说不出的向往。我也曾偶尔去阵坡对面悬崖上一个叫大寨的地方，那里住着我姑父姑母一大家子人。我一直纳闷儿当年的姑母，怎么会嫁这种地方。大寨四周几乎都是峭壁，山脚下只有一条窄窄的、歪歪斜斜的、陡峭无比的石级通向山顶的寨子。几乎每年干旱季节，他们和另外一家人都要到山脚下的峡谷里挑水吃，一担水来回五公里多，得两个多小时，每天清早起来家中男劳动力第一件事情，就是去峡谷里挑水，这样上午半天时间基本就耗完了。距离姑父家三百米左右的地方，是有个人工挖出来的水井。这个水井收集的全是自然降水，旁边悬崖处有棵很粗壮的花栎树，从那里俯瞰，阵坡全景一览无余。

五年级班主任组织全班去龙湾春游，那是我第一次真正抵达阵坡内核。春游主要还是看龙湾瀑布的壮观，感受清江的妩媚，其次才是观赏阵坡三月梨花和桃花绽放的绚丽。那时还不知道龙湾瀑布的壮景在整个恩施都堪称一绝，而清江还没有今天这么开阔壮观，却依然成为我神往之地。去的路上许多同学就像“鸦鹊窝里捣了一棒”，好不欢快，而潜藏在我内心的那种欣喜和激动，并未完全表露出来。似乎与生俱来就有种忧郁，直到现在，我还是喜欢将心思憋在心底，直到发霉才会拿出来翻晒。

走在那些随地形而弯曲的小路上，特别是临近清江边的宋家咀，才发现自己脚下任何一个小疏忽，都有可能导致整个人从那面陡坡滚下去而葬身清江。老人们常常告诫说欺山不欺水，实际上就是表达一种态度。对于不知深浅的事物，要永远持有一颗敬畏之心。

我当然不会放过那些涌入眼帘的不同以往的风景。数学成绩差，越来越使得我将更多的学习精力倾斜到了作文上。如今自然是无法还原当时那些稀奇古怪的心事和想法了。现在看来不过如此的一篇作文，却成了我们那届小学毕业前最优秀的作文，被班主任誊写后加上评语张贴在课室后的墙报上。这又进一步激发了我写作文的热情，也激起了最初的作家梦。眼下能在文学上取得一点小小成就，似乎就与我在阵坡时的经历有关。阵坡之行可以说在我生命中植下了文学基因，成为我此生文学事业的原点。

依然是那年九月开学不久，学校又组织全校师生到阵坡支农撕苞谷壳。顺便说一句，我小学时学校还设有“五七”高中，高二年级的同学几乎常年都在龙湾那个叫葛藤坡的地方开荒种地，每个学期若能见到这些大哥哥大姐姐上几节正经课，真不是件容易事。老师们平时说得较多的也是这个地方发生的一些故事。龙湾是一处什么样的地方？而葛藤坡又是一处什么样的所在？这些都在我幼小的心里埋下了神秘的种子。临行前的大会上，校长一再强调，不得随便偷摘阵坡生产队的橘子和柚子，偷东西是极为可耻的不道德行为。但一进入那个诱人的魔圈，我就发现把校长的训诫当耳边风的大有人在。秋收后的田野里到处都是颓败的苞谷秸秆，只有橘子树和柚子树那青青的颜色格外醒目。满树碗大的柚子，像一个个微微泛黄的葫芦瓜，就吊在眼皮底下。我们的舌根不住地往上泛酸水，喉结也随之上下滚动，于是，就有胆大的高年级同学趁老师眨眼皮的工夫，溜进苞谷林子，然后迫不及待地剥开青涩的果皮，然后匆忙将果肉填进嘴里。不一会儿，怪相就露了出来，嘴巴张得老大，舌头吐得老长，极像吃了鸡肠子广椒一般。橘子肯定不是这样的味道，是那果实还没成熟而已，没成熟自然是不可以吃的。这个简单的道理，若大而化之应用于生活，那个年龄段的我以及众多的“我们”当然是无法理解透彻的，但这个偷吃细节却被我铭记了，以至于在后来漫漫人生路上，特别是走得不顺畅时，我常常会拿出来反思。

无论是龙湾春游，还是阵坡支农，那些短得不能再短的日子，都给年少读书时的我留下了一些特别的记忆。尤其是那一坡果林在春天绽放花蕊，与那片绿油油的苞谷芜子，还有那时隐时现的农家小院融为一体的景象，在我内心深处构建了一幅梦想中的家园图景。

后来的很多年里我一直未能明白，为何阵坡一直出现在我梦里。不惑之年后的我，终于才明白冥冥中与阵坡的牵扯，这是因为存在一种用双眼也无法洞见的意义。如果你不曾历尽沧桑，那么你怎会理解与你无任何关联的一片果林，会在你灵魂深处种下那牵绊的种子呢?

故事还在我孑孓而行的道路上时断时续。那年高考失败后，我做了大队的临时广播维护员，随公社干部去阵坡铺设线路时，一位农家少女不经意间就闯进了我的视野。似乎是要续上我与阵坡前缘似的，我与她在极短的时间里都有了那么一层意思。我在现实里是多么不甘，多么无奈，多么想要发生点儿什么，以弥补内心深处的巨大空虚。那晚，我就借宿女孩家，在得知她父亲刚去世几个月且就葬在家门前的时候，我已经答应了公社干部为我安排的食宿。月光如水，四周寂静一片，那堆新坟就在院坝坎底下，似一堵高墙横亘在我心头。那个有太多想法和冲动的夜晚，最终在反复的煎熬和较量中结束了。

不得不说，二十岁是个难以控制的年龄。我常常沉浸在对未来的忧郁和迷惘中，每当我不得不回到残酷的现实中时，却又常常抵挡不住青春的躁动。那一年，我不知道是怎么挺过来的。只记得随着那项工程的完工，我终究让这段几乎是一瞬间的肌体冲动带来的一些美好片段，留在了黑色的底片上。

这一次无言的别离，恍惚间就翻过了二十多年的日历。这么多年来，一直蛰居在南海之滨的我，也曾三两次回过故乡，经过她家后面的岩口子，去邻村探望我父辈的亲戚，却再也找不到勇气和理由走近阵坡了。细想之下，方明白当年那幅画早已破损残缺。又或许那幅画原本就是一幅油画，唯有保持较远距离，才能看到最佳的画面效果？不。不。不。是我用那份至真至诚的纯粹构建的一幅理想画图，被这个世界一步一步掩埋了。

这种灾难性的打击，当然也和清江大开发分不开。好多年前就隐约听说清江将会进行梯级开发而惠及阵坡，甚至我们村更多地方。当这种传说最终变为现实，已是新世纪伊始了。谁也不曾料想世居在这块土地上，居然在某一天就要彻底搬迁，且有一笔不菲的补贴。

那些年的姑母，先后遭遇了人生中诸多的变故，前前后后两个儿子离世，接着又是七旬的姑父离去。另外一个稍有能力的儿子早已搬到山下阵坡，姑母孤身一人守着冷清的大寨，将晚年的悲凉书写得让人不忍卒读。时值政府“消茅工程”轰轰烈烈，姑母原本不在政策范围内，却因居住环境恶劣，特别是饮水难题，在政府的照顾下，终于与山下的儿子住到了一起。可时隔几年清江开发搬迁过程中的姑母一家，却遭遇到一个天大的笑话。比姑母一家更安全的人家不仅被照顾，还拿到了一笔不菲的搬迁费。时至今日，姑母早已带着一个巨大的心结去到另一个世界。

我是在阵坡那幢新建不太久的石墙屋里，探望我病倒在床的姑母时得知这一切的。我利用前后不到一个小时的时间看望了这位八十多岁还在为生活一刻也无法停下来的老人。姑母说她是在打猪草时摔倒骨折的，年纪大了，原本恢复就特慢，眼看可以拄着拐杖勉强上洗手间，可在一个黑咕隆咚的夜晚再一次摔倒，自此再也站不起来了。送我的车就在外面候着，我在姑母病床前和她说了一些话，就迫不及待给了她几百块钱，聊表这个侄子的一点心意，姑母推却再三方肯收下。这些年来，随着父母先后离开，我与一千多公里外的老一辈亲戚也都老了，有时候仔细想来就倍觉悲凉和凄切。去年回家，姑母已然作古，她葬于何处我已毫无心思顾及，似乎她这一走，我们就此决裂无任何关系了。原本姑母与父亲就是同母异父，况且我们这些年因地理上的距离而渐行渐远，直至距离成一堆冷冷的黄土，甚至连记忆也越来越模糊缥缈。到一定时候，我们和这个世界都会握手言欢。

记得就是那一次，我随小学同学去了他亲戚家，其实根本没有重要事情，只是看看那些清江和阵坡山水孕育出的根雕艺术而已。那天，我喝了不少酒，甚至还趁着些许酒意沉醉在乡人的赞赏中。我每一次回老家何尝不是有些衣锦还乡的良好感觉？对于那份亲情，那份割舍不断的情愫，我虽然怀念，可表现出来的却又是那几分我这个年纪不该拥有的轻狂。曾几何时，我与故土上的人和泥土贴得那么近，那么自然，那么温暖，而现在的我，怎么也想不到会离他们越来越遥远，遥远得只剩下那看得见的遥远的山和那触摸得到的遥远的水了。

岩口子

不少人守着大山却无柴可烧，这简直就是对“靠山吃山靠水吃水”的一种反讽，譬如栗子坪人，那些年为弄点儿柴，可以说非常恼火，最近的要到岩口子，远的要到十里开外的野三口。

顾名思义，岩口子就是两扇岩壁中间裂开的一道口子。早年间，栗子坪人正是从这个缺口进入岩口子一带弄岩柴的。而居住在岩口子底下的阵坡人，同样要到这里弄柴，他们比栗子坪人更缺柴和水。好几个生产队都在这里取柴，海水也禁不住瓢舀，何况岩柴原本就不多。一时间，岩坎上的和岩坎下的社员经常发生口水战，你说我搞到坎下了，我说你搞到坎上了，一度闹得要拖刀动斧。最后的结果是，一面光溜溜的岩壁成了他们的回音壁——穷吵恶闹之声在岩壁间回荡。

从前栗子坪人尤其是村坊坪的人到粟谷坝，得冤走好几公里路，先爬到山顶的母猪口，再从另外一条小路插到关家垭。岩口子到关家垭，想着要是有对翅膀，都不用扇几下，忽地一下就飞了过去。回过神来，才想起那是在做白日梦。要是哪天修条公路过去，肯定要近好多哟。鲍坪人的感叹，惯用“格杂种的”粗言秽语。这一步之遥便成为一种可望而不可即的疼痛。

那年月农村开始时兴给苞谷、油菜施化肥，从粟谷坝到栗子坪也不过五公里地，一个来回花大半天很正常。砍柴、挑水、播种、收割、买化肥、交公粮等，都要花大量时间来丈量山路的长短。常常就能听到打杵与地面的撞击声，还有在人们打杵上歇息时的“嗨哟”声，或回荡，或被山石和林子给吞没，头上只有火辣辣的日头，和间或几声鸟鸣。此外，便是死一般的寂静。

栗子坪的人将一年的三分之一时间耗在了岩口子上。它就像一道巨大的伤口，虽然人们每天从这里进进出出，却早已疲惫、麻木，直至成为一种习惯，甚至某种隐疾。这里是他们走向山外的必经之路，这种环境下会生长出适应环境的人，也会生长出与之对抗的人物。

要在长达一公里的岩壁上修出一条路，如果有现在的爆破技术和资金实力，那并不难，而在20世纪80年代全靠人力的时期，却显得异常艰难。岩坎下就住着阵坡几十户人家，起初炮声一响，那些巨石犹如脱缰野马，一路狂奔直泻而下。尽管危险地带的居民做足了防御措施，可哪里敌得过不长眼的石头，它们哗哗啦啦就将那些房顶打得如筛子一般。为了使损失最小化，施工队不得不将炮眼打深、炸药减少，将岩壁炸开裂口，再改用“巴炮”，采取层层肢解的形式，将大石一步步碎成小石。尽管如此，公路修通时，阵坡的民房无一例外千疮百孔。

每天吃午饭前，照例是统一放炮时间。高音喇叭老早就在通知躲炮，臂戴红袖章、手握小红旗、嘴里衔着哨子的指挥员，守住两边的路人。点了导火线之后到响炮那段时间，最令人紧张。胆怯者紧紧捂住双耳，整个人缩成一团，躲在远处的石壳或者罩岩下。先是第一声“轰”，接着就陆续传来毫无节奏的炮声，然后就是密密麻麻错综复杂的各种声音交织在一起。

“垮岩哒!”这是栗子坪人在形容石头掉下来的声音。

“像倒梨!”阵坡人却这样形容石头落在田间的声音。这是他们引以为荣的比喻。

整个硝洞公社只有星光大队出产水果，而星光大队又集中在阵坡，尤以橘子和梨最多。阵坡人嘴皮快活过后，却发现田里的梨树被石头砸烂了一半，心里就止不住地疼。然后呢？无一例外地骂人。岩口子修公路与他们没关系，房子被打烂了，田里也被打得稀巴烂，果树更是被糟蹋了不少。

阵坡人损失当然大，但与修公路时死了人一比，就是小巫见大巫了。那次一个等了蛮久的“哑炮”，将前去检查的人炸上半空，几成肉酱。

公路在人海战术面前被艰难地打通了，扫尾工程无非就是在碗口石上铺撒一层厚厚的泥土，再撒一层碎石子而已。偏偏岩口子找不到泥土，想想也是，之所以叫岩口子，岩石多嘛。最后只得从靠近关家垭那边的山里弄过来，勉强铺撒了一层，就准备举行通车典礼。镇里很重视，专门组织东方红拖拉机队给栗子坪村拉了几车化肥，据说拉了横幅和宣传标语，还放了鞭炮，算是庆祝正式打通了岩口子的公路。

然而，岩口子马上就传来了令人非常不安的消息。栗谷坝一辆载重拖拉机，在那个特陡的坡段，因用力猛冲，司机把握不住方向盘，车尾部的一个轮子悬在了崖边，满满的化肥堆上坐着几个搭顺路车的村民，其中一个提前跳车，脚刚好被绊倒，跳下了悬崖而送了性命，幸好拖拉机没翻，否则后果不堪设想。

栗子坪人在追求美好生活的道路上，也同样像岩口子那段公路，虽有变化却仍然负重前行，但稍有不慎便会再一次跌倒。他们深知，只有走出大山的封锁，人生才会有更多机会，才可能有更好的生活方式。就在那年赵青元第一个考上南开大学后，在县卷烟厂做了多年会计的刘同志，率先买回了“神龙－25”拖拉机，栗子坪人开始渐渐改变生活方式，就是赊账也要买煤炭，从而将更多精力集中在一起，向土地要质量。

对煤炭、化肥等物资的需求，带动了拖拉机运转，人们越来越感觉到刀刮子石铺就的毛公路的确需要改造了，每到雨季，常有泄不及的山水冲刷路面，使本就凹凸不平的路面越发泥泞难行。新任民兵连长刚从高中毕业不久，在责任制落实后人心严重不齐、斗志严重涣散时，硬是凭借他的“三板斧”，将这条公路修缮成全镇乃至全县村级公路的榜样。短短几年里，他还因赤手空拳智斗罪犯等英雄事迹，多次获得县、省级颁发的各种荣誉，村民们将越来越多的鲜花和掌声给予了他，他也因此被提拔为该村支部书记。

栗子坪人在赞扬这位民兵连长时，也渐渐对他颇有微词，那始于县郧红公路的修建。也许是维修岩口子毛公路的“三板斧”得到了当地领导的表扬，县郧红公路修建时，上级部门特别交代这位栗子坪村的村支书“领兵上阵”。正所谓风生水起三五年，时隔不久的村坊坪，一幢崭新别墅就拔地而起。尔后，他又巧妙地购了农运车，在岩口子里来回奔跑，其人际关系和社会地位随之产生了共振效应。那些买不起化肥、煤炭的村民，纷纷在背后诅咒他的农运车在岩口子翻车掉进清江，巧合的是没过多久，那台农运车真就翻了，还好车没掉进清江里，人也没出大问题，经过几个月的治疗他恢复如初。只不过从那时起，他就真的开始走下坡路了。

岩口子还是岩口子，并不因某个人的荣辱兴衰而起伏，每当艳阳高照，这里仍是最光明之处，站在高高的崖顶，仍是清风拂面，惬意无比，特别是站在栗子坪村的白肋烟示范田里，你会更加感到岩口子的未来似乎光辉灿烂。为迎接县、乡各级部门检查，岩口子边上的百余亩地就承担起了各种示范功能。县里来的领导，在胆战心惊经过岩口子之后，忽然眼前一片春意：岩口子是进入栗子坪的大门，绿意融融的门面，预示栗子坪人的未来将像白肋烟般欣欣向荣，前程似锦。

县领导此番言语并非空穴来风。其时，正值清江大开发，隔河岩一期拦水工程已竣工，二期工程也在如火如荼地进行，当二期工程完成后，地处粟谷河、青龙河、野三河交叉处的栗子坪，将会成为一个小港口。水位急剧上升后，呈现在岩口子前的将是一条玉带舒然而过，江里千帆竞过，游艇怡然自乐，数码相机纷纷对准鄂西名胜古迹蝴蝶岩、土司大寨……而这一切亮丽的景点，都在岩口子附近，那时的岩口子仍是制高点，站在这里，意味深长啊。

岩口子自诞生以来，经过不知多少世纪的风雨，在 21 世纪的某一天，突然间就成了栗子坪人心中的一座隐形灯塔。

硝　洞　坪

清江本是山中溪水汇聚而成，溪水在山沟里唱出的曲子如大珠小珠落玉盘般欢快跌宕，流进清江就变得如山林一般绿茵茵，如天空一般蓝幽幽。

山。山。山。一眼望不到边际的山，与海一样虚无缥缈。视线可及处，山似一堆堆刚从牛圈里移出来的家粪，置于广袤原野上，还微腾着一缕缕温馨的热气……夕阳斜斜地从云层里探出来，将那金黄色的外衣披给了大地。

站在这海拔一千多米的硝洞坪，我同许多路人一样，路过多少次就做过多少次思想家了。当你从清江边的下渡坪爬上那笔陡的兴隆寺，再上数百级石梯，横穿一片又一片或大或小的田畴，下埡儿头，再上那看见就直冒虚汗的一碗水，最后到硝洞坪，你是会满头大汗的，甚至连内裤也得湿透。你就在硝洞坪美美地站一刻吧。

山里人说，硝洞坪是男人们三十六岁的一道坎，难以逾越的一道坎，真正跨越之后，后半生才会顺风顺水。归家的路又何尝不是？过了硝洞坪，便是蜿蜒斜下的顺脚路，风从背后爽爽地送。这绝不是高潮过后的委顿，而是为下一程的再次攀登，调节好最佳状态。山里人永远都在行走中攀登，在攀登中行走，脚步不曾停过。

所谓硝洞坪，就是硝洞和坪的叠加。山里人取名不绕弯子，也不画蛇添足，生活本身已让他们疲于应付了。传言坪顶不远处有一奇洞可纳千余人，且盛产硝土，旧时常有猎人去洞中取土自制火药，村里常有动员大会在此召开。如果你认为硝洞坪是个很大的坪，你就大错特错了。山里人最珍惜的就是土地，如果是一块平整的地方，哪怕就巴掌大的一块，他们也会格外珍惜，立马就取名某某坪，如眼下的硝洞坪，充其量也就是几十亩大的、一块有些坡度的平地而已。

如果你因此就小看了硝洞坪，那也犯了一个不可饶恕的错误，无论通没通公路，这里都是咽喉之所在。近可到粟谷坝，远能及青龙河、巴东，乃至鹤峰县城，另一边则直通我们儿时称之为“街”的下渡坪，然后乘班车可到县城，到宜昌、汉口等大地方。

读初中时，班主任老姜总是在嘴上唱，要我们起码翻过垭儿头，争取跨过景阳河，力争打过马水河。翻过垭儿头的意思是都要争取考上十中，过景阳河就是上花坪二中，打过马水河则是上县一中，那就几乎等于捧上了铁饭碗。翻过垭儿头有多难？攀上了硝洞坪再翻垭儿头，简直就是小儿科了。现在回望旧时峥嵘岁月，确如此，不虚妄。

严格来说，硝洞坪其实只有十来户人家，可在鄂西这个山大人稀的地方，已算是个比较热闹的地方了，20 世纪五六十年代，区公所还在这里设了粮所。方圆十余里的农户秋夏两季再也不用往粟谷坝驮公粮了，只要交到这里，再经拖拉机运到下渡坪粮所就行。交公粮是要用背篓背的，交完公粮后，就将背篓平放，算是当作简易凳子，然后坐在上面或吃自制土烟，或“日白煽经”拉些家常。若公粮有些水分，达不到粮所标准，村民们一般都会趁着明晃晃的太阳，在那块耀眼的水泥场坝上将粮食摊开翻晒，这就更添了硝洞坪的魅力。

坐在硝洞坪乘凉绝对是从下渡坪返回途中的一件爽事。那种爽快，没有亲历是绝对无法体会的。从一碗水爬上来，一直往上，一口气爬它个两三公里，硝洞坪边沿的田坎一冒头，就有一阵阵凉风袭来。这时，从粟谷坝那边过来的熟人，刚好在这里相遇，于是就着路边磨得有些光溜的石凳坐下来，接受凉风的惠礼，说几句家常话，或者抽上一袋叶子烟，浑身的汗水便随之逃遁得无影无踪。这个时候的你，是舍不得走的，在路边摘几片野麻叶，叠成勺状，就着路边不远处的小水井，豪饮一顿清冽的山泉，再赶下一段路程。

硝洞坪除粮所外，其实还有个小卖部、一间卫生站，村委会也设在这里。小卖部是20世纪80年代改革开放的产物，店里有烧饼、糖果类副食品，也有可乐、汽水这类饮料。站在柜台前饱眼福的人多，买的人少。解渴的水已经喝够了，至于肚子，确实也有些饿，可山里人还不时兴在外面买零食吃，因为荷包不够鼓。卫生站与路人基本无关，更不用说村委会了。

自十一岁那年给在下渡坪建清江大桥的父亲送东西那次算起，我经过硝洞坪至少也有两百次，这些经历能在我记忆底片上留下清晰图像的也不少，若说最为刻骨铭心的，却只有一次。高中时有次星期天放假回家，因为等父亲给我借学费，从家里启程时已十点多了，当我气喘吁吁爬上硝洞坪顶时，遇到正在顶他父亲班的昔日校友押着一拖拉机公粮赶往下渡坪，正在担心搭不上班车的我，心底大喜过望。当我截住拖拉机，得到的结果却使我大失所望……我是个自卑心和自尊心都极强的人，当时的情景几乎让我当场落泪。

我忽然感觉到背上的二十多斤粮食格外沉重。下渡坪开往学校方向的班车最迟十二点钟出发，眼看快到了十二点钟，还有十公里山路，即便空手和走下坡，也绝对赶不上车了。赶不上班车，意味着我还要走更加崎岖的二十公里山路，爬那最艰难的十五里上坡路。我背着二十多斤的东西，步行了近百里山路，当我拖着疲惫的双脚赶到学校时，最后一节晚自习的钟声刚刚敲响。那个昔日的校友，让我将“硝洞坪”这三个字刻在了灵魂深处。

山里人看不到希望，要想谋出路就只有一条——拼命读书，除非有个好爸爸。初中时校内流传最广的两句话，一句是“学好数理化，走遍天下都不怕”，另一句是“不学数理化，只要有个好爸爸，走遍天下都不怕”。父母都是泥巴杆子，我从来就没奢望过要靠他们。我要读书，努力读书，我要考取大学，哪怕只是个中专，都会一辈子衣食无忧。有时候，我坐在硝洞坪那个光溜溜的石头上一个人想，过了景阳河，过了马水河又怎样？还得回到这山沟沟里，一辈子都走不出大山，更准确点说，甚至连下渡坪都难以走出。

下渡坪，是我们心中的“街”。我们说去那里，通常都会说去下渡坪街上，只有在那里才有许多东西卖。有许多粟谷坝买不到的东西，如“的确良”、白糖、红糖等，还有收录机、自行车、缝纫机等贵重货……买完东西回家时，湿透的衣服早已风干，这才想起脚下的路还好长。起得身来，走在泛着青光的石板路上，腿脚飘飘忽忽软绵得要命。我恨那些没油少盐的苞谷面饭活渣汤了。我早已知道，肚皮撑得越大，饿得越快。

我还说过硝洞坪是一道坎，一道难以逾越的坎，可是逾越它数百次之后，我真就幸运地越过了景阳河，甚至宜昌、汉口，而我父辈，甚至我同辈的人，虽然一次又一次地也跨过硝洞坪，却未能再进一步，那么他们也与我一样常坐在那个石凳上遐想吗？

你看，对面山洼里有一队迎亲的人家，正抬着大红大绿的嫁妆，向硝洞坪脚下移来，据说新娶的媳妇是硝洞坪粮所的。我坐在硝洞坪的这个时候，已然是 2000 年左右的某一天，铁饭碗的时代已一去不返。不久的将来，他们的后代又该怎样认识硝洞坪？就像此时此刻的我，正在沿海的一座现代化城市里，仍然忍不住思考，逾越了硝洞坪数百次后的我，为何总对那个在别人看来并无丝毫特点的硝洞坪牵肠挂肚？

野　三　口

野三口是很有野性的。

四座雄浑的山峰，就像四头负重的老黄牛，埋头从不同地方向同一个目的地进发，正当它们尽量前倾着身体，释放出最后的能量，将要抵达时，这才发现浑身的汗水早已流淌成河，河流扭着腰肢将它们的形象永久定格，这就是四山夹三河的野三口。

野三口当然不靠“口”出名，而是靠口中的三条河——青龙河、野三河和清江河出名。“口”之大小，决定了河道的宽度。无数条像野三河和青龙河这样的河，成为清江支流的同时，也直接将清江升级为五百万土苗儿女的母亲河了。

野三口的野，首先体现在地理位置上，它处于巴东、建始两县交界处；野三口的野，还体现在它与四周山峰落差大，而产生一种毫无拘束的狂野；野三口的野更体现在它附近除了栗子坪和半坡有些人家外，方圆十几公里几无人烟。

海拔两百多米的野三口，是建始县海拔最低处，而旁边的山峰海拔则达到了一千三百多米。这里曾是一个放排集中地，诞生过好多关于放排的故事。

偌大的野三口，总共才几户人家，多年来他们一直过着几乎与世隔绝的生活，难以想象他们是如何过着那种几乎一成不变的生活的，是如何穿越那漫长的单调寂寞走到今天的。这里的房子，除却岩石与木料的主体结构外，屋顶的盖板除了从后山栗子坪村运来的石板外，其他都是茅草顶棚。站在后山俯瞰，极像蓬在一起的苞谷秸杆顶棚，在群山和峡谷的映衬下，显得格外矮小而单薄，却也与大山融为一体。

这里的人家，门前皆有一片竹林。竹有金竹、水竹、苦竹、楠竹。金竹长势喜人。手艺巧妙的篾匠不仅能用其做出筛篮、簸箕、背篓等家什，还可将其加工成竹碗，然后挑到栗子坪以外的地方，换那又滑又爽的大米或者洋芋。野三口土质硬、气候炎热，只宜栽种红苕和苞谷。娃儿们自从跟娘走了二高山的亲戚，回来就不肯再吃那甜得发腻、连猪都不爱吃的红苕。这金竹做的竹碗，二高山的娃们喜欢，因为这摔不坏的碗使他们少挨了爹娘好多的竹条和马鞭子。可竹碗不够，也常为争夺竹碗发生大大小小的打斗。野三口的娃儿，也因此有了和爹娘大人“搅嘴”的资本。

野三口人也住吊脚楼，却不是后山那种用枞树或者杉树建造的。多石少土的崖里长不出高大挺直的良木，这吊脚楼就用石头来砌垒。围羊圈的木料，无一例外也是七弯八拐的木头。后山人火塘、灶膛里恰恰就要这墨线也弹不直的岩柴。无人看管的悬崖，也不归哪个生产队严格管辖，只要人有胆量、有本事不怕掉下峡谷就去砍。常有弄柴的从后山而来，人还在几十米开外，吊脚楼里就轰的一声争先恐后蹿出几只恶狗，从不同方向袭来，弄柴人自不必害怕，狗们还在起步阶段，打杵便在空中舞得飞圆。这时，就有几个裤头都不穿、端着比头还大的土碗的小孩，站在黑黑的门框里朝这边张望，脸上糊得像花王，很久见不到陌生面孔，他们的眼睛分外发亮。

回程时，狗们依然凶猛，似乎要将积攒了太久的郁闷全部释放出来，却在主人的呵斥声中迅速收声，且摇晃着顺从的尾巴，跟在主人屁股后面。趁这空当，砍柴人便将背岩柴的背篓或者背架子歇息在打杵上："老板儿，把您的水弄点喝哈！"出来的是"老板娘"，"老板儿"还在附近的田里忙活。通常是盘着一头手巾且穿了对襟大布衫的女人，边走边将双手在胸前不停地抹，然后使劲揩脸上的洋芋粉。不用说，她是在刮晚饭吃的洋芋了。少顷，满满一葫芦瓢凉水就端到了砍柴人面前。此时砍柴人只能腾出一只手接，另一只手要扶住背篓底下的打杵。若不咕噜噜一口气喝个精光，似乎就辜负了人家的好心诚意。砍柴人肚子里装满了凉水，晃荡中又开始像牛一样往山顶上蹭。

野三口难得的平稳处多竹林，许多稍微平缓的石窝里，极喜生长一丛丛茨竹，鲜花怒放般点缀着野三口。这茨竹内脆外软，常有许多人将其砍倒，然后大捆大捆往家里扛。后山老人说，将那层柔软的竹青剥下来，掺进棕丝，再拧成一股绳，就成了耕地用的牛缆子。这缆子极富韧性，看起来极其脆弱的茨竹就有了坚韧不拔的气质和体魄，印证了野三口人生命里十足的韧性哩。

好多年前的野三口，是没人间烟火的。不知从何时起，就从外地搬来了一户人家，在这里开荒种地，繁衍生息。他们在坡度较小土质较厚的洼地里放火烧山，然后就撒上谷物种子，过着刀耕火种的生活。那时，野兽常常出没，他们枕头下必放上了膛的火铳，一有动静，便举家出动，举着刀枪，点燃杉木皮火把围攻野兽。农闲季节，尤其是冬季，狩猎就成了他们的正事。扛上火铳，带上猎犬，循着猎物留下的粪便和足迹一追到底。山羊、野猪、锦鸡、狐狸是常见的囊中之物，当然也得费些功夫。但闻到虎豹类的气息时，猎狗就开始打退堂鼓，老往人屁股后面躲。这个时候，火铳枪膛里是要加生铁的，或是将废锅砸成块状充当子弹的。如果不能在最短的时间内使其致命，那么灵长目高级动物与百兽之王间，就会立马上演一场现实版的《进化论》。

于是，清江岸边的人家，窄窄院坝坎那根晾晒衣物的竹竿上，又多了一张耀眼的虎、豹皮。后山人家无论谁有个腰酸腿痛，首先想到的就是野三口，说，拿点猪蹄子、挂面去野三口弄点虎骨回来泡酒吧。野三口这个名字，被好多人铭记于心，也不能完全说与那里的老虎和豹子无关。我知道现在早就不存在猎杀保护动物的现象了，可那时候真的存在。

20 世纪 70 年代初，为种植松茯苓，人们将后山密密麻麻的松树林大都给砍倒。而那些剩下的松树枝仅维持了几年光景，砍柴的队伍就涌向野三口。这口再大，也是海水禁不住瓢舀，几年下来，兽类再无容身之处。后山人再去野三口赶战，人家就问：您儿家今天赶到了么子喔？答曰：喔嗬。喔嗬就是啥也没有的意思。漫山遍野的茅草，连喜欢蹲在草丛的锦鸡都藏不住身了。野三口和对面那几架山，对，几座山我们就叫几架山，最后都变成了光溜溜、明晃晃的崖壁立在那里，没了一点生机。

再后来，清江下游枝东河来了一帮放排客商，专在粟谷河两岸张罗着收购杉木，然后雇人送到野三口岸边。一根十米长的杉木，从几十里开外的鲍坪、摩峰等地，用肩膀扛到野三口，可赚得好几块工钱。山里人缺少挣钱的路子，却有使不完的力气。常言道，力气是奴才，去了又来。扛送杉木条的人，莫不披了牛皮坎肩，或是将汗褂子脱下来垫在肩上，伸出木马杈，撬住木条后端，减轻右肩承受的负荷。歇息时，便将马杈往胸前一立，嗨哟一声，就地“换稍”。稍作留意，还会发现马杈上系着个一晃一晃的小布包，那是山里人用苞谷面饭在锅里反反复复炒出的“雀米籽”哩。

越来越多的杉木条堆积在清江岸边，就有专门的人开始扎排。他们口中衔了比大拇指还粗的土烟，蹙着眉头，斜着脑袋避着烟雾的熏烤，身边放着的是一堆拇指般粗细的葛藤，用来将杉木条捆绑在一起。木条越垒越高，甚至超过了自己的想象力，我便担心这浅浅窄窄的江水，怎能载动这么大的木排，放排人又怎能在江水中如意驾驭呢？

当沿河摆满的杉木条最后魔术一般变成一艘船形，放排人就拖着懒散的脚步爬上河坎，与野三口摆了几十年渡的老汉，开始熬药膏似的茶叶汁子，熬好后一边喝一边聊天，我们叫日白煽经扯卵谈。河里的水手换成了曾穿开裆裤的孙子。常在河边跟嗲嗲玩耍的孙子，如今也成了一把弄潮好手，让外人一点都不敢小瞧。时至深夜，吊脚楼里还透出微弱灯光，看来他们在煤油灯下谈兴正浓哪。

山里人缺水，自然就把大点的河流称为江。而清江水像山里人火爆，来得快消得也快。放排人心中有数，就一直守在野三口。三月里桃花刚开过，眨眼间就到了四五月，这边天气晴朗，上游却下了场大暴雨，江水猛然暴涨起来。放排人在撑船老汉一家人的吆喝声中，将木排顺顺利利推进了泥浆般的江水里，然后往枝城那个方向渐行渐近。

放排人回程不再走水路。卖完木材，他们带着一身轻松，当然定会在枝城买回些山里少有的新鲜货，炫耀一下也是应该有的，只要不太过分，也就没人说闲话。虽说山里人在水里淘得不多，总结却很在行，说会水的水上死，会枪的枪上亡，放排人在浪尖上过日子，保不准哪天就被水神给召了回去。1982年粟谷河发洪水那阵，从景阳河来做客的一弄潮好手，仗着水性好给亲戚从河里抢些上游冲来的木料，却硬是叫一网烂渣给裹走，一直穿过狭窄弯曲的阳门峡，从数百米的高空随洪水喷出，落在几里开外的沙滩上，家人寻了很久才从烂渣里找回其尸首。

野三口山顶与山脚的气候差别极大，县志里早有记载。野三口山顶还是雪花飞舞白雪皑皑的时候，野三口河边的樱桃花却早已嫣然绽放。尤其到了初夏前的荒月，山顶的洋芋芜子才“青行”，山脚早就在“刨青”吃新洋芋了。其他地方的人最羡慕的，当然还是柑橘这些只有低山才有的水果。大人们还管得住嘴，可娃儿们最去不得野三口，一进门就揪着母亲的裤管要这几样，不得到便不肯放手，常常就让做父母的窘迫甚至尴尬。野三口的婆娘们因此有了些自豪，这自豪不经意就在眉宇间流露出来。她们若回娘家，猪蹄子挂面不用背，唯独这些水果必不可少。

世事时移，改革开放的春风劲吹着山旮旯，野三口的人越来越感到，曾经的些许自豪正在与这个时代拉开距离。后山人拥有的电视、音响虽然他们也先后拥有了，可要去一趟景阳镇，得先爬完几公里山路，还要搭乘亲戚或熟人的摩托才能到，以前大家都不活络，倒也分不出彼此，现在的境况就不一样了。大集体时代，野三口人虽然名义上划归后山的栗坪村管辖，实际上一直过着“山高皇帝远”的生活。油盐酱醋针头线脑等日用品都是撑了小划子船去到几十公里开外的下渡坪购买的，如果哪天野三口仅有的几户人家同时断油盐，就都得喝淡活渣汤了。现在，不仅下渡坪到粟谷坝的公路通了很久，就连粟谷坝到栗子坪的村级公路也修得跟县级公路似的。许多后生都买了锃亮的摩托车，嗡的一声就能飙出好几丈，比顺水的划子船还要快上好几倍，骚得野三口人心里痒酥酥的。栗子坪那些后生，常常就组织了摩托车队，每人的车屁股后面驮个媳妇，屁颠屁颠地往下渡坪跑，沿途洒下一片欢声笑语。现在，下渡坪到县城的沥青路也已铺好，他们往百里外的城里跑，也当是家常便饭哩。

估计野三口的人正是这个时候开始埋怨起他们前辈的。前辈们当初怎么就搬到这种凶山恶水的地方了？有线电话自然毫无指望。“大哥大”？别朝那个方面想，就算买得起也没信号。倒是凑凑巴巴买了口“锅”能看电视，可越是看到电视里面的世界，就越是感到这里日子的贫乏和单调。

世事如轮转，就在野三口人连幻想也即将破灭时，一个特好的消息从天而降。湖北境内第二大水利枢纽工程——清江水布垭工程就要动工了。听说也要和长江三峡一样拦河筑坝，利用清江的水来发电，还能让大大小小的船只通行。电视里还说了好多好多，归结为一句话，那就是好日子很快就要来了。没过多久，他们确实见到了一些人扛着红一节白一节的棍棍棒棒，还有人扛着像摄像机一样的东西，来到野三口进行勘测。紧接着，开始有政府官员和村干部前来动员他们搬迁，或是投靠亲友，政府可补一笔不菲的搬迁费。他们做梦都不曾想到会有这么一天，以至于当幸福突然来到眼前时，是那么地难以置信。苦了大半辈子，磨了大半辈子，突然就要离开，哪怕曾经经受过多少委屈，多少辛酸，这时都纠结成了一种复杂的东西。许久之后才回过神来：究竟搬到哪儿去呢？除了野三口，其他地方竟然陌生得不能再陌生了，即便搬到后山栗子坪，也显得遥远。

野三口人陷入了一种挣扎和茫然的境地之中。一族人聚在一起，为搬迁的事不知讨论过多少次了，最后的结论仍然是：从河边搬到山腰。这一结论的得出，源于外界的传言。据说以后清江的拦河工程会在这里筑坝拦水，而且这里可能会成为一个不可小觑的码头。假设以后水位上涨，或许他们还要搬迁，如果说这个假设变成现实的话，他们还可得到一笔可观的搬迁费。至于搬迁问题，到时候再说吧。

若干年后，野三口当然没有筑坝，也没有建所谓的码头，野三口人的算盘自然未能打成。他们依然还住在半山腰，尽管这些年也终于修通了通向外界的公路，可野三口不仅野，更是狭窄的。狭窄的野三口又怎能孕育出远大的目光？

下　渡　坪

大山里的坪享受着与生俱来的恩宠。再高的山，如果没有坪，这山只能成为孤山。山多与石相伴，坪多与土为伍。这土与水的组合就养育了山下人家。再陡峭凶险的山也有坪，有时坪哪怕就巴掌那么大，都起着至关重要的作用。青龙河上游挂在山腰上那几个生产队的坡田，要找个稍微像样的坪都难。冬天种洋芋，往窝子里放洋芋种不能像平时那样丢，得一个一个往土里按。而夏天挖洋芋更滑稽，得两人背着背篓合作，挖一窝就往背篓里捡一窝，稍有松懈，那洋芋就顺着笔陡的坡径直奔往河谷。

鄂西的山脉绵延不绝且大都峰顶浑圆，给人并不太高的错觉，置身其里，才会对这里的生活发出诸多慨叹。但凡世居此地的山民，都会对那种非“上”即“下”的生活有着切身的痛。不上即下，不下即上，中间少有缓冲。作为过渡的坪坝似乎格外吝啬，从来就舍不得多给。而上天似乎格外青睐下渡坪——八百里清江，最美处在景阳，而景阳又将最好的坪坝给了下渡坪。

从挖角坦和战场坝或者高燎曲折而下，在一个相对较平的坝子里，有一个小小的集镇。这个集镇，虽然只有一千多人，但也有一条不小的街。四山八岭的山民将来这里赶集便叫作上街，到过下渡坪街上，无疑算得上见过世面了。

而渡呢？无论如何都要说到清江。下渡坪那道吊坎下就是在当地人叫景阳河的清江支流。河介于江与沟之间，河太小我们就叫小河，或者干脆就叫河沟沟。景阳河当然不小，能游得过的人并不多见，即便会水的没点胆量甚至都不敢下水。平缓的水流看似风平浪静，实则有点湍急，据说深处可达十几米，要到对岸去，过渡乃不二之选。乘车要随车去三公里开外的地方渡河，走小路就在吊坎下的中渡口，花上几毛钱，坐那豌豆角般小木船，然后爬那弯弯拐拐的泥沙小径到尖石包，缓口气再爬上长五公里多的坡和石级上景阳关，取道花果坪，再辗转抵达红岩寺镇。如果你将或陡或平的四十公里山路扔在了身后，就有一条318国道展现在眼前，那里可通往宜昌和武汉。我们把宜昌、武汉等地称为大地方，真正见世面得去那里。如若乘那笨且缓慢的趸船，过河后则要辗转凤凰、大里、汪家垭、李家坪、花果坪，最后才到红岩寺镇。清江南岸的景阳人要走出大山，非渡河不可，别无他法，下渡坪的名字因此诞生。

下渡坪这个名字于如今的年轻人而言，有点陌生，或许根本就没听说过。他们习惯叫下坪，而将中间的“渡”字给省略掉了。其中的原因，我掂量再三，觉得不外乎这样几种情况。其一，对于时时刻刻都在想如何省力的山里人而言，少念一个字就是一个字；其二，下坪就是下渡坪，不必脱裤子放屁；其三，若干年后修建的那座索道桥让人们不再需要过渡，一日三，三日九，“渡”字便在岁月的桎梏中自然蒸发了。就像原来的下渡坪村民，早已随着清江的梯级开发、水位的遽然上升不得不搬迁到了革塘坝，下渡坪只剩下部分旧址，永远藏匿于时光深处，甚至成为一个沉潜在水底下的谜。

我现在所说的下渡坪，就是那个已成为历史的景阳政府所在地。无论行政架构怎样变化，景阳两个字依旧，下坪两个字依旧。眼下人们还在说着下坪，却是新集镇的下坪了。新集镇离旧集镇，大抵也就三四公里。

还是说说旧时的下渡坪究竟是一个什么样的去处吧。比如说门朝哪儿开，树往哪儿栽？比如说有什么稀奇古怪的事，或者当时的整体面貌和那里的一些人和事是怎样的？318 国道你是知道的，尽管近年来开通了沪蓉西高速公路，人们很少走那条满载着传奇的国道，但对于这条路的情感，很多老一辈人不可能也没法淡忘。318 这条线上有个被誉为“明珠”的红岩寺镇，从那里往南近百里有一条鄂西的母亲河清江，清江南岸有一个黑白相间且格外耀眼的建筑群，那就是下渡坪了。过往的历史显示，此地居民中土家族、苗族占据了一半以上。

若站在清江北岸高高的景阳关雄视下渡坪，会发现人们心目中的世外桃源，无非就是这个样子。下渡坪新集镇之所以抢眼，首先在于新。新的东西耀眼很自然，再者距离产生美感，尤其是桃花梨花次第盛开的三月，还有那些若有若无的薄雾缠绕，又会产生一种朦胧美。艺术家来这里采风，都可以各取所需，甚至可以创作出自己的代表作。那时清江的拦江工程正如火如荼地进行着，眨眼间水布垭水电站就要完工了。可以想象，完工后从汉口乘坐快艇到下渡坪只要几个小时。后来的事实却是水布垭水电站大坝将上游和下游截然分开，只能乘坐豪华游船欣赏清江两岸那些鬼斧神工的自然风光了。据说将来铁路通了，下渡坪的交通会更加方便，这自然又是将来的事情。

下渡坪从来都是以小名的形式，充斥在我们的日常生活中。事实上，它最准确的称呼叫“景阳”，无论是景阳公社、景阳区还是如今的景阳镇，都离不开“景阳”这个称呼。说得官方点，下渡坪就是景阳政府所在地。我们到景阳一直都说去下渡坪。这又有点像父母从来都只唤我们乳名，只有课堂上的老师才会叫我们大名。景阳和下渡坪，正是以这种方式充满了我们的生活。

景阳以下渡坪为核心，辐射清江南北两岸，总面积可达一百六十平方公里，人口三万有余。建筑沿清江北岸自上而下一字摆开，上至大里下抵新河。地势由陡峭到平缓再到陡峭，呈三级阶梯状分布，最后以长达数十公里、高达数百米的景阳大绝壁为界，与临镇花果坪旗帜鲜明地分开。清江南岸与北岸的三级分布状况相似，唯一区别在于南岸相对开阔，少有绝壁连成一片。绝壁彼此间多有出口，分别通往景阳下辖的硝洞坪、挖角坦、战场坝，以及邻镇官店等地。北岸的凤凰观、大里等地，因为清江的水流稳定性太差，时不时就变得极难进出。

讲个与交通不便相关的小故事吧。

在清江北岸一所中学教书的陆老师，周末都得回南岸帮老婆做点农活，这种“半边户”在农村比较普遍。据说老陆每逢周五晚就给自己改善伙食——无非多煮两个鸡蛋而已。却说某次周六一早天气突变，随即暴雨滚滚，顷刻间清江江水暴涨，望着泥浆似的河水，老陆长吁短叹：“这餐鸡蛋白吃啦！”老陆平时为人乐观，有点抠门，还喜欢“疾作”同事，同事自然也就合起来回敬了老陆这个段子。听上去好像这些同事们表面有点损，实际也从侧面彰显了清江是一条季节性的河流。

下渡坪除政府常设机构外，还有学校、医院、供销社、粮管所、信用社、旅社等，凡是一个镇区应该有的“内脏器官”，它基本都有。大集体时代最红火最威风最吃香的，估计要算供销社的同志了。或许一辈子都不曾去政府机构一两回，却常去供销社。学校也是要去的，医院嘛，万不得已时也得去。老师还叫老师，医生还叫医生，供销社卖货的却变成了同志。“同志，给我买点东西。”“同志，帮我打点煤油。”……如果你看了某样东西最终没买，同志脸上的颜色可就不那么好看了。乡下小合作社或者小卖部可买到日常生活用品，有些东西却买不到，或者说可供选择的并不多。再穷的地方也有富人，或者说稍微有点钱的，他们要买好东西怎么办？自然是去下渡坪嘛。若下渡坪也没有，又去哪里？这潜台词就是说，难道要去城里买？城里指的是县城，离下渡坪还有一百多公里。准确的数据是一百零三公里。那时坐班车到城里要四五个小时。就别说走路了，两头摸黑还不一定到得了呢。

对于在下渡坪坐街做点小生意的人来说，城里是个什么样子，他们或许还算比较清楚，毕竟时不时就要到城里进货。对绝大多数乡下人来说，能去城里看看或许就成了他们一生的梦想。他们梦想的翅膀太单薄无力，飞行的极限恐怕也就是一百多公里。

再讲个自己的伤心往事。

母亲一辈子没去过县城。我在县城附近的高中念书时，她始终没找到去的理由，实际上是没有钱这个令人伤心的东西导致的。多年后，我七弯八拐混到了南方，并有幸在那里定居，她就更没机会去县城了。我曾计划等自己的条件稍好后接她来城里住几天，让她享受一下城里人的日子，哪知就在我快有能力把这多年来的梦想变成现实时，母亲却患上了绝症。我把奄奄一息的母亲弄到县医院，最终的结果将我的那份执念粉碎成一地泪水。绝望中我只好宽慰自己，母亲终于有了一个去县城的理由。如果真有天堂，不知道母亲在那个世界里又会有着怎样的心酸和凄凉。

下渡坪，说穿了就是清江江边一个屁股大的小坪坝，没人知道当时为什么会选择在这里建集市，据说集市还是从景阳双土地老街搬迁下来的。向前走一两百米，就是一道数十丈高的吊坎和绝壁，下面便是狭窄的清江了。在我的记忆里，下渡坪几乎一直都是一个样子，从下游的粮所数起，一直到上游的学校，建筑是什么样子，大门怎样开，哪里有棵什么样的树，经常会有什么样的情景出现，这些都无一不像电影里的画面常在我脑海里播放。

粮所人不多，地盘却占了下渡坪的一大角，建筑也不高，顶多两层。最显眼的自然是那些圆柱形的粮仓，顶部戴着大帽子。而那些用来翻晒粮食的地坝，有数十个篮球场那么大，炎热的夏天想要找个阴凉地，得走好半天。整个景阳上缴国家的苞谷、油菜籽、小麦，最后都要从清江南岸的五山四岭集中到这里。每到秋收季节，那些脱了油漆的东方红拖拉机就扑沓扑沓往这里开，甚至手扶拖拉机也上阵了，粮食在小小的车斗里堆得像山包，让人很容易就想起蚂蚁和屎壳郎。山区公路大坑小坑的，司机常在半途补个胎、修个车往往就弄得满身机油，脸上白一块黑一块，像个花王，却看不出半点猥琐。拖拉机司机在我们那里吃香着呢。山里人到下渡坪赶场，要走十几公里山路，空手一个来回都要走到天摸黑，背了沉重的山货走小路，那黑汗直流两腿发软的情景，让人想起来心里都打战。遇到山里人说的“爬爬车”后，就奢望司机能捎带一程，那该减去多少脚力之苦啊。如你所想，司机的屁股翘上了天，和颜悦色的时候都少。司机当然也有难处，邻里乡亲，帮得了这个帮不了那个，最后讨撅挨骂的终归还是自己。

这公粮五转六折到了下渡坪粮所这个中转站，还要用东风汽车往县城转运，其中粮农与粮所收购员间的交涉不用我多费口舌，实在是一言难尽。如果要说农民们还有一丁点欣慰的话，那就是看看汽车也算是一种享受，即便肩上的粮食还歇息在打杵上，也得目送着汽车转过凤凰观村边那个垭口，这才想起要赶下一段更为艰难的路程。下渡坪刚通公路那阵，有个视觉障碍老人听说汽车靠四个轮子一次可拉五千多公斤粮食，心想什么庞然大物这般了得，硬要十多岁的孙子牵去“看”个究竟。来到下渡坪街上，适逢一辆解放汽车过了清江河趸船，沿“之”字形公路往这边开，一路上喇叭不停地叫唤。老人说，比牛叫洪亮呢。汽车在街上停下来，老人过去这摸摸那捏捏：“这家伙好硬啊，抷都抷不动。”

下渡坪人对粮所是这样总结的，咱农民往乡粮所一背篓一背篓地驮，乡粮所就一拖拉机一拖拉机地往区粮所送，区粮所又一汽车一汽车地往城里拉。每年三、四月青黄不接时，再吃国家的救济粮。

从粮所往西边走一百来步，就是白色墙身的邮局。相比粮所的大手笔，邮局显得有点寒碜。如果不是邮局正门面刷了浓浓的绿漆，你一定以为那是居民住所，顶多也就比一般的民居稍大点而已。邮局的工作人员个个着一身墨绿色服装，在大街上容易辨认，下到乡里就更为醒目。走到邮局里面那个不大的窗口，便见一排木柜里装着机子，上有许多细电缆样的东西，值班人员偶尔听到清脆而单一的铃声后，就将那些细电缆，一会儿往这边的孔里插，一会儿又往那边的孔里插，直看得窗口前的人眼睛都不眨。哈，值班人员在那里还对着话筒跟谁说话哩。这时，一位穿制服的同志走过来，在人肩上拍了拍，说："喂，背篓背进来挡住了别人哪。"这看稀奇的人回醒过来，方想起自己要做的正经事，不好意思地匆忙离开了邮局。

那年头，庄稼人要出人头地，除了考大学和当兵，靠写写画画或许也能搞出点名堂来。譬如有个叫杰琦的文学青年，就组织了一个文学社，带动一批文学爱好者参与其中。还在校念高中的我，同样做着近乎狂热的作家梦，与他们纠缠在了一起。当时往报纸杂志投稿，只要在信封上贴邮票的位置写上"投稿"即可，一个信封两分钱。拼命往外投，就常收到退稿信，邮局的许多同志都记住了我名字。后来，有封写给我的信，地址只写了我所在的小镇，也能送到我手里，不少人都说我在下渡坪有点名气。

20 世纪 70 年代末期，下渡坪最高档也最耀眼的建筑物要数那幢百货大楼了。这幢楼高达五层，整个建筑面积之大，在清江两岸也是绝无仅有的。水泥平房在当时尚属新生事物，大窗户加铁窗花，以及花岗岩碎石的墙壁石灰粉刷，加上条块状的造型，让它成为下渡坪当之无愧的楼王。大楼里销售的日用百货可谓应有尽有，还有什么冰箱、收录机、落地电扇等电器，让你两只眼睛都不够用。没人再叫它供销社，改叫它百货大楼了。若在下渡坪买了什么高档布料或是电器类商品，都说是在百货大楼买的，那种得意写在脸上。大楼里更为洋气的是，里面还安装了崭新的大吊扇，风叶一转，凉快得很哪。这个时候大街上进去的人要比以往多了不少，人们不再像从前那般心虚，听说里面那些同志的服务态度好了不少。

与百货大楼遥相呼应的区公所背靠清江，外观看上去甚至有点老气，与高大气派的百货大楼一比，气势上就矮了一大截。从里面走出来的干部并未因此改变，一如从前一般左右摇摆，见了相熟的乡亲也会迎了笑脸打声招呼，然后顺着街道这里走走那里看看，一副若有其事的样子。区公所里面究竟是什么样子，许多和我一样的庄稼人其实并不清楚。庄稼人顶多也就在大门口外探着头，往里面张望一下。门里面有些灰暗，看不太清，再说心里总有一种紧张，望一眼，便迅速回头，匆匆赶自己的路。

区公所门口常常都会聚集一伙人，凑在那里看墙报。这些人中间自然有背着背篓、打杵的山里人，也有上了年纪的老人，还有如我一般的文学青年。墙报新鲜出炉后，立马就得接受众人点评。别看下渡坪地方小，肚子里有几滴墨水的人却不少。有时候他们也会对墙报上的文章表达看法，竖大拇指者有之，鄙夷不屑者有之。后来，住街的部分人知道主办和主笔均是二十多岁的年轻人，一时间，那个叫杨昌祥的诗人常常成为下渡坪人们谈论的对象。

区公所和百货大楼一带，可以说是 20 世纪七八十年代下渡坪最闹热繁华的地段。旁边还有招待所和旅社，全区开个什么会议，都要在那里住宿，或者吃饭，偶有外来摆地摊的小商贩，也住那里。那些小商贩白天就在区公所和百货大楼一带的屋檐下支起红蓝白相间的塑料帐篷，经营他们的小摊子，卖些日用小百货。顺着窄窄的街道两边，一溜儿小摊档，摆满了各式样的小商品。他们售卖的大部分商品与百货大楼的雷同，价格却相差不少。而那些几毛钱几块钱的小东西，却是大楼里少有的。最贵的流行衣物，也不过几十块钱。彼时农村正时兴科学养猪，街上卖饲料、挖锄、薅锄、砍刀的小摊子比比皆是。叫卖声可谓此起彼伏。有个从巫山过来卖饲料添加剂的小商贩，甚至一边用话筒推销，一边和着收录机里的音乐扭屁股跳舞，吸引了许多看稀奇的人。有一次，一个高山来的妇女在他摊上买东西，许是价格上的原因，最终买卖没有做成。

仅仅靠那幢洋气的百货大楼和十几个小摊子，根本就没法撑起整个下渡坪的热闹和繁华。整个街道全长一公里多，最繁华的百货大楼地段也才不到五百米。在物质生活较为贫乏的那个年代，猪肉摊无疑是一道令人向往的景致。真正掏得出钱买的并不太多，驻足观看却也成为一件赏心之事，听那吆喝，更是一种难以言说的享受。尽管天热时那卖肉佬时不时还要用蒲扇或是篾扇，驱赶那些永远也赶不尽的蚊子，尽管时不时一辆秃头的拖拉机从窄窄的街道上“突突突突”卷起一道滚滚黄尘，却丝毫赶不走人们对于猪肉的美妙幻想。就在这个路段，还聚集了卖菜、卖水果或卖农具的商贩。他们大都就着自己的背篓坐下来，卷了自制土烟悠然地吃着，与邻近的商贩扯些无关要紧之事，等待属于自己的买主。那些小餐馆的门面几乎都是油油的，仿佛里面出来的食客在那些门板或是板壁上留下了手印。这些小餐馆最显眼的位置上，几乎清一色地陈列着馒头、包子和油条，上面覆盖着半新不旧的纱布，空气中飘荡着一股股浓浓的香味，诱惑着那些经过的路人。

那棵并不高大却格外稀罕的梧桐树下，靠了树的硬朗身躯，斜斜地搭了凉棚为人理发而养老婆孩子的剃头匠，不得不说也是下渡坪不容忽视的一个组成部分。从百货大楼后面二楼的斜坡下来，或者从前面的正街转弯，都要经过这个金贵的空闲地带。如果凉棚下面那张灵活转动的木椅上正规规矩矩坐着客人，任凭剃头匠挥舞剪刀，想理发的顾客要么再在街上溜达一圈，要么就在边上闲等，随便唠唠也无妨。反正上街就等于撂下了肩上的担子，轻松一阵是一阵。干沟边那幢吊脚楼里敲敲打打的补胎仔，无疑也为下渡坪的丰富多彩起到了点缀作用。门前那些随意放置的车胎以及维修设备，原本并无可看之处，亮点在于院坝里总会停放着加气、加水或补胎的车辆，这在车辆尚属稀奇的下渡坪，也着实吸引了不少眼球。

一个初到下渡坪的人，无论本地外地，都会对干沟这道大裂痕印象深刻。这条干沟名副其实，一年四季没水，即便雨季有点水，也没有一处可将水留住。它实在太陡了，如果暴雨袭来，山洪暴发，再多的洪水也从这里以飞快的速度直泻而下，嚎叫着冲向清江。于是，整个下渡坪的垃圾全被倒进了干沟，大热天这里的味道实在有点让人难以忍受。干沟也因此拦截了下渡坪的繁华与热闹。

先前忘记了两个重要场所，一个是车站，另一个是烟草站。车站就在百货大楼斜对面，说是车站，主要就是吃饭、住宿和卖票的地方。一天一趟班车，根本就不需要多大地方。那班车头天下午从官店镇发车，到下渡坪车站过夜，第二天早上大概八点钟发车。从下渡坪到县城才一百多公里，班车在盘山公路上回旋，抵达县城一般都要中午，弄不好就要到下午。车站二楼是司机和官店过来的旅客住宿的地方。如果那些方格子木窗开着，站在街上还可隐约看到房间里的蚊帐和洗漱用具。班车就泊在车站门口，将矮小的建筑物遮住了一大半。那些上街的人往往都会隔得远远的观望一会儿，才去办自己的事情。或许他们要看看常往县城去的都是些什么样的人。从司机和旅客走路的姿势和言谈间的举止，倒是不难看出这些人是有某种优越感的——他们去的可是县城呀。去县城要两块七毛钱，一个来回五块四，还得吃住，没有十几二十块钱门儿都没有。

烟草站全名叫烟草收购站。从硝洞坪方向下来，经过兴隆寺脚下的陡坡，再七弯八拐大概两三公里就到了水管站。那里有财政所、农机站等单位。这条街道的兴建是后来的事情，在人们的意识里，到这里自然算不得到了真正的街上。只有到了烟草站，才标志着真正到了下渡坪。这里的里程碑上刻着景硝公路起点，意思是从下渡坪到硝洞坪这里是开端，从硝洞坪到下渡坪这里是终点，而终点与起点的衔接处就是烟草收购站。建始县是重要的烟草种植基地，景阳又是全县比较重要的烟草种植基地。说比较重要，是因为全县二高山地带几乎以白肋烟种植为主，而景阳只有一半地段属于二高山和高山。那些年种白肋烟可以说成了风，有劳力和土地条件的家庭，百分之九十的土地都种了白肋烟。山区没什么经济来源，会种白肋烟的很多都成了“万元户”，家里顿顿吃上了大米，还买了崭新的收录机，到处都是李玲玉的声音。那日子听起来都感觉是甜蜜蜜的。

要说烟草站最热闹的季节，自然是在每年九月后。烟农们忙碌了大半年，这个时候几乎隔三差五就要背上大捆小捆的白肋烟去烟草站卖。从清江南岸后山前来卖烟的农民在这里卖了烟叶后，都会再走几步顺脚路来到下渡坪街上，或溜达或观望或买点小东西。因此，常常就看得到许多背着空背架子或是篾背篓的。毋庸多言，那便是卖烟后的特殊标志，从他们脸上皱纹的舒展和笑脸绽放的程度，大抵可以判断他们对烟价的满意程度。当然，这种情况的出现并不会太多。

长期生活在这块土地上的人，当然不得不面对许多问题，虽然这些问题常常搅乱你整个身心，甚至有时候让你无所适从，你却必须面对。所以，当你完完全全熟悉这里的一切时，又会包容它几乎所有的缺点。因为接纳，所以宽容。又因为宽容，所以接纳。于是，就有许多人关注着这条街上每一个正在发生或者将要发生的故事。粮所的老黄快退休了，他儿子眼看就要从技校毕业，秤砣还是在人家手里，这也是无可奈何的事情，任由他去吧。邮局老马，别看他只有初中文化，可那本发电报的字典他背得滚瓜烂熟，没事也免不了要拿出来炫耀一番。供销社老刘早就接近五十岁了，还是和糟糠之妻打了“脱离”，与相好组成了被别人百般唾弃的新家庭。树底下穿喇叭裤留长头发的年轻理发师，找了个大他十多岁的老婆，让许多人弄不明白。干沟边的老彭三十多岁，钱挣了不少，就是不娶老婆，真是让人搞不懂。

不懂的事情多的是。与干沟相隔一百来步的景阳十中，是下渡坪“最高学府”，恢复高考第一年，就破天荒出了当地历史上第一个清华大学学生。据说那个学生一百分的语文试卷，考了九十八分，仅在作文上丢了两分。可后来这学校就一直没有学生考取重点大学，山里人说他一人占尽了风水。于是，不少老师开始疏通各种关系，纷纷往县一中门槛里挤。学校因此开始滑坡退步，校风每况愈下，学生早恋现象也日渐增多。多数学生一进入高中就好像一夜间全熟透了，纷纷将父母用汗水换来的几个辛苦钱花在了交际场上。老师在台上讲课，学生在下面写情书，被发现了就给个暧昧的笑脸，扰得老师的心也开始烦躁，于是就有了许多说不清的故事。

大问题的出现，在某种程度上未必不是一件好事。官店口的九中合并到了下渡坪十中，十中最后又被撤销，成了现在的初中——清江中学，下渡坪从此没了自己的高中。于是政府就大力发展初中教育，将全区最优秀的教师统统集中到清江中学，同时又将各小学的尖子生选拔到清江中学，经过全方位大力改革后，终于造就了全县中考的排头兵。可浅水又藏不住蛟龙，一批有能力的人升的升了走的走了。他们将“水往低处流”“人往高处走”诠释得淋漓尽致。

写下渡坪，最不能忘记的当是那座索道桥，山里人要与外界接轨，首先就得在路和桥上下功夫。20 世纪 70 年代初期，曾有勘察设计工程队在景阳河一带，花了很长一段时间进行勘察，最终选定了十中附近的地段，准备修建一道索道桥。全区从各乡抽调出来的数百人组成的施工队，开采了大量石头，甚至挖出了几十米深的桥墩，眼看快要进入实质性阶段，却突然停了下来。据传是清江南岸地质不够稳定，这一停就是将近十年，直到20世纪80年代末期，政府才再一次确定开建索道桥。

这一次出乎意料地顺利。很快，八百里清江河中游，就建起了一座五百多米长的索道桥，这是下渡坪开天辟地的喜事。通车那天，附近不少农民自发买了上万响的鞭炮，和着政府的鞭炮一起炸个不停。沿河两岸到处都是攒动的人头，他们中的许多人，头一回看见了小车长啥模样，县长是胖还是瘦，是高还是矮。他们看见比茶杯还粗的钢丝绳，小心翼翼走在松木板桥上面，还是觉得恍惚。脚下是一百多米深的峡谷，昔日在木船上见过的清江，如今在脚下的深谷里静如溪流。待他们清清楚楚看见列队而过的剪彩车队后，这才用粗糙的手背揩了模糊的双眼，这才相信索道桥上面的木板铺平了通往未来的捷径。

索道桥将清江南北两岸一下子拉到了让人难以置信的距离，多年来因疏于行走变得陌生的亲戚，终于风雨无阻地常来常往了。而那些从未跨出门槛的，也得来到大桥边看个究竟。至于原来那些开趸船的工人，自然不再整日风里来雨里去了。政府在桥头堡修建收费站，每当有车过，只要撕一下过桥票，抬一下栏杆即可。历经沧桑老来居然还能整天坐在桥头那小屋子里，看南来北往的汽车，欣赏风景一般地看着过桥的男女老少，以及谈一些两岸桥头时不时发生的奇特故事。

后来，经历一阵沉寂后，下渡坪终于迎来了雄起的机遇。这要得益于西部大开发战略，它将整个鄂西山区纳入了开发范畴。政府投资改建天二公路，将原来不合理的设计进行修改，全部按二级公路标准修建，铺沥青，最重要的是原来从花果坪到下渡坪近五十公里路程，因为打通关口隧道，至少减了一半。清江梯级开发的战鼓声，越来越密集。首期的水布垭工程已经竣工，整个下渡坪沿江一带包括下渡坪集镇都要移民搬迁。这响了多年的空空雷声终于在新世纪之初迎来了一阵渴盼已久的甘霖。而原本不到一公里的街道很快就布满了大大小小的坑坑洼洼，雨天无处下脚，路人只好蜻蜓点水跳跃式前进。每当有拖拉机驶过，泥浆与污水四溅。及至晴天，污水坑逐渐发绿，蚊蝇孳生，没人时聚在一起，有人走过来又“轰”的一声四散开来。偶尔还有干沟方向随着令人窒息的热风吹来的阵阵腥臭。然而，下渡坪坐街的人似乎很快就习惯了这种生活，连蚊蝇频频骚扰过的馒头包子，也吃得那么有味，看得外来人直皱眉头。新集镇有了眉目，地点在几公里开外的革塘坝，有人扛着棍棍棒棒和仪器测量了很久，县里还专门在下渡坪成立了移民局，掌管着上面拨下来的大量移民资金。有消息还说，与下渡坪一山之隔的官店，储藏着大量的赤铁矿和其他贵重的稀有金属，将来会有铁路到达那里。说得有鼻子有眼，似乎那一天很快就要到来。

山区交通不便。路通了就什么都通了，道理何其简单，可实施起来又是何其难啊。二三十年前就听地理老师说过，不久的将来，我们的清江要通航，我们所在的地区还要通火车，将我们的赤铁矿和稀有金属硒运到山外，换回来大把的钱。地理老师把我们的将来描绘得多么美好。事实上此后的二十多年，尽管出山的路蜿蜒曲折，却丝毫抵挡不住双脚的前行。教科书上的哲学开不出希望的花朵，更结不出抵抗饥饿的果实，唯有背叛泥土，才能重新生出翱翔蓝天的双翼。

那些年，许多人和我一样，背着大包小裹敲开一座座陌生城市的大门，在别人的屋檐下过着寄居的日子。那些日子，燃尽了我们一生中最为火热的青春。我们用心酸和屈辱，用热血和汗水，用思念和隐忍，合奏出了一曲时代写就的壮歌。

眼看着山旮旯里那一拨又一拨背叛泥土的亲人们，以一种决绝的态度，纷纷加入南下打工大军。他们不是不挚爱这片土地，而是唯有另一片土地的滋养，才能使这片土地焕发出新的活力。实行改革开放都已过去了二十多年，这个叫下渡坪的地方，通往各个乡镇的乡村公路依然还是从前的模样。那些私营小面包车，就像戴着镣铐在坑坑洼洼的公路上跳着一种奇怪的舞蹈，将南下打工的人们送往下渡坪，又将回家过年的人们从下渡坪送往各个乡村。

历史的脚步终归向前。媒体喧哗而骚动，又将人们行将熄灭的信心重新点燃。下渡坪甚至还有修建港口的可能。将信将疑的同时，人们又充满着某种期待。这尘封了几千万年的深山大峡谷，终于有解封的一天，即便再来个二十年的等待也是值得的。同样是头戴黄色硬壳安全帽子、肩扛棍棍棒棒、手提仪器的人，在新集镇的附近支起那些东西，然后在笔记本上写写画画。这个画面只要在下渡坪任何一个地方出现，都会引得人们的脖颈伸得长长的。据说索道桥不仅要搬迁，还要改建成石拱桥或者水泥桥，选址就在上游不远的地方。将来那座桥能建成吗？那么宽那么深的峡谷，建索道桥都不易，何谈水泥桥啊。

将来，将来是会过上好日子的。下渡坪的人开始变得信心百倍了。这种信心当然不仅仅来自逐渐兴起的网络，还有外出打工大军的衣锦还乡。他们已经看得到外面世界的精彩正在一步步往这个叫下渡坪的地方移动。春天真要来了！你看，有钱的人正忙着在新集镇附近购买土地，设计着他们的未来。没钱的人也在盘算着怎样在有限的岁月里，尽快找到致富的路子。而那些还在祖国大江南北靠出售体力赚取微薄收入的人们，又该怎样思考他们未来生活的走向？还有，像我这样在南方安身立命的人，我与下渡坪的距离，在不远的将来，在更远的将来，还会变化吗？我的下一辈，还会知道下渡坪吗？

下渡坪这个集镇终究会沉潜在水下而成为历史。或许，新集镇就在新世纪后的数年时间里变成另一种风景，镶嵌在碧波轻漾的清江南岸，成为画家和摄影家眼中最亮丽的作品素材。而昔日的下渡坪集镇，定会慢慢滑向时间纵深处，变得模糊，直至悄无声息。

第二辑：植物志

杉　树

如果说枞树是鲍坪的父亲，杉树便是鲍坪的母亲了。

土家族历史悠久且同样有着兼容并蓄的传统和姿态，譬如具有“东方情人节”之美誉的土家“女儿会”，便是女性自主择偶的重要佐证之一，它成为本民族的习俗延续至今。枞树得靠枞果回归泥土后才能完成自身繁衍，按照概率来计算的话，其后代存活概率并不高。而杉树不仅有枞树之功能，还可以通过自身的裂变来繁衍子嗣。杉树枝见风便长，即便在极为贫瘠的土地，都能出落成端庄秀颀的大姑娘。

俗话说，成材的树木不用“柯”，那意思直接明了——树枝完全无法影响树干成材的道路。这绝对不是针对杉树说的。大把的杉树苗就在山上，你唯一要做的一件事就是等待——她一定有一个属于自己的最好归宿。我们不是有个“粗枝大叶”的成语吗？老师也一再嘱咐我们不可粗枝大叶，要改掉毛手毛脚的毛病。杉树既没粗枝更没大叶，她要“柯”去的枝叶实则甚少，这或许正是她容易成材的一个非常重要的原因。土家族人对于生男育女之事，历来都是顺其自然。生了姑娘，好福气嘛。或许，这又是她备受鲍坪人喜爱的另一个原因。

鲍坪人都有自留地，更有块属于自己的一亩三分山林。自留地是一分汗水就有一分收获。山林却是放出去的牛羊，一头是放，一群也是放，靠天吃饭。老天爷给了你什么样的树种，什么样的土质，什么样的天气，都不在你掌控范围之内。你唯一可做的除了选择还是选择。你可选择那些不太成材的杂木作为柴火，供一家人煮饭烧水泡茶喂牲口。你可选择那些最底层的茅草和荆棘烧火粪，作为种地的肥料。但你从不会选择杉树来做那些活，你要等着她成材。她就是你心肝宝贝啊。嫁姑娘要给她做站柜做箱子做万字格的新人床；娶媳妇儿要给她妆板壁做门窗甚至做杀猪用的腰盆；家里老人了更得用杉树，除了杉树禁得住时间的检验，最重要的一点，便是她的繁殖能力寓意着人丁兴旺。土家老人死亡叫老了，其另一层意思便是生命的延伸和继续，杉木就承载起这种使命而成为一个民族繁衍生息的符号。

我曾在江浙一带听说过这样一件事。但凡谁家有女儿出生，皆在房前屋后栽种樟树，女儿成人后这樟树自然便成为父母送给女儿的最好嫁妆。鲍坪没有这种名贵树种，自然无法享受树中极品之奢华。鲍坪人一直生活在簸箕大的天空里，没有比较自然就没有贵贱。哪里管得了他人盐罐里生蛆不生蛆。这也是鲍坪人为人处世的一贯风格。

千万别以为杉树的枝丫就毫无用处了。杉树的枝丫，大点的叫杉枝，小点的叫杉毛。杉毛晒干后是引火的上好材料。小时候山林里原本就没多少可烧的杂柴，多数时候是青得掉水的枞树枝，没有杉毛引火，吃饭还真成问题。即便是刚从树上“柯”下来的湿枝丫，也是熏腊肉的上好材料，虽说与松树枝相比是逊了一筹，却也差不了多少。要我说杉树唯一的缺点，就是刺太多，捡的时候刺手，往灶膛里喂的时候还是刺手，反正手上没少出过血。还好这种刺并非十分棘手，用来烧火时，火力来得猛也去得快，因此适合用来炒苞谷泡儿。用杉毛炒出的苞谷泡儿，只要掌握好火候，那味道简直就是一绝。杉树那些并不太过尖锐的刺，也让我想起语言上略显带刺的母亲，嘴不饶人，心里却温软。

这些年，这个地处鄂西南一隅的鲍坪，随着工业化时代打工潮的冲击，有着太多改变。当年稀疏的自留山，如今已被密攒攒的枞树和杉树包围。弯曲陡峭的毛公路，就像一道无形的电流悄无声息地通到了每家每户大门口。昔日的吊脚楼渐次被粉饰一新的白色平房替代。钢筋水泥三合板油漆电器犹如犀利的烙铁，为鲍坪人的琐碎生活烙上了一个时代的印记。

从摇篮到墓地，杉树已然节节溃败至最后一道防线。只有老人们要走了，这才想起杉树。杉木做成的黑漆木寿枋是大了很多，看起来也更豪华、更气派，若往水泥钢筋建成的堂屋一放，总感觉哪里不对劲，或者说有点别扭，就是说不出来。以往那些祭祀亡人的繁文缛节，现在看起来依旧像那么回事，可同样也感到少了些什么。随着民族文化符号的逐渐隐退，杉树也正在走上一条惶惑之路。

枞　树

这种树好像在鲍坪一带才叫枞树，稍远的地方，譬如在红岩寺镇，叫松树。318 国道经过红岩寺镇，这地方便成为某种隐喻，或者符号。直到高中毕业那年我去红岩寺镇待了好几天，便越发觉得鲍坪那些树啊花啊草啊土气。彼时的父亲正被大队抽丁，在清江边上挖土石方，为方便下雨天母亲出去打猪草，父亲托人捎口信让我去拿工程队发放的新胶靴。那是我去过最远的地方，不到二十公里。那一年，十二岁的我刚刚小学毕业。

景阳镇中心的街道两旁没有土里土气的枞树，只有毫无秩序地种着稀疏的梧桐树。于是，我便有了另外一种判断——大地方没有枞树。枞树一辈子只适合窝在被层层包裹起来的山沟沟里，也只有它们肯与山为伍。

山与山交错，脚跟靠拢的地方，有清凉凉的水沿着山脚流过，这便是清江。顺着弯弯拐拐的水流，枞树被放排人带到一个叫枝城的地方，在那里被人讨论着售价。回程的放排人要绕过一道又一道的山峦，兜兜转转好些天才能回到鲍坪。再一次回到原点的他们，抚摸那些粗得有点棘手的枞树，就像抚摸着孩子们消瘦的骨架。

雪花落在大地上，覆盖了鲍坪每一寸肌肤。一家人尽量前倾，围着烟雾熏人的火塘，借此焐热冬季单薄的身子。形状各异长短不一的枞树从附近的山里被砍伐回来，码在火塘里，一点也不直爽地燃烧自己。就像所有的柴草，枞树也只有在晒干后才能尽情地释放热能。他们似乎还在留恋那座贫瘠的山，即便乱岩密布，即便土壤贫瘠。他们还是时乖命蹇的半成品，正值壮年却要赴汤蹈火去完成自己的涅槃。就像肉身单薄的父亲，重压之下脊梁发出撕裂之声，也得咬牙挺住。贱命的枞树，更难逃过锋利的斧头。

被夹在山中间的鲍坪人，拘谨而慎微地讨好生活。枞树的生长永远也跟不上斧头落下的节奏，“靠山吃山”在这里几成一种自嘲。最为艰难的一九五八年前后，这“吃山”也仅限于极为有限的蕨类植物。枞树再多，也是巧妇难为无米之炊，一如鲍坪老话所云，儿多母苦啊。每一棵枞树莫不是被摸了又摸捏了又捏，直至最终被确认没太大出息，便如烈士一般被冠以“柴”的名字，义无反顾地赶赴刑场，践行自己的使命。

而枞树们还要在接下来一次又一次截肢的过程中，成为大约五十公分长的“划块子柴”，然后在向阳的地方被码成通透的“架子”，等待阳光和空气将他们所有的“湿气”逼出来，才能成为鲍坪人抵御寒冷的坚实后盾。

其实，枞树也是一种自带松香的植物，只不过艰难岁月里的我们，更多地将心思花在与生活的拉锯战中，而忽略了这芬芳。时令来到寒冬腊月，家家户户开始宰杀年猪，即便一年中我们大多时候在为温饱而操劳，这个时候也会放下所有农具，缓缓坐在新添置的枞树椅上，闻一闻枞树柴散发出的幽香，那些充斥着苦辣酸涩的日子也因此有了来之不易的芬芳和香甜。

大多是在大雪封山时节，按照椅匠的要求，半成材的枞树被伐回来，然后一根一根被截肢、破皮，削去多余的部分。一截粗粗的枞树在椅匠手里不断被砍削，直至最后成为木椅的腿、靠背、横挡。其中，自然还有一道在锅上蒸椅腿的程序。只有通过锅蒸火烤的有机结合，才能使直立的椅腿弯曲，以便稳坐在那块并不坚实的土地上。

经过前前后后十几道工序，一棵站立的枞树，渐次分娩出木椅的胚胎，直至成为一把完整的椅子。半座山的枞树，在不断砍削中，最后也就成了几十把椅子。好在剩余的木渣、木块还可以物尽其用，成为火塘的热源，不至于让人太过心疼。

冬天的鲍坪，天晴的日子历来都占多数。光杀年猪所需的那锅开水，就得烧掉好多的划块子柴。过年煮猪脑壳呢？还要整十大碗呢？正月间来客呢？这些都需不少划块子柴。甚至，连枞树的树蔸也被从山里挖回来，放进火塘，献出它最后的热。

终于等到杀猪佬用油腻的伞把挂着一篮子杀猪刀具，晃悠晃悠地来了。晒得通透干爽的划块子柴，“哔哔啵啵”尽情燃烧出欢快的火苗，大口大口舔着黑黢黢的锅底，只等杀猪水唱出歌谣。或瘦或肥的年猪，早就被一干人拽出猪圈，按在了案板上。这边厢在喊：“准备杀吧，马上就开哒！”那边厢，杀猪佬一声“要得”，随即传来年猪声嘶力竭的嚎叫。这开扑扑的水一倒进椭圆形的杉木腰盆里，一年一度的年猪饭或者说庖汤宴便正式开始了。

鲍坪的山林几乎只生长杉树和枞树。那些荆棘杂木，充其量也就是烧火粪或者灰粪的帮手而已，这又有点像我们这些只能吃却帮不上忙的细娃儿了。在《杉树》一文，我曾将杉树喻为母亲，那枞树呢？不言而喻就是父亲的代名词了。枞树高大而不太魁伟，腰杆直挺却易被压折，饱经沧桑且面容粗糙。父亲就是顶起家庭的脊梁。

很长一段时间来，我都在思忖究竟是何种原因，使这片土地上的枞树生生不息。据我所知，几乎整个武陵山区都被枞树占据。一种树，或许就是一个民族文化符号。从枞树入手，或许能揭开一个民族生存状态的密码。

而今，那密攒攒的枞树林将鲍坪围了个严实。昔日那些所谓的老房子，最老也不过百年，几乎全被粉刷得耀眼的水泥平房代替，掩映在绿色枞树林中。这些也给了那些离故土越来越远的中老年人一种恍若隔世的飘忽感。

枞树林较之多年前已然是精神勃发，无论哪个山头，再也难以见到裸露的岩石。枞树林的崛起，提升了整个山头的高度。绿色的气息无限扩张。无论走在哪里，冲着你视线而来的，一定是绿色，找不出任何缺点的绿色。绿得有些阴森、沉默，极像今日之鲍坪。

那是一个幽静的落雪之夜。大朵大朵的雪花在鲍坪人的鼾声和睡梦中，覆盖了整个枞树林。山林、田野和大地一片洁白，纯洁到让人几乎睁不开眼睛。往日堆雪人、打雪仗的美好记忆，无不推动着人们走进雪地里。

直至多日积雪融化后，鲍坪人才看到另一幕残缺的景致。那些密集而秀颀的枞树，几乎全被积雪压断，横七竖八，惨不忍睹。古语曰：木秀于林，风必摧之。鲍坪的枞树何曾秀过？

在我记忆里，积雪压断枞树的情景，几乎就不曾有过。即便是1976 年冬那场罕见的暴雪，也不曾将鲍坪的枞树压断。

被积雪压断的枞树，就那么狼狈地显现于山林中，甚至经过了六月阳光的暴晒而成为极易燃烧的柴火，也少有人去理会。用枞树烧火煮饭，甚至用枞树建房子的时代，似乎一去而永远不会复返了。

生活是向着鲍坪人想象的那种美好奔跑去的。现在的他们，无论老幼，再也不需要关心枞树的生长、衰老和死亡了。年轻人大部分时间都在异地他乡，以及来来回回的旅程中。一如父亲般的枞树，惶惑着负重前行。

花　栎　树

四十年前，花栎树是鲍坪较为常见的杂柴。

好些年鲍坪人的日子，就像打补丁的衣裳一样皱皱巴巴，冬天与寒冷僵持，便成了那个时代抵抗饥饿之外的另一件大事。

于是，冬天常常可以看到这样的情景。寒风凛冽中，抑或雪花飞舞里，鲍坪人都去山里挖树蔸，放进火塘来驱除寒冷。稍作留意，便会发现这些树蔸基本都是枞树蔸，花栎树蔸却甚少。偶有相反的情形，那一定是不懂事的孩子们所为，父母也不会过多责备，只嘱咐下次莫再挖。花栎树生长极慢，繁衍能力却很强。如果满山就剩下枞树、杉树，弄不好就有吃生饭的可能。

秋天总是早早来临，花栎树预约了似的，在最短的时间内将外衣脱净，等我们用钉耙来收集落叶。大雪封山的日子里，我们一次次打花栎树蔸的主意。犹豫再三，最后决定用柴刀“柯”下部分树枝。为火塘增温的同时，花栎树也在凛冽寒风中微微颤抖。

那个年代，父辈们能够在与生活的对抗和拉锯中不至于太落下风，应该是实用主义帮了他们。菜园子边的那几棵花栎树，好几个冬天差点就成了火塘里的祭品。父亲说哪天他的斧头把儿松了，他的刨子要换了，他的挖锄楔子松了，花栎树就用得着了。

父亲是一名全能型匠人，他会篾工、会石工、会木工，应该说除了不会缝补衣服，啥都能干，甚至杀猪他都会。当然，他最擅长的还是木工，这从他置办的工具上看得出来。父亲的刨子、凿子、斧子、锯子、铲子、直尺、墨斗等，几乎都用到了花栎树。父亲的全能，并未为家庭带来多少实质性的利益，多数时候他都在给别人帮忙，有时就要过年了，父亲还没有收工的迹象。母亲还指望着父亲回来帮忙准备过年的饭菜，就忍不住埋怨说："长工短工，腊月二十四也满工了啊。"

质地坚硬的木料，在鲍坪也只有花栎树了。鲍坪的树种较为单一，层次少了便意味着恢复期特别长。于是，花栎树就被格外呵护。就在我们日盼夜盼的那年冬天，父亲摸了又摸，看了又看，终于对那棵碗口粗的花栎树下手了。父亲要添置几件像样点的刨子，将手艺做得更好点，首先就要在工具上下功夫。

父亲做任何事情都特别细致，尤其做木工，这也是别人愿意请他的原因。他这种对抗生活的法则，却不为母亲所称道和认可。母亲总觉得父亲手脚太慢，大集体时代不容易混到工分，责任到个人后父亲还是老样子，母亲只能干着急。父亲说他是生就的木头造就的船，改不了。在我看来，父亲的品质与花栎树的慢生长有着异曲同工之妙，唯有慢，才能保证品质，这在现在叫工匠精神。母亲的快最终没能敌得过父亲的慢，我们从父亲那里学会了对抗生活的真谛。这，或许正是我灵魂里极爱花栎树的深层原因。

花栎树活过多年，才开始结大颗粒的橡子。谁家拥有那么几棵结橡子仁的花栎树，不用多想，那便是鲍坪一带的殷实大户。橡子外形颇像锥栗，其果仁亦如是。年少时曾剥开橡子往嘴里喂，涩涩的，就将外壳弄掉，在屁股上插根一寸长的杆儿，用大拇指和食指夹住用力一捻，往桌上一放，橡子转很久才会慢慢停下来。小时候我们常比谁转的时间长。聪明的孩子还将废书纸剪成铜钱般大小套在橡子杆儿上，转起来非常好看，甚至听得见旋转产生的呼呼声。我们常在课堂上趁老师板书时，在下面偷玩。多年后才晓得，那便是精致版的橡子陀螺。

人活一张脸，树活一张皮。花栎树皮越老越有价值。据说供销社收购树皮后，把它们运到很远的地方做橡胶。至于是否真做了橡胶，我并不怎么关心，倒是一直想着另外一件至今都不太明白的事。那些被剥了皮的花栎树依然能够存活，且几年后又能慢慢恢复原样。我想，一般的树应该没有花栎树这种自我修复能力。

一直都记得那个细节。某年在某个地方遇到一棵非常老的花栎树，那树皮看上去很沧桑，我用手指甲在上面掐，发现它很有弹力，便对做橡胶的说法有了某种认同。其实，花栎树在我眼里并非名贵树种，这东西在别的地方比较常见。常见的东西哪里高贵得起来？我一直认同的是它的硬，这种硬代表了鲍坪人较为稀缺的一种品质。这种硬，是骨子里的，并随着年龄的增长，越来越呈现外绵内硬的质地，就像在南方不断砥砺成长的我。

泡　桐　树

多年后我才明白当年的确就是做了个关于泡桐树的梦。我曾不止一次跟父亲说，门口坟墓旁边那块坝子反正荒着，不如栽点果树，过几年挂果后就背到公社或者学校去卖，卖些钱称点盐、买几盒火柴总不成问题吧。可父亲硬是不肯。在当时的我看来，父亲好歹也做过小队会计，肚子里也算有点墨水，却总是太过缩手缩脚，有好多机会只要他稍加把握，一家人的日子也不至于过得那么皱皱巴巴。

而栽泡桐树这事，我甚至给他描绘出了相当不错的前景，可父亲依然无动于衷。在父亲眼里，我还是个正在受教育的细娃儿，哪轮得到我这个嘴上无毛的小屁孩思考大人们的问题？吃饭确实是那时整个家庭的头等大事。父亲年轻时就经历苦难，饥饿与死亡的魔影一直就依附在父亲灵魂深处。一位及格的丈夫和勉强称职的父亲，起码的责任就是要将一家人的日子过得不再那么惊慌失措。

真正读懂父亲，则是十余年后当我像他一样也成为父亲的那些岁月。那时的我，尽管赶走了饥饿的恐慌，却面临着初为人父的考验。在通往理想的道路上，每当夜深人静之际，总会想起那些年有关泡桐树的故事。

一家人饭后围坐在火塘边“谈散白”，原本是件极其自然的事，就因为担心被父亲一口否定，我憋在肚子里的话停在嘴边很久，就是难以说出口。我该怎样让父亲来听取一个还在念小学的儿子的建议，去做一件成功概率几乎为零的事情呢？而当时具体的情形是，班主任课堂上那番话已彻底点燃了我要为整个家庭做点事的火焰，且这种火焰已在我内心聚集成一种巨大的能量，急着要找寻释放的突破口。最终的结果，正如你所猜想的那样，就像一只突然泄气的皮球，我一下子颓丧到了极限。

多年后的今天，我是带着轻松的口吻，在细说着关于两块钱的故事。如果我说四十多年前的两块钱就是一个学期的学杂费，相信你应该不再认为这是一件小事情了。父亲说，一文钱逼倒英雄汉。何况那时的父亲甚至连狗熊都算不上。两块钱就是一个家庭半年买盐的钱，我要父亲拿它去买些泡桐树苗回来，父亲自然不失时机地生动地给我上了一堂课。那晚我从头到尾，几乎一直耷拉着沉重的脑袋，竟然差点就在煤油灯的灯光中昏昏睡去。

至今我也依然未能清楚，班主任哪里来的信息，又为何如此热衷于一件乌托邦式的事情。总之，我们班不少同学都买了树苗，我在班主任手里赊回了十棵树苗，一口气栽种在门口那块荒坝上。小小年纪的我，极力去证明一件事情。至于那两块钱是什么时候还给老师的，至于那些树苗赊回来后父亲与我之间又发生过什么，我现在根本就拼凑不起来那些场景了。反正后来那几棵泡桐树并未按照我设想的线路发展下去。原因当然是多方面的。荒坝土质差，我自然也不懂得如何培育，再者父亲根本就没当回事。当然，我那时的学业也并不理想。后来毫无秩序地无奈生活，一环紧扣一环，完全销蚀掉了我那些年的青春和激情，直至最后仅剩下生活斑驳的碎影，残留于记忆深处。如果父亲尚在，和我谈起这桩陈年往事，不知他该是怎样的唏嘘。而后来的生活居然朝着我从来都没想到过的方向发展，我走出了那个叫鲍坪的小地方，很少回去。在和父亲有限的几次短暂对话中，根本就没机会谈到这个隐匿在生活背后多年的插曲了。

几年前，我也曾和守在老家最小的弟弟谈到过那些泡桐树。他说，后来是有几棵大点的被伐后派上了用场。与杉树不同，泡桐树只能做箱子，或是用作其他家具的装饰板，仅此而已。故土的树木，就像散养在山林里的牛羊，能长多大就是多大。最近一次回老家，我还特意站在园子边看了那块土地，它现在的样子有点让我无法接受。故土刻在我脑海里的仍是二三十年前的模样。

这些年，我在南方这座城市里虚度着光阴，日子过得不温不火，没有大喜大悲，算得上较为稳定而安逸。这似乎就是我当年想要的生活，可内心怎么也高兴不起来，总感觉有许多像泡桐树一样的东西牵绊着我。其实，我就想看看她们。在故土上站一会儿，在老屋里睡几个夜晚，和当年熟识的那些亲人或是左邻右舍拉几句家常。这个想法不切实际吗？虽不至于像从前冲破山的牢笼那么艰难，却也时时感到有些力不从心。哪能说走就走？年轻时激情澎湃，血气上涌，而现在随着身体渐渐老去，更多的时候似乎只有喟叹和怅然。

小时候和哥哥弟弟们，几乎每学期都要赊欠学校的学杂费，准确点说是欠班主任或者某个科任老师的。没有相关老师点头，这书能不能继续念下去还是个问题。那时候交不起学费的也不少，像我这种今天拖明天，明天拖后天，一直要拖很久的，却不多见。因交不起学费常被点名，甚至被严重警告的，几乎每年都有我的份儿。于是，你也就理解了当年买苗钱的提议，为什么在父亲那里会遭到斩钉截铁式的否定。

那一年，我读李佩甫的中篇小说《无边无际的早晨》，眼前就幻化出一片青幽幽的泡桐树林来。那时，我多么想写一篇类似的散文，表达我当年的那种情感，追忆似水流年和历经沧桑后的切身感受。无奈，现实中根本就没有成片的树林供我浇心中的块垒。再后来，我又读了刘恒的小说《狗日的粮食》，那种咬牙切齿的情感纠结啊，深深击中了我的某个部位。父亲曾为了一家人能活命出去借粮食，最后空手而归，母亲看到后绝望至极要去后山跳崖寻短见，想起这些我心里就难受得要哭。可以想见，当年那么幼小的我，是多想用自己弱小而稚嫩的肩膀，接过父母肩上那活命的重担啊。

回家不多的几次看到田间地头的漆树，特别是它们身上那些累累伤口，让我想到相同命运的父母，而这些年每次看到那些泡桐树，就仿若照见了自己少年时代的影子。那些年许多比我家境好得多的学子做着五颜六色的梦，只有我的梦是如此单纯而简单，就像我年少时一年四季几乎一成不变的着装。随着青春岁月的渐渐远去，随着自己这一路的辗转颠簸，我也算是最终破茧成蝶。可是，我最初那个单纯而执着的梦，一直潜藏在内心深处某个位置。在我远离故土，在我父母渐次成为一块永恒的墓碑后，在某个不经意的时刻，那种疼痛，就在我全身弥散开来。

桐　子　树

鲍坪有句俗语："穷人莫听富人哄，桐子开花正出种。"第一次听到帮我家种苞谷的亲戚说这话时，我正在顶坪跟着他们丢苞谷种子。那天，太阳明晃晃的，田边的桐子花格外娇艳。

包产到户不久，鲍坪就时兴起转工。譬如要挖洋芋了，就得头晚或者更早去附近山头的人家去接帮工，顺便"扯哈卵谈"也是有的，反正一圈转下来，想接的帮工也就接得七七八八了。如果要喊近处关系好的，直接就在院坝坎上扯起嗓子一阵喊："明儿个帮忙挖洋芋哟，来不来得成啊？"

那时正上初一的我，因病休学了半个学期，按当时身体恢复的状况，是比较适合做丢苞谷种子那种轻省活的。种苞谷同样是轻省活，请来的帮工也多是妇女。她们一旦人数占据上风，就特喜欢讲些乌七八糟的东西，鲍坪人叫"日古子"。千万别低估那些婆娘们，你若嘴巴上占了便宜，就得小心她们起"鸡窝症"。嘴贱且落单的男人轻易不敢招惹她们。包产到户后的妇女们，依然少不了这种泼辣劲。

鲍坪人对"富人"的定义基本是这样的：每年荒月黄缸里的苞谷粒得有好几百斤，墙角堆放的洋芋得有好几筐，存在地窖里的红苕得有好几百斤。当然，至关重要的是，腊肉也得有十块八块。

不知从何时起，桐子树又与富裕联系在了一起。顶坪山上的那棵桐子树深藏于我年少的记忆中。星期天放假回来，虽有家庭作业，但更多的时候我们都在重复做一件事情——去顶坪山上砍柴。如果山上柴多也就罢了，偏偏满山的枞树，又细又长，仰头望去，全是青吼吼一片。我们形容一种东西，常喜欢用叠词，比如黑黢黢、亮堂堂、红彤彤、青吼吼。在枞树阴影下成长的那些杂柴甚少，好不容易才东拼西凑起一小捆，算是完成了爹妈交给的任务。然后手爪就开始发痒，于是指挥手里的柴刀，到处留记号。那棵桐子树上的月亮、三角形等乱七八糟的符号，正是我少年时贪玩的直接证据。

我还用柴刀当割漆刀在漆树身上割漆，然后用桐子叶做笕子，笕子就像那种兜兜，能接住那些缓缓流淌下来的漆树汁。那些尚未“成器”的青桐子也被我们摘下来，或做陀螺，或做相互攻击的“武器”。每年收桐子那阵，几乎每个晚上都要和父母一起掰桐子壳，尤其是里面包裹着桐籽的那层坚硬外壳，非常考验手指功夫。掰着掰着，瞌睡就一波一波袭来，眼皮生涩得要打架。昏暗的油灯摇曳着少年的迷惘，不知何时才能走出那段悠长而黑暗的生活，只盼着早早倒上床，结束那漫长得没完没了的夜晚。

桐籽并不是什么金贵东西。首先，晒干的桐籽直接卖给供销社才两毛多钱一公斤，就这还得看供销社同志的脸色。拿桐籽去打桐油是个稍好的选择。打家具时一般都会在刷漆前先刷一层桐油，尤其是水桶、粪桶之类与水接触较多的木制家具。然而，桐子树的存在终究会影响农作物的生长。那是一个一切为粮食让路的年月，桐子树不被人当一回事也就不足为奇了。

无论如何，鲍坪的桐子树与鲍坪人的关系终究十分密切。父辈教育孩子一直没离开过桐子树：“叫你好好读书，你却爬桐子树！现在晓得搞劳动的辛苦了！”在我看来，那时似乎只有去田坎边采摘桐子叶回来蒸新苞谷粑粑尚有点新鲜感。其实，桐子叶蒸出来的粑粑，味道并不咋样，如今看来无非就是当时根本找不出更好的东西来替代桐子叶而已。很多时候站在地上就可以拉住最矮的那枝，慢慢往上摘，一会儿便可摘下一大包。蒸粑粑时，我跟母亲说如果还有点肉丝就最好了。我母亲说：“你怎么就晓得包了肉丝好吃些啊？”然后，我们就都笑了。这笑声里分明包含了一种面对苦涩生活的无奈。

那些净苞谷浆做成的粑粑，刚开始吃还有点新鲜感。到最后闻到锅里飘出的那股气味，都觉得有些难闻。这些年，我蛰居的城市里就有好几家家乡风味菜馆，将原来的苞谷浆加白糖发酵后，再蒸出来，那味道果然好了很多。如果再用桐子叶包着蒸出来，又该是怎样一种味道？

一直觉得桐子花还是蛮好看的。白里透红，那么小巧，又那么炫目，极像小学班上那个扎着辫子的名叫永红的女同学。她父亲是公社干部，我从来没敢正眼多看过她，哪怕就那么一会儿。那时，田间地头到处都是桐子花的身影，偏偏没多大感觉。某一天当你发现，那些桐子花看似仍在当年的土地上，一年又一年不厌其烦地绽放，你明白，它们永远只属于记忆。犹如那个女同学，又犹如那里的双亲，尽管那块土地上还有我的名字，还有流过的汗水，更有哭过的泪水。

狗骨头树

我一直没弄清楚，这种树究竟是桦树还是其他什么树。反正我们鲍坪人就叫它狗骨头树，也有人叫它香拐子树，老师安排我们课外劳动的时候则说它是桦树。那时候秋季的课外活动或者家庭作业，老师布置得最多的一项任务就是“唰”桦树叶。“唰”在这里是个“动词”，顺着狗骨头树枝生长的路径，从尾到头使劲一“唰”，树叶就渐次脱离，被攥在了手心。当然，这个动作得重复好几次。这种重复并非毫无意义，其一，可以有效保护手掌不轻易被枝节划伤；其二，更容易将狗骨头树叶“唰”下来，从而提高效率。满了一把便放进身边的口袋里，当树叶装到一定程度，每放一把就开始有了讲究，得顺着袋壁用力往下压，这样能装得更多。这口袋一般都是用过的尿素袋，甚至是麻袋。

供销社收购站自然收购狗骨头树叶，一毛六分钱一公斤。完成学校布置的任务后，我们还得继续“唰”。直到山上所有狗骨头树叶全被“唰”完，留下光秃秃的树干杵在那里。“光秃秃”才意味着这一季全家的油盐钱有了着落，保不准还能为抵御即将到来的冬寒添上一层薄纱。

被秋风扫过的树叶不压秤，一尿素袋轻者不过五公斤，重者也不过十公斤。要“唰”满一口袋，实在不是一件容易的事。装满一麻袋就更难了——况且小小年纪的我们也实在拖不动生活的负重。

“唰”狗骨头树叶有个很官方的名字，叫勤工俭学。通过自己的劳动，适当增加一点购买学习用具的费用。实际上，每星期上课的时间并不太多，扫地、大扫除、捡柴、支农等，占据了相当一部分时间。而“唰”狗骨头树叶主要集中在十一月份前后，太早树上的叶子尚未全黄，这就意味着树叶正依恋着树枝；太晚则树叶的水分被秋风吹干，甚至树干轻轻摇晃，树叶便纷纷飘零，不知所踪。狗骨头树叶黄中带红，站在山脚下比较容易辨认。在绿色植物枞树、杉树的掩映下，它们就越发耀眼。

“唰”狗骨头树叶只能在自己的一亩三分地上进行，不可越界。鲍坪人的山林几乎都在自家房屋前后，每家每户都有看门狗，守护着房屋的前前后后。稍有风吹草动，它们就开始狂吠。人家密集的地方，往往是一只狗发现动静，就带动整个屋场的狗们立即响应。阵仗之大，使得一般人不敢轻易下手。

狗骨头树一般长不了太大。在粮食异常紧张的年岁里，从来就没有哪种植物可以免受砍伐之灾。鲍坪人有自己的取舍。该砍的一点也不含糊，该留的倒还得合计合计。就拿狗骨头树来说，难以成材，或者说短期内难以成材，那就得让步，就得牺牲。即便树叶多少有点用处，但与粮食一比较，孰轻孰重，一目了然。

晒干狗骨头树叶是一件容易的事情。鲍坪的秋天很少下雨，往往一晴就是一个月，甚至更长。“唰”回家的树叶，在院坝里晒两三个晴天，便可装起来上交学校。最开心的事情，莫过于拿到学校颁发的奖状。靠学习成绩得不到奖状，只好在劳动上弥补一下，也算是那种环境下不可多得的一点喜事和乐趣。况且，没人觉得拿到劳动奖状是件可耻的事情。

孩提时代的我们，更喜欢春季的狗骨头树了。狗骨头树上结有一种黄豆大小的东西，类似山胡椒，我们常将这些东西摘下来当子弹打枪。枪是用水竹筒做的。将两边的竹结用砍刀或者锯子弄断，做成枪管，再用一根细细的小木棍穿过竹筒，尾部加上手柄，一支竹筒枪就这样诞生了。先将一颗子弹推进枪膛，送至枪眼部位，然后再喂上一颗，通过向前快速推移手柄，枪膛内的空气在短时间里收缩，直至前面的颗粒喷射出去。

那时的男同学，几乎人手都有这样的枪，且每人荷包里随时都能搜出不少“子弹”。课余时间一到，特别是放学后，男同学们便追着相互射击，都以准确射击到对方的面部为快事。玩多了，便尝试往女生身上射，也因此被老师惩罚。当然，也有中弹受轻伤的，只要不伤及眼睛，家长就不会闹到学校。

还有聪明的学生，用更长的竹筒做出了连环枪。依次往枪膛里推送好几颗子弹，“啵啵啵”，几颗子弹连续出击。当然，最聪明的莫过于发明可以扣扳机的。这种枪一出现，不少人就跟着模仿。一时间，放学路上就有了“敌我”战争。跑在队伍最前面的“八路军”先行埋伏起来，只等“日本鬼子”进入埋伏圈，便“噼里啪啦”一阵猛扫。

不知道谁第一个叫这种树为狗骨头树的，只觉得这名字蛮妥帖。鲍坪的冬天蛮冷，很多学生，甚至大人，脚后跟都有冻疮。轻则奇痒无比，重则裂口流血，甚至化脓。常见的办法就是将狗骨头，特别是狗腿的骨头用文火慢慢炕干，擂成粉末敷到患处，很快就会见效。用狗骨头来命名老师口中的桦树，也是形象逼真至极。狗骨头树的树干和枝丫毫无生长规则，又坚硬无比。

直到后来我又知道，这狗骨头树叶有极强的黏性。那是水泥还极为稀缺的年代，鲍坪人将狗骨头树叶采摘回来，放进石碓里反反复复地舂，直至成为黏性极强的黏合剂，再和着石灰、黄泥等，用于建筑上。

狗骨头树几乎难以长大，一般都会成为鲍坪人镰刀和斧头下的牺牲品。这又有点像永远上不了正席的狗肉，充其量也就是一种陪衬。

漆　树

家庭联产承包责任制落实那年，分到我们家的老漆树总共不到十棵，且满身刀口，犹如一串串黑月亮。父亲不知从哪里弄来一把漆树苗，沿着田坎一路栽了下去。

我们的希望也一同植进了土里。每年春季，尤其是潇潇春雨后，我们常常跑到这些苗子跟前，听那拔节的韵律，望着顶端那团暗红的火苗子，心里就有种说不出的期待。荒月即将来临，家中仅有几只老母鸡隔三差五地下几个蛋，勉强能换回点油盐，其他一切开支几乎都要靠漆树。那时漆匠下手格外重，一点也不心疼，似乎割死了漆树就会乐得一身轻松。

如同母鸡隔天生蛋，割一季漆，漆树得休息一年，只要这批树苗成材，便可轮着割。那时，起码不必再为学费天天听老师那些冷言冷语了。农业上有了投资，粮食自然丰收，猪也长得滚圆。我们饭碗里油水足一点，也能同家境好点的孩子一样活蹦乱跳。

盼啊望啊等啊，直到小学毕业，那批幼小的漆树苗才勉强成材。初中仍然是在公社附近那个叫粟谷坝的学校，等于就是换了间教室而已。正当我还沉浸在新环境的氛围里时，无情的病魔就将我遣送了回来——我患上了很重的肾炎，必须休学治疗。眼看着哥哥和两个弟弟的学费欠着，被催了多次，不用说自家的肥料也无着落，哪来的钱去医院弄药？也不指望出门能借得到钱了，有点活钱的家庭本就不多。何况家家都有本难念的经，脸皮再厚也开不了口啊。去合作医疗社赊了两回药，人家脸色就难看了。母亲先是唠叨着，然后就是一个劲叹长气，叹完长气后就坐在灶门口，眼神茫然地望着黑黢黢的楼板，似乎那里能找到破解问题的答案。父亲望着浑身肿得像馒头的我，沉默良久，似乎下了很大决心，这才说："拿那批稍大一点的漆树开刀吧。"

漆树开刀太早便活不了几年，父亲何尝不懂得这个常识？他要想办法再栽一批漆树苗子，哪怕又要十多年光阴才能用得上，也不能眼睁睁看着病魔夺走儿子的命。父亲将他那套因多年割漆而染得黢黑的盔甲找出来穿在身上。那柄弯月状漆刀在父亲手中翻转着，在清晨的阳光里，泛着冷冷青光。那初开的漆树口，一如初生的婴儿眯缝着双眼，乳白的汁液，眨眼间就滚落进漆笕子里。

有了生漆放在家里垫底，父亲出门开口借钱，似乎底气足了不少，却也常打空手。事情总算在磕磕绊绊中有了转机。喝了差不多一年中药，去往杨柳坦的岔路口，倒了一大堆药渣子后，我才得以重返学校。

初三毕业那年，因数学成绩扯后腿而中考落榜，我回到家里，正赶上父母为大哥建房子。一家六口人仍挤在那两间矮小且一落雨墙就潮湿的房子里。大哥到了说亲事的年纪，得有间像样的新人房，父亲说娶媳妇进门是件大事，迟早都要建房子的。那是一段我永远也难以忘却的时光，它在我十六岁的天空里，镌刻下了失落与苦楚、彷徨和焦虑。

三个月时间，我几乎整天与成人一样，拼命地开山放炮，晚上吃过饭还要趁着浅浅月色，清除白天放炮炸出的石块。我双手被磨穿了好几层皮，结了一层厚厚的茧疤，以致后来补习时竟能敲击桌沿而发出铿锵之声。我最真实地体验到了生活的艰辛，憋了好多天，终于鼓起勇气对父亲说："爸爸，我想去补习，这次争取考好。"

月光下，父亲衔在口中的土烟卷一明一灭。沉默良久之后一个声音说："晓得搞农业的滋味了就去吧，等我把生漆卖了给你交补习费。"

绳从细处断，我补习那年秋天赶上一场罕见的秋雨，苞谷、洋芋只抢回部分就烂在了地里，而且挖回的洋芋连猪都不肯吃，猪无饲料，自然长不肥，仓里的苞谷、洋芋一天天变少。第二年开春不久，家里连润锅的油也没了。父亲出去几次都空着背篓回来，眼看着下顿就要"吊锅"，一家人闷坐在火塘边，母亲急得没了主意，偷偷躲进厢房门旮旯里抹眼泪，然后准备从侧门跑到后崖寻短见，被眼尖的小弟发现了，就一个劲儿抱着母亲的双腿。我们兄弟几个抱在一起大哭了一场。父亲背着几十斤苞谷回来看见这情景，也在一旁挤着浑浊的双眼，不知过了多久，父亲忽然将嗓门提得老高："都莫哭了，跟我打漆籽去。"

父亲找出那把弯得不能再弯的镰刀，绑在一根长长的竹竿上面，大哥扛着木梯跟在后面，用了几乎两天时间，将所有的漆籽全都剃了下来。我们在田地里一点一点捡拾，集中到一起，一称竟有五十多公斤。父亲把这些漆籽全背到鲍坪的榨坊，将榨出的漆油拿去供销社卖了，然后去粮管所买回两袋苞谷。剩下的漆籽做了饼，再加上从田里捡回的秋风吹落的枯漆叶，将猪食也做得稀稀汤汤凑凑巴巴，猪与人勉强度过了那个饥荒之年。

因了那片漆树林的呵护，我得以念完了三年高中，然而时乖命蹇，在那个黑色的七月里，我最终没有挤过那座万人拥挤的独木桥。那天，父亲正爬上那棵最高最大最老的漆树上收漆，一听说我落榜了，就如一根枯柴棒，从树梢上倾斜落下。我也因此躲进吊脚楼顶，睡了一个星期才恹恹地爬起来，形容枯槁的我，跌跌撞撞走进了那片青青的漆树林里。

父亲并没有深深责备我，反倒安慰我，说："去补习吧，有这片林子作后台，会磨出来的。"

后来我终于考上了自己心目中的学校，收到录取通知书那天，父亲买了一长串"浏阳"鞭炮，挂在吊脚楼门口那棵最高的漆树上，"噼里啪啦"一通，震落的漆树叶纷纷扬扬，在八月的艳阳中，格外炫目。

子在川上曰："逝者如斯夫!"

一晃，我就在远离故土千余公里的这座南方沿海城市度过了五年。短短五年中，家中也发生了诸多变化。父亲来信说，那批漆树再也没有像早些年那样肯流了，差不多每年都有那么几棵，在一片萧瑟秋风中，"脱光"了衣裳，裸露出累累伤痕，直至黄叶落尽不再发芽。父亲早年开了刀的眼睛，也日渐暗淡下去。为了偿还外债，年近花甲的父亲还在外头打工。母亲一个人在家既要忙喂猪，又要忙田里的活，一日不曾得闲。多年来身体就不好的她，仍拖着病恹恹的身子苦撑着，却怎么也没料到，在她生命的下半场竟患上了不治之症。当时她说先是感觉到一股气在腰身四周转动，疼痛难忍，其实那时肺癌就已到了中期。母亲直到病倒在床爬不起来后，才肯被带去大一点的医院检查。那片漆树林早被我们榨干，家里再也没多少经济来源了。没钱住院，又将母亲抬回家中，等我心急火燎从几千里外的城里赶回家，看到躺在病床上的母亲，在有人扶着的情况下，都起不了身。

找好去县医院的车，我和父亲还有弟弟一起，急忙将母亲送到县医院检查，肺癌却到了晚期。那天下午，我独自一个人跑到广润河边痛哭了许久。那些年，为供我们读书，为兄弟的婚姻大事，那片漆树林付出了多么沉重的代价啊。而今，当母亲生病时，那原本青青的漆树林却裸露出累累伤痕，再也不能流出漆汁了。一家人眼睁睁看着母亲一步步地走近死神。

就在母亲告别人世的那段日子，地里仅存的几棵漆树，在四月里，落完了最后一片黄叶，有几只黑乌鸦，哀鸣着从上面飞过。

第三辑：生命志

折　耳　根

春雨滋润过后，地里或是田坎边常常会冒出一根根胭脂般红亮的嫩芽，点缀在鹅黄色的春草间，颇具情趣；见风后，叶芽张开，状如猫耳。太阳一晒，色转紫红，叶面变青，叶背呈暗红色，其根白嫩嫩、脆生生，散发出淡淡的鱼腥味，故名鱼腥草。乡人依其形称折耳根，抑或摘耳根。

折耳根，同故乡的香椿芽、芫荽菜一样，也有一个与其极不相符的土名——臭菜。老人云：饥荒之年，田野无物可食，独山间田埂有折耳根，肥嫩，救了一方百姓。今日山城，无论县城还是小镇，每年春季，菜市场就有叫卖着卖折耳根的亲切乡音。远道来山城采风的客人，听见草根四元一公斤，十分惊奇；又见买菜者人手提着一扎鲜嫩草根，回到家中，掐嫩叶，洗净切节，然后用辣椒、酱油、醋拌食，个个挟之入口，咂咂有声。乡里人吃草！入乡随俗，食之，入口清脆，胃口大开，竟也餐餐不离此物。原来，臭菜不臭，清香可口。

我在鲍坪度过了青少年时期，那时正赶上全国“农业学大寨”的浪潮。公社将各大队的精壮劳力全集中在一起，搞“坡改梯”示范，学校也不甘示弱生怕落后，集全校师生，以锄为笔，在示范田旁的山腰凿出八个大字：愚公移山，改造中国。

一字竟有数百平方米之大。那年春天，因为前一年秋老虎横行，开年不久粮仓就露了底。父亲白天随集体出工，晚上回来还得点燃杉树皮火把，背上背篓，探着弯弯山路到处去借粮食。每每夜深人静，当我从睡梦中被尿涨醒，还隐约听得见父母的叹息声，便知道父亲又一次空手而归。粮食严重匮乏，小菜也不多，除了苦苦的莴苣菜，要在田里找到绿色野菜，根本无望。

放眼整个山头，除枞树和杉树外，一切落叶植物仿佛都凝固了，时间也似乎停在了那里。唯有田间地头的椿树顶端，有了一抹暗红色的春意，似乎在暗示我们，折耳根开始探头探脑了。于是，我们扛起锄头，提着篮子，沿着田埂，开始寻找折耳根的嫩头。折耳根的根须犹如茅根一般，有着极强的穿透力。挖三两斤折耳根，往往得毁坏不少田坎，我们生怕遭到父母的责骂，于是就格外小心谨慎。

至于酱油、醋等调味品，自然不敢奢望，好在那些年辣椒颇丰，加上食盐拌匀，苞谷面饭配上这盐腌辣椒折耳根，便满口生津，食欲大振，终于紧张而小心地赶走了饥荒之年。而且每年这时候，母亲都会破例提前“刨青”，去菜园挖一撮箕洋芋回来给我过生日。母亲说我生在荒月本就命苦，怎么也得在过生日这天吃好点。菜籽油炕出来的洋芋色泽金黄，加上凉拌辣椒折耳根，让我在生日这天吃得肚皮都撑了起来。生日过后很快便是端午，荒月逐渐隐退。饭桌上开始有了菜豌豆、大豌豆，油菜和小麦也渐渐成熟了。

应该说每年除春节外，最开心的就是生日那天。有了这油炕洋芋作主食，分明感到了生活的美好，无非就是一桌可口的饭菜。一觉醒来，脸上那种说不出的满足感还未完全退去。

哥哥和两个弟弟都说，每年你过生日，我们一家人都沾你的光哩。我分明看到了他们眼神里的那份羡慕和嫉妒。而这种特殊年月里特殊的待遇，无疑给我的生命添加了一种暗红色的元素。

那种清贫的日子，一直持续到我长大成人。父母为供我们兄弟几个念书，熬过了十多年缺油少盐的岁月，脸上也因此刻满了皱痕。哥哥和两个弟弟为了我读书，也付出了太多太多。他们和父母就像叠加在一起的暗红的火焰，为我生命的律动，不断供给着能量。

无论我远去求学，还是在外地工作那些年，心底一直挂念着折耳根，很想生日的时候好好再吃一餐。后来到了广东闯荡，就很少回到鲍坪了，这个朴素的愿望一直没能实现。一晃又是多年，常常感觉不到四季的更替，总觉得那些暗红色的火焰离我越来越远了。偶有机会回到千里外的鲍坪，也难逢折耳根成熟，何况看到父母躬耕田地，我哪还有什么心思去寻觅折耳根？

前段时间父亲来信说，这些年生活好了很多，你长期在外地工作，想吃折耳根也没时间、没心思去挖，现在我有时间挖回来，你们不在身边，也吃不出什么味来。猛然间才意识到，我的人生又向前迈进了一步，远离父母的时间也多了一年。

而今，我在遥远的南方多年，一晃十多年没吃过母亲亲手做的折耳根和油炕洋芋了。在吃腻了鸡鸭鱼肉之后，我忽然感到我是多么需要折耳根啊。我需要这道山中菜来缓解我体内脂肪的堆积，我需要找回当年和父母在一起的那种温馨场景。父亲再一次来信说，责任地田埂上的折耳根又快冒出头了，你妈每年这个时节总是叨唠着儿子长大了，已过了而立之年，要是在家的话，就是再苦再累也要为你弄上顿油炕洋芋和盐腌折耳根吃……直看得我泪眼汪汪又唾液顿生。

慌忙去邮局打了长途电话回去，才知老人家卧病在床已数月。他们知道我成家立业欠了不少债，没将这个消息告诉我。因为没钱，母亲被抬到医院又被抬回来，只好等待着死神的降临。

折耳根渐渐成熟的时候，我终于捧着厚厚一叠七拼八凑的钱回到鲍坪，母亲却走了。在料峭的寒风中，我的眼泪漫天飞舞……

母亲坟前的田埂上，是挖了一年又一年的折耳根。

香　椿　芽

今年三月，我在一个老家微信群里问香椿芽哪时候出来，想弄点尝鲜，他们说老家正大雪纷飞哩。与往年相比，今年香椿芽的确是迟了许多。记忆里好像家乡二十多年从来没出现过阳春三月大雪纷飞的情景。恍惚间我已在南方生活了二十几年，这里一年四季都是满眼葱茏，弄得人恍恍惚惚，常常忘记季节。老家还在下雪让我无法平静，好像不吃香椿芽，这日子就没法安生似的。

搁几年前，想吃家乡菜一般都是请回老家过年的乡里乡亲捎带点过来。那时的香椿树还光着身在寒风里打战，及至早春三月香椿芽上市，返乡的人们早就在工厂生产线上忙碌了，即便偶有老家人过来，像香椿芽这种鲜货，在路上辗转几天后，芽尖基本都烂得差不多了。

如今老家镇上就有物流，专卖家乡土特产的网店也顺势而生，不仅服务细致周到，而且价格也不算太贵，一般情况下最多三天就能收到货。一句话，只要有钱，想从味觉上缓解乡愁，可以说很容易。

前不久微信朋友圈就有个老乡，刚好她广州的朋友即将开张的一家餐厅请我写几幅字，见她发微信说销售香椿芽，顺口问了一句多少钱一公斤，没想到就给我快递过来了。当时我只是想打听一下价钱，然后再请老家的兄弟帮我买点——老家是有很多好兄弟的，他们哪肯要我几公斤香椿芽的钱？但现在微信支付那么方便，怎么好意思老让兄弟们破费？

后来收到快递包裹，回头再留意老乡微信朋友圈，才知道每公斤将近一百四十块钱。说实在话，确实觉得有点贵。你知道，这年头时兴什么东西都在微信上“晒”一下，据说叫晒幸福指数。我又岂能轻易放过这样的机会？哪知老家的表弟很快就回复我说，家里卖香椿芽不就是大白菜的价钱？我自然不太确信表弟的话。以前我们村到清江边的小镇交通不便，那些瓜果蔬菜的确不值几个钱。现在交通方便了，香椿芽在小镇卖四十几块钱一公斤，而二十几公里外的栗子坪只卖二十几块钱一公斤，让人摸不着头脑。

一百四十元一公斤的香椿芽似乎一下子就点燃了我味觉上的乡愁。就在四月，我先后收到了好几位兄弟从老家快递过来的香椿芽。第一位是当年“小江南”文学社同仁清社老兄，他专门安排司机从咱老家捎来的。收到包裹时，整个纸箱有一半变黑了，估计出现了问题，却又有点不愿意相信或者说不死心，凑着鼻子一闻，一股腐烂味从裂口处窜了出来。那晚老婆费了近两个小时，从五公斤香椿芽里择出来不到一公斤好的，反复漂洗后炒出来还有一股若有若无的腐败气息。她埋怨我都好几次了：前几天就嘱咐你快递一到马上拿回来冻着，多可惜啊。哪晓得货到那天我单位事情特忙，中午时分我还是抽空跑回去将包裹拿到单位的。清社兄得知后又一次亲自去采购，然后进行真空包装，再一次给我快递了五公斤过来。此后，相继收到了另外两个兄弟坤林和海森的快递包裹，于是，我决定送些给单位同事。同事多为广东人，大都未见过甚至未听说过这种树，更不知道它的嫩芽可以吃，那兴奋劲让我很是享受了一番。

来广东这么多年，我也曾回过几次老家，一般都在秋季，几乎从未在香椿芽上市的季节回过。差不多二十年没尝过新鲜香椿芽的味道。椿芽干倒是有的。乡下人最擅长的就是趁了好天制作各种干货，然后封存起来慢慢享受。椿芽干我们叫干椿芽，新鲜的则叫湿椿芽。放置许久的干椿芽，那种香味更醇厚绵长。如果用它来炒腊肉，或者炒豆豉、鲊广椒之类的小菜，可以让你多吃几碗饭，特别是苞谷和大米做的蓑衣饭。这东西保证你把肚皮撑得圆溜溜的。

还有一种介于干湿之间的香椿芽，是我家人十年前开饭店时，在干货批发市场上发现的。其实，就是现今常用的那种。具体操作过程是先将香椿芽过水，再进行真空包装，然后冷藏起来批发销售。这种经过长时间冷藏的香椿芽，味道自然差了不少，尤其是香味，差得很远。这在没有新鲜香椿芽的时候，还是颇受人欢迎的。毕竟，有总比没有好。这个时候人们对香椿芽的要求没那么苛刻。

我对香椿芽的感情可以说是刻骨铭心的。贾平凹在《丑石》中说丑石以丑为美，香椿则是以臭为香。老家鲍坪没“香椿”这么个好听的名字，只有土里土气的乳名“椿芽子”和“椿芽”。香是相对于臭而言的，两种看起来没啥区别的椿树，它们的椿芽却是一香一臭。很自然，香的那种就叫香椿芽，臭的就叫臭椿芽。臭椿芽不受待见，除非在那个特别年代里，管你香啊臭的，吃进肚子能活命就成。当然，也有少许人压根儿就不喜欢香椿芽的味道，就像鱼腥草、芫荽，还有南方的榴莲，喜欢的人非常喜欢，不喜欢的人闻到那气味，便逃遁得远远的。

香椿芽当然来自香椿树。我们鲍坪一带的香椿树有个特点，即一般都生长在田埂或山林边。我不知道其他地方是否也有类似的情况。我个人觉得这首先是和那个时代关联在一起的。试想一下，在粮食为王的时代，那些树木，往往都得靠边站。田中间哪里容得了它来争地盘？一旦遇到香椿树苗子，想都不用想，一锄头下去就给铲掉了。田埂上的苗子相对就容易存活，但能存活下来的也不多。那些长势好的被保留下来。而山林边就没太多人去管了，任其自然吧。可香椿树偏偏还有点娇气，土质差了它就是不肯长。于是，山林边一般是难以见得到成片香椿树林的。土质好点的地方，几乎全都被开发出来种粮食了。

香椿树是一种质地优良且成材期短的木材。鲍坪人没有那种生娃就栽香椿树的传统，当然也就不存在娶媳妇儿嫁姑娘时砍香椿树做家具或嫁妆的习俗，但这并不表明成材的香椿树失去了用武之地。鲍坪的香椿树自有其用处。

生活得小心翼翼往前挺，日子得凑凑巴巴往前挪。娶媳妇儿起码也得建造几间像样的房屋。挺直的香椿树，常常就被用来做门枋或檩子。当然，最高待遇肯定是做房梁。房梁是置于正屋顶上的分水岭，是房屋魂魄之所在。在鲍坪，梁与娘同音。上梁不正下梁歪，做房梁的木材一定要直，不蔓不枝，除了杉树之外，香椿树可以说稳坐第二把交椅。嫁姑娘时，香椿树又可做嫁妆，而且做出的嫁妆有一种特殊的香味，深得姑娘们的青睐和珍爱。

小香椿树的芽不能采，否则会要了它的命，那是要被父母责骂甚至挨打的。另外，香椿树质地很脆，一般也不能将树枝掰过来采摘香椿芽，稍有不慎，便会折断树枝。

幼小的我们哪里懂得采摘香椿芽要手下留情啊，见到长势喜人的小香椿树上的香椿芽，想都不想直接就给掰下来，父母知道了骂我们便是必然的事情。记得家门口那棵香椿树，当时才一人多高，十几年不见就一个人都抱不拢了。那是个云霞漫天的傍晚，我们兄弟几个放学归来，父母还在门口苞谷地里薅草，我和哥哥挎着书包就在田间的石壁上玩。石壁上是父母薅草时扔过来的石头烂草之类的东西，缝隙间长有野生韭菜，黄黄的，这里几根，那里几根。我们就很有耐心地把那些发黄且枯萎的部分掐掉，然后扎成一把。我们站在石壁中间的高处，顺手就将旁边那棵香椿树儿顶部唯一的一撮香椿芽摘了下来。父亲薅完了一行草，转回头见香椿树光秃秃的，像树桩一样矗在那里，一句也没问，就将捏在手里的薅锄把横扫了过来。就在它与我单薄的身体接触的那一瞬间，我甚至听到了薅锄把与风摩擦出的尖厉声音，紧接着，我身体某个部位的骨头就传来断裂声。母亲见父亲下手如此之狠，慌忙跑过来一把抓住了父亲手里的薅锄把："你这是要把他们往死里打呀！这么狠心，干脆把我们几个都打死算了！"

父亲平时很少对我们嬉皮笑脸，或许是生活的担子太重，很少遇到笑得起来的事情。即便遇到了，他也很少溢于言表。相反，如若正在苦闷时，遇到我们犯错误了，他下起手来就毫无轻重可言。多年后我依然在想这个问题，是不是娃儿多了就不值钱，或者穷途末路时心格外狠毒，抑或这就是他们惯常的教育方式？

那棵香椿树被摘去唯一的嫩芽后，通常情况下是很难再成活下去的，即便成活，其成长之路必是坎坷曲折。欣喜的是，一个多月后，夏天都过去了快一半，那棵香椿树冒出了一缕新芽。当我和哥哥某天放学后来到田边时，想起早些时候父亲那重重的薅锄把棒打身体的疼痛，心里那隐隐的疼痛再一次扩散。从那以后，每每想起曾经的疼痛，便会在路边瞄一眼那棵椿树。

我家虽有近十亩山田，香椿树却不多，毕竟光吃香椿芽填不饱肚子，那些被留下来的香椿树，基本都生长在坡度较大的田坎边，对田里的庄稼没有特别大的影响。那些香椿树一旦遮住田，就像那些桐子树，父亲准会拿出砍柴刀毫不留情地斩掉其多余的部分。虽说很多年来我一直固执地认为他与许多父辈们一样死心眼，但对他那种做事细致入微的态度还是非常认可的。从他身上学到最多的，无疑就是这种精神。

每年香椿芽上市，刚好是青黄不接的季节，不要说腊肉，就连最基本的主粮苞谷、洋芋都不够。即便从田间地头摘回香椿芽，也难以享受到猪油的滋润。往往是在开水里滚一下，然后就切成碎节，用可怜的一点猪油将有些生锈的铁锅润一下，放点盐和辣椒炒一炒，就算得上荒月之中难得的享受了。

一年一度的荒月短时一月有多，长时两月有余。每天就是苞谷面饭加活渣汤，最窘迫时连辣椒酱也没一碟。别说辣椒了，甚至断盐都有过好几次。无油无盐该是什么日子？荒月里的父母几乎每天都是愁眉苦脸，我们还敢奢望什么？田里看得见的能填充肚子的，最多的是那种苦味十足的莴苣菜，再也难以找到让我们眼前一亮的粮食了。

如果一定要找，就是那些还光着树身仅有一抹春意的香椿树了。眼看着家里的粮仓一天天见底，那些香椿芽终于开始绽露笑脸。我们手忙脚乱地拿出早准备好的竹竿，将镰刀往竹竿上一绑，通过长长的梯子爬到树上，一截一截被砍断的树枝，“唰唰唰”直往坎边田头落下。我们一手捂住头部，趁了合适的空档，冲过去争抢着往自己的篮里捡。别看树上零星点点好像没有什么，集在一起还真不少。我们从心里到脸上呈现出的喜悦，一点也不比过年逊色。

香椿芽变成树叶只需短短的十天，那些天我们眼里尽是香椿芽。我们将弄回来的香椿芽一一用开水煮过，然后再用绳子一根一根晾起来，放在阳光下或通风的地方晾干，然后储藏起来。说是储藏，实际上就是放在不太显眼的地方，便不那么容易引起胃的注意。这是母亲的小心思，她防的是我们这些不懂事的“饿鬼”。

后来，我远去外地求学，每每荒月如期到来，我在教室里上课时也会止不住地想到鲍坪，想象着父亲上树采摘香椿芽的情景，时不时口腔里就有了清甜的味道。老师在黑板上写的数学符号，在我眼里也就变成了朵朵耀眼的香椿芽。那么多暗红色的香椿芽从高高的树尖上，突然间就自动脱落，在半空中飘呀飘呀……

老师放下手里的教科书，喊我名字，让我去校门口拿东西，说母亲给我送小吃来了。那时，我正在备战高考，一个多月没回过家。学校离我们家足足有四十公里山路，而且母亲从未来过学校，根本不认得路。看到母亲满头大汗，以及那晒得黝黑的脸，我心里既欣喜又难受。母亲将背在肩上的蔑背篓放下来，拿出一个胶袋给我，说：“这是你喜欢吃的椿芽子！”母亲接着又说：“前几个星期回来，见你瘦成一张皮，我就去你姨爹家借了几斤腊肉来，和了些辣椒炒了炒，给你补补身子，让你争取考好点！”

我说这么远，要来也是爸爸来呀，怎么您来了？母亲眼角就有泪水在打转。我们四兄弟，哥哥初中毕业就辍学，两个弟弟甚至小学刚毕业就辍学了。那些日子，父亲为了能给我多增加点营养，不惜将两架木梯连接起来，爬上那棵最高的香椿树打香椿芽，哪知木梯顶部左右滑动，父亲一时间没能抓住木梯，顺着木梯滑到地面，现在只能扶着打杵艰难挪动。

打开胶袋，一股香椿芽和腊肉混合的醇香扑鼻而来，我深深呼吸了一口，就感觉到一股暖流直冲到眼睛上来，差点就夺眶而出。回到教室，我打开书本遮掩了好久，才将忍住的泪水偷偷地释放出来。那个夜晚，晚修后所有同学都睡觉了，我一个人来到宿舍后的山冈上，遥望远方那黑郁郁的青松山，伫立良久。我不知道我和我父母将来该会怎样。我只隐隐感到肩上越来越沉重。

最终，我算是勉强完成了学业，并走上了一条艰辛的文学创作之路，释放着我心底聚集已久的情感和困惑。之后，又在社会生活的旋涡里挣扎沉浮，我将自己最美好的青春献给了我执着的文学事业。现在，我是完完全全走出了苦难的童年和少年，可父亲从香椿树上跌下来笔直地躺在苞谷地里的情景永远地停留在我的脑海里。父亲，犹如那一朵暗红的香椿芽，又似生命里时隐时现的灯塔，在我得意、失落、彷徨的时候，总是闪烁在我灵魂的深处。

刺　芥　菜

前不久看到一篇文章，大意是说某位老师去乡下家访，学生家长做了一桌农家菜招待他，其中一道菜就用到了红苕叶，广东人叫红苕叶为番薯叶。老师临走时见走廊上有一大堆刚扯回来的鲜嫩番薯叶，顺便问了句："这么好的东西，可以带点回去吗?"家长也老老实实地说："老师随便拿就是，多少都没问题，反正是喂猪的。"

时下有个颇为流行的现象，城市各大餐厅不再人流如潮，倒是那些又偏又远的农家菜馆备受食客们青睐。农家菜中有一道就是清炒蒜蓉番薯叶。由此，我想到了老家一种叫刺芥菜的猪草。闹饥荒那些年，鲍坪人都吃过刺芥菜。大概是 20 世纪 70 年代中后期，我们鲍坪依然很穷，一旦年成不好，就有可能吃野菜。倒是在我开始记事后，即便最困难的年份也没有吃过刺芥菜这种野菜。这种野菜有刺，很难去掉，吃起来刺嘴，不易消化。不到万不得已，人是不吃刺芥菜的。

艾蒿倒是吃过，也是田里生长的一种猪草，鲍坪人叫蒿子或者蒿枝，闻起来有股淡淡的药味。现在的城里人，大都会说有种淡淡的清香，时代在变化，似乎人们的味觉系统也在跟着与时俱进。将蒿子弄回来洗干净，和着苞谷面做成面团，或蒸或煎。当然，煎的可能性极小，因为缺油。记忆中好像也就吃过一两次，具体味道竟然全忘了，反正不好吃是肯定的。看来，我们这代人与父辈在吃苦这点上，还存在不小的差距。

我曾用吃蒿子粑粑的经历教育自己的孩子，但她总是振振有词地反驳说："时代不一样了！"我说："人的精神和品质并不会随着时代的发展而有任何的改变！"精神和品质就是一个人的魂魄，如果连这个最基本的东西都没了，那人岂不就成了行尸走肉？略感欣慰的是，孩子没辜负我的期望。

小时候，除了砍柴挑水，我做得最多的家务事就是打猪草。左手提个篮子，右手拿把小镰刀，在田里和沟沟坎坎边找猪草。沟边坎边的就用刀割，田里的就用手扯。猪草有了，顺便除了杂草，一举两得。偏偏田里刺芥菜多，叶子沿上又有许多刺，常将手刺得生疼。扯得多了，疼痛感不复存在，想必是神经麻木了。回到家里洗手才发现手指变得黄中带黑，还有许多细小的刀口印，这便是刺芥菜留下的痕迹。

如果有些疏忽，田里尚有漏网之刺芥菜，一旦其长大，那花开之后结出的婆婆针，就要天女散花般缠住你身体的许多部位了。偏偏那时衣裳补丁多，婆婆针就有了更多机会攻击它的对手——农民。它们从出生到最后老死，身上总是带着刺，守护着自己的领地。要说刺芥菜也有点遗憾，它只有一条根，一旦被拔起，等于老巢被端。而被我们疏忽掉的"漏网之鱼"，一旦逃生，便又广泛播下复仇的种子。

自然界的生存法则，与人类一样。我们时时都在讲人与自然要和谐共处，其实都是相对的。有些可以和谐，有些则是永远不可调和。一如刺芥菜或者番薯叶，过去，人类可以让它喂猪，现在，我们又可以让它喂我们城里人。不变的还是刺芥菜，倒退了的却是人类。那么多的鸡鸭鱼肉，那么多的大米、面粉，那么多的蔬菜、水果，不去选择为何偏偏钟情于农村的那些野菜？

这刺嘴的刺芥菜，人类还能吃多久呢？

婆婆针

婆婆针这种东西，鲍坪人唯恐避之不及。它竭尽所能与农作物争宠，使出十八般武艺，不断壮大自己的根系，来汲取更多的营养。鲍坪人一眼就识破了它的别有用心，等它长到一定大小，或者只要时机合适，就会毫不犹豫收拾它，用它和田里的其他杂草来喂猪。

婆婆针吸收土壤养分和水分的能力特别强。对于靠粮食活命的鲍坪人来说，这是个问题，却不是个太大的问题。叫你那么想出人头地，直接给你砍掉喂猪。但它会顽强地繁衍自己的子嗣。于是，就有不少“漏网之鱼”活到秋天，扯黄豆和收苞谷的季节，没有谁能逃得过婆婆针的纠缠。

那时鲍坪人穿破烂衣裳是常态，就像苍蝇专叮有缝的鸡蛋，婆婆针也无时无刻“盯着”鲍坪人。它始终如一地表现出“缠人”的毅力和决心，就像婆婆对媳妇的那种絮叨，它那些细小的针尖，时不时轻轻扎这儿一下，再扎那儿一下，让人浑身隐隐作痛，却找不到伤口。这大概就是婆婆针名字的由来。

由此，我们常会看到如下场景，尤其是在秋收季节。它们这伙混迹于庄稼中的败类，并不甘心自己的失败，常常使用下三滥手段，不断骚扰鲍坪人，攻击他们的袜子、裤子甚至头部。鲍坪人为了抢在雨天来临前将粮食收归仓，对于婆婆针小儿科般的袭击，自然不会理会。直到收工后，他们才会算总账，将这些浑蛋们一一清除。女人的长发最容易被针对，她们就用头巾裹住头发。这些植物界的败类终究敌不过人类，却也带来了不小的麻烦。鲍坪人懂得这是生活不可或缺的一部分，认命并非妥协，而是为了更好地生存。

近日无事上网查阅资料，发现婆婆针一般是指鬼针草，两者一比较，发现鬼针草这个名字更厉害。如果说“婆婆针”蛮形象逼真，“鬼针草”就更接近本质。那种如影随形的鬼魅，让人极不舒服却又无计可施。网上资料还说，婆婆针为民间常用草药，全草均可入药，具有清热、解毒等功效。

婆婆针全身是宝，怎奈鲍坪人不识货，一直拿它来喂猪，还嫌弃它妨碍农作物生长。当然，喂牛喂羊也可以，只不过成本太高而已。反正一句话，就是没什么用。

由此看来，“天生我材必有用”，任何一种在我们看来“没什么用”的东西，其实都有其独特的作用，就像站在面前的人才，你是否具有发现的眼光和挖掘的能力？

饥饿曾迫使我们将目光特别聚焦，看什么都像吃的，只要能入口下肚无毒，均在收缴范围。而现在一切都变了，我们眼神不仅温柔，还极富层次感，目光所到之处一切都是美好的。不信你回头再看那婆婆针在贡献完一切后的造型，是不是特别像邰丽华的代表作《千手观音》？

鸦　鹊　子

我们那里管喜鹊叫鸦鹊子。

鸦是乌鸦的鸦，鹊是喜鹊的鹊。我们管乌鸦叫老鸦子。老鸦子和鸦鹊子有个共同点，就是都喜欢表现自己，生怕人类忽视自己未卜先知的本领。一个呱呱报喜，一个哇哇报丧。

为人类报喜本是件极好的差事，但有时候会显得聒噪，就像那些高调的人，整天把一件得意之事挂在嘴边，就不怎么讨人喜欢了，甚至还让人生出些许反感和讨厌来。家里来了客人谈兴正浓，如若小孩总在旁边叽叽喳喳，大人们不胜其烦时往往就会训斥：“就像鸦鹊窝里捣了一棒子的！”

鲍坪人说鸦鹊子一叫有喜到。这种喜，不一定是说有财进，更多的是有稀客来。那些年哪里来的财嘛！时间一长，人们自然就将有财进这个“喜”给忽略了。于是，鸦鹊子带给鲍坪人的喜，便有了季节之分。荒月里，鸦鹊子一叫，人们心里就开始躁动，鲍坪人说打滑滑。先是一阵极其短暂的兴奋，继而开始犯愁，将所有亲戚在脑海里回想一遍——又会是谁呢？这几天来咱家又是什么事呢？家里已然是连润锅的油都没了，如何招待客人？偏偏这群鸦鹊子一直在家门口树上，就是不肯离去，不厌其烦地叽叽喳喳，好似在探人家底，又好像不等到主人的赏赐便不肯罢手。如果此时手头上正好握有家伙，保不准就往树上扔。我让你叫，叫，叫！多嘴的鸦鹊子们便一哄而散，各自飞向另一个山头，但仍喋喋不休，似乎是在嘲讽。

鸦鹊子喜欢与人类为伍，常常在房前屋后的大树上立窝，其意图非常明显。我曾一度怀疑鸦鹊子们除觅食外，几乎就只会干报喜这件事了，很像如今某些人，专说赞美的话专唱赞美的歌，就为了那点可怜的打赏。然而，在我近距离观察后，才更倾向于这或许就是它们的“职业”。与人类不同的是，它们虽说也在炫耀自己的天赋，毕竟靠的是自己的“专业技能”。

从职业的角度来说，鸦鹊子在敬业的同时，跟那些只会唱挽歌的老鸦子一样，也必然显露出了自身的局限性。尽管人们喜欢听那些顺耳的赞歌，但听多了也就不胜其烦，且在不合时宜的时间地点，还会引起农民将手中的物件直接扔过去，赶走算了。与唱挽歌的老鸦子相比，人们对鸦鹊子的态度总归是不同的，鸦鹊子的归宿毕竟远甚过老鸦子。人类当然懂得与自然和谐共处，才会拥有自己的美好家园。不过，主宰万物的人类往往会根据自己的喜好程度，实时掌控自然界各类动物的声音。这种掌控，如果用两个字来概括，那就是：杀戮。

我曾细致观察过鸦鹊子们立窝的过程。那段时间，它们几乎是倾巢出动，不到一个星期，或者比一周稍长，便建好了属于自己的暖巢。那段时间的鸦鹊子们好像忘却了自己的职业，一心一意唱着只属于它们自己的歌谣。它们在做一件事情时，绝不三心二意，这真的值得人类学习。鸦鹊子们立窝，一般都选择枝繁叶茂的季节，它们懂得，如果到了寒冷的冬季还没有一个温暖的家园，还食不果腹，即便有再高的思想境界，也唱不出美妙的赞歌来。

突然就想到了我太祖，从青龙河搬迁到鸦鹊山附近的情景。当时他们三兄弟分别占据了鸦鹊山附近的三个小山头——戴家坡、机匠包和麻岩包，且这三个地方正背靠着青龙河。站在鸦鹊山上，青龙河尽在眼底一览无余。想必是不想离故土太远，便选择了眼看近在咫尺走起来却得近两个小时的鸦鹊山。

鸦鹊山与鸦鹊子到底有没有联系，或者究竟有多大联系，显然并不重要了。可以肯定的是，就青龙河几百米的海拔而言，一千多米的鸦鹊山已然很高了。何况，从青龙河到鸦鹊山那条陡峭绝壁上开凿出的只有一个脚板宽的小径，无异于鸦鹊子才能飞得过的地方。鸦鹊山，是多么形象生动啊。为何非得叫鸦鹊山而不叫老鸦山呢？对于人类任何个体来说，叫喜的鸦鹊总比叫丧的老鸦受人待见嘛。当然，还有一个更令人欣喜的原因，从那个叫鸦鹊山的地方，人们距离县城更近，可以走得更远。

如今，鲍坪还是那个鲍坪，鸦鹊子换了一茬又一茬，当年的细娃儿不仅变成了中年油腻男，更是从鸦鹊山出发，走到了县城，走到了省城，一直走到了南方的一座沿海城市。当他携着全身疲惫、满脸风尘踏进鲍坪那块土地时，父母早已不在，兄弟也各奔东西，那间祖屋早被弟弟改建、扩建，最后推倒重建再贱卖给了他人。那些鸦鹊子该选择哪家的大树去报喜呢？

老　鸦　子

老鸦子一叫，人心里多少有些不爽。老鸦子那叫声就像哭丧一般。若是老鸦子集体鼓噪，而自家又有病人在床，那心里可就是十五只吊桶打水——七上八下了。

近段时间老鸦子好像在闹聚会，整天不知疲倦地练习和声，领头的一叫，后面就跟着响应，越喊越带劲，好像不叫出点事情就对不起自己的名号。果然不多久，就传来邻近某个村有人“凶死”的消息。那人年纪不大，说是去崖里弄柴脚下的羊胡子草打滑，一个跟头就掉进了青龙河里。老人们说：“老鸦子反，必有凶事！”

每年种苞谷时，老鸦子“反”得最厉害。那时刚好青黄不接，上餐下餐全是活渣面饭，年成不好的话，还要将芝麻绳做的裤腰带再勒紧一圈。老鸦子盯着田里的苞谷种，时不时在低空盘旋，找寻时机抢食。鲍坪人便将种子拌了桐油和扬尘，既防土里的害虫，又防这些老鸦子。老鸦子没了“食路”，居然还有气力呱呱哀鸣，不知是在向老天投诉，还是借机咒骂人类。总之，那声音越发凄厉，直叫得人心里空空，两腿发软。

到了寒冷的冬季，特别是大雪覆盖了田野，四处白皑皑一片的时候，老鸦子“反”得最凶。相比荒月里的叫声，老鸦子冬季的声音似乎要温和不少。或许是粮仓里有了粮食，即便老鸦子叫得再凶，也不必再那么慌张。

相传春秋时期，鲁国有个能听懂鸟语的人，名公冶长，贫而闲居，无以为食。某天有只老鸦子飞临他家，叫道：“公冶长，公冶长，南山有只大绵羊，你吃肉，我吃肠。”公冶长听后寻到山里，果得一只无主大羊，食之有余。后失主追踪而至，竟诬公冶长偷羊，讼之鲁君，鲁君不信鸟语，遂将公冶长逮捕入狱。公冶长因此蒙受不白之冤。人们为他鸣不平，认为那只老鸦子为公冶长招来了灾祸。

或许就是从那时起，乌鸦便被视为招灾引祸的不祥之鸟。而鲍坪亦有“乌鸦头上过，无灾必有祸”“喜鹊叫喜，乌鸦报丧”等俗语。为禳解乌鸦报丧，相传民间还有各种专用破解术，如遇其当头聒噪，则蹬足痛骂，旋吐唾沫一口；或默诵“乾元亨利贞”五字真言七遍，等等，便可逢凶化吉。此类封建迷信之类，鲍坪人不会当真。最直接的就是用土办法，或大声呵斥，或扔土疙瘩，或将死老鸦子用竹竿挂在田头垄上，来警醒那些乱叫的老鸦子：“看，再叫，这就是你们共同的下场！”

老鸦子是有灵性的，或者说每种动物都拥有自己独特的天性，来应对自然界的优胜劣汰法则。生存就是理由。老鸦子看见同类做了人类的牺牲品，便不再来此处为人类的死亡通风报信。而自以为是的人类还在为自己的聪明感到窃喜，但死亡还是如期而来，只是人类不再将这笔账记在老鸦子头上而是记在老天爷头上了。原本天底下最好心的老鸦子，就因为所从事的职业是唱挽歌，而被人类极度反感。

其实，老鸦子一出世，其基因便决定了其职业前途必然是灰蒙蒙一片，一辈子都见不到光明。有人说老鸦子的职业类似于人类的终极关怀者，但它们的境界却比人类要高出许多。这很有点像我所从事的职业，只是它们一出生就无法选择，而我恰恰相反，是自己主动选择。当你肯定了自己的选择，自然就等同了信命。但信命却不等于妥协，相反，它能让人静下心来不再好高骛远，而是脚踏实地，干着自己想干的事情。就像老鸦子们，完全不理会人类，你喜欢也好，讨厌也罢，从不轻言放弃。在它们的慧眼看来，这个世界都是孤独而黑暗的，而人类是所有孤独和黑暗中的最高形式。只有它们才是传播光明的使者，而且是用这个地球上绝无仅有的方式。放眼天下，还有谁能冒着极大的生命危险，为人类矢志不移地唱着葬歌呢？

与围观犯人在菜市口被斩首示众的人类相比，老鸦子从来都不会做麻木而懵懂的围观者。那些所谓的杀鸡儆猴手段，也的确对人类的被统治者起到了或多或少的警示作用。也正因为如此，几千年来，人类的统治者才会乐此不疲地一次又一次惯用此类低级手段，妄图将天下收入自己囊中。试想一下，我们的老鸦子们无论面对何种困境，可曾退却过？因为它们深知自己是职业歌手。它们的职业道德，决定了它们的崇高地位。它们虽然是人类最不受欢迎的不祥之物，却是整个地球上顶尖的歌手。

盐　老　鼠

那时的夜晚黑黢黢，就像敷了一层厚厚的锅底灰。灶屋里一盏油灯迷茫地摇曳着。母亲还在剁猪草。累了一整天的父亲则跷着二郎腿，光着膀子，摇着蔑扇，在核桃树下乘凉。偶有萤火虫带着微小的光亮飞过，此时又听到了外婆哄小外孙入睡的童谣：“虫虫虫虫飞，飞到嘎嘎（外婆）门口，嘎嘎不赶狗，咬了娃娃手……”

在父亲叶子烟一明一灭的间隙里，一个燕子般的身影一晃而过，就飞进堂屋不见了踪影。母亲正提着满桶猪食从里屋摸出来，立马就喊：“盐老鼠飞到堂屋里了！赶快捉！”嘎嘎怀里的小外孙蓦然惊醒，跳了下地，嚷着要捉盐老鼠。等关上所有门，点燃油灯在堂屋里找寻了一通，却发现盐老鼠早已不知去向了。

民间传说盐老鼠本身就是一种在地上行走的老鼠，只因偷吃了很多盐后才长出了一对翅膀，它们常常趁着天黑之际飞进屋里偷盐吃。刚好那几天家里没盐吃了，母亲让我去机匠包东姐家借了一茶杯回来，等水井坎上那棵棕树的棕片割回来，去供销社卖了钱就买盐还给人家。东姐晓得我们的为人，很爽快地在她灶上的盐罐里舀了满满一杯。要是连这点盐都被盐老鼠偷吃了的话，那我们就得餐餐吃淡活渣洋芋了。

我们一直都想抓住盐老鼠，看看这家伙究竟长啥样，好几次梿枷、竹竿、扫把一起上，终究连它的毛都没弄到一根。有一天傍晚天刚黑，我和哥哥推完大磨，正坐在堂屋门槛上歇息，一只盐老鼠闯了进来，手脚麻利的哥哥顺手就将大门关上，来了个瓮中捉鳖。这次终于看清了盐老鼠的真实面目，可谓尖嘴猴腮，难怪经常干些偷鸡摸狗的下作事。这家伙被我们用母亲纳鞋底的麻绳拴住了双脚，嘴里不断发出尖细叫声的同时，一对翅膀竭力扑棱着，试图逃离我们的控制。我们拉着手中的麻绳，任由它扑腾嚎叫，变着手法折磨这个在我们看来极度可恶的小偷：看你还敢偷吃我们的盐！看你还敢做偷东西的强盗！在鲍坪，谁要是当了小偷，是要被人戳脊梁骨的。即便最为困难的那几年，鲍坪也从未出现过谁家东西被偷的情况，家家户户从来就不用锁门。

我初中时学英语，有一篇文章讲蝙蝠的故事，说蝙蝠是墙头草，风吹两面倒。它一会儿说自己是兽类，一会儿又说自己是禽类，当兽类和禽类和解时，蝙蝠就猪八戒照镜子——里外不是人了。从老师那里得知，蝙蝠就是我们常说的盐老鼠。可为什么蝙蝠就是盐老鼠呢？为什么盐老鼠喜欢吃盐？很显然老师无法回答这些问题，还批评我钻牛角尖。

近日查阅盐老鼠的有关资料，才知道盐老鼠是人类的朋友，更是许多害虫的天敌。盐老鼠喜欢在夜间行动，靠着自身发出的超声波，可以非常精准地找到猎物，人类根据蝙蝠发出超声波的原理发明了雷达。资料还显示，盐老鼠喜欢在屋檐下活动，时刻都在寻找猎物，所以有的地方又称之为檐老鼠。

现在，究竟是檐老鼠还是盐老鼠，一点都不重要了。倒是我在几十年的人生中见过太多盐老鼠一般的人，你根本就无法分得清他究竟是人类还是兽类。也许，昨天还是人类，今天忽然就变成了兽类。他们为了自身利益的最大化，就像变色龙一样，可以在任何恶劣的境况下都能使自己安然无恙。也许你在舔舐自己伤口的时候，人家正躲在某个阴暗的角落里偷着乐哩。

人是一种极为奇怪的生物。年少时内心就像一张白纸，何等洁白而纯净，可我们偏偏就认为这个孩子尚未成熟。只有当那张白纸被染成一张乌七八糟的废纸时，惊人一致的赞美声便传来——这孩子终于成人了。经过岁月沧桑洗礼后的我们，最终还能还原成最初的那张白纸，这真堪称人世间的一大奇迹啊。而那张被染得一塌糊涂的废纸，还能还原成当初那般洁白而纯净的纸吗？这或许正是为什么我们常常无比怀念童年时代的真正原因。这或许正是越接近泥土的长者，他们内心越是豁达而澄明。

现在，许多如我一般的外省人，大都还在他乡与故乡的来回辗转中蹉跎，哪里就闲得下时间待在故土，懒洋洋地回味儿时那些旧事。随着生态环境的每况愈下，恐怕再也难以回到从前的情景中了。那时的人，一边是早已作古，一边是劳燕分飞，在各自的身不由己的环境中支离破碎，也只剩下这难得清闲的回味和追忆了。

第四辑：风物志

锅

褐色的锅，一开始就没打算好好与鲍坪人相处，非得让人用粗粝的磨石，一遍又一遍将它身上不显山露水的棱角打磨光亮，再用猪油或是菜油一遍一遍将它浸润，就像顽劣的孩子非要讨得父母一顿捶打，然后再来一顿安抚，这才安静下来。

鲍坪人说要知道锅是铁打的，言外之意是某件事本身难度大，不亲历不晓得火色。铁匠根据铁被烧成的颜色，判断其是否烧熟烧透，以及需要确定铁锤锻打的次数。我不曾亲眼见过一口锅的铸造过程，只能按照鲍坪铁匠的水平，去想象其中的细节与难度。他们的手艺能打制出的，无非是挖锄、薅锄、斧子、镰刀这种低层面的农具。据说一口锅的最终诞生主要靠模具，这种工艺县城里才有。当然，买锅只要去供销社，一手交钱一手交货即可，而赚钱的难度其实并不逊色于用县城造锅的模具的难度。

三岁娃儿都知道，与锅密切配套的是锅铲和锅盖。前者可以找铁匠打，后者找木匠做便成。相对于木石二匠的数量，铁匠少之又少。一千多人的村庄，铁匠不过一二。铁匠铺子里经常传来那种“打点吃点打点吃点”的声音，单调而无力。在鲍坪人看来，铁匠是笨功夫，有身蛮力气即可，即便师傅，其手艺高超与否，无非是拿捏火候的精准程度。当磨过后的镰刀薄刀斧子顺手可刮掉下巴上的胡须时，嗯嗯，火色到家了，是把好家伙。

锅乃心之所向、一家之魂。炊烟升起，不管是洋芋红苕，还是腊肉活渣，无论是油烟味，还是闻起来特别舒服的清香，传递到鲍坪人的鼻子里，无论如何都有了生机。无论是下地种田、上山割草，还是赶场走亲戚，脚尖总是朝着一个方向。无论是急促还是缓步，最终都会抵达炊烟升起的位置，那里有口圆圆的、勾魂摄魄的铁锅，静静等待着归者。

有锅必有灶，黄泥铸成的实体，必须镂空，前有半圆形灶口，内有圆形灶膛，上有圆形天口，依据铁锅大小而定。如果我们稍作观察，便会发现所有用具的形状非圆即方，是否暗合了不以规矩不能成方圆的古语？又或是昭示了天圆地方的学说？不管这里面究竟暗藏了多少哲理和玄机，鲍坪人不过是在依葫芦画瓢。他们浅显地理解为前传后教，或是麻绳子打草鞋——一代传一代。他们眼前最紧要的是把日子尽量过成一个圆，哪怕椭圆甚至半圆也好。

无论是灶膛还是铁锅，当然最喜欢干枯的木柴，燃起那些或黄或红或淡蓝的火焰，不断燃烧自己，将热能尽可能传递到铁锅那佛一般的大肚皮上，去焐热鲍坪人单薄的身体和那略显寒凉的肠胃。炊烟穿过笔直的烟囱，来到更为广阔的空间，通过浓度的大小以及散开的形状，传递出只有鲍坪人才能读懂读透的信息。直面火焰的锅底，在历经岁月的沉淀之下，结痂成深浅不一的黑锅灰。新过门的媳妇往往会因反复添加柴火，而弄成花脸被人取笑。如若她再伸手去揩了一把，则成了花王。

串串笑声就传出了整个吊脚楼，逐渐消散在远处的山洼里。

当然，也有做了半辈子饭的媳妇，只要一进灶屋，总会弄成三花脸。家翁不忍直视，便主动去灶门口添柴火。于是，便有了公公扒灰和烧火的故事。单调贫瘠的生活，也因此有了更多的理由和快乐。如果换成男客，则有另一种戏谑：莫不是铁拐李又来了？民间传说铁拐李早年偷别人的锅，先用锅烟子将脸上抹黑，而后被一老道人拦住，让铁拐李天亮前最黑的时段给还回去。

一口锅的生命力极其强盛，每天都要经历下烧上炒，锅灰的厚度在增加，锅的厚度却在递减，就像滴水穿石，肉眼当然没法看到。有锅铲与锅身的不断摩擦，还有刷竹的长期洗刷，在这场看似温柔的洗礼中，鲍坪人获得身体里富含铁质的同时，锅却在与时间的对抗中，开始出现砂眼，一滴两滴地渗漏起来，漫不经心一般。鲍坪人惯用的办法是用饭粒堵住漏水的位置，不到万不得已，舍不得请补锅匠来——补锅毕竟不是一件好听的事。修补后的锅，等于重新焕发出生命，继续为鲍坪人奉献自己最后的生命。

锅当然还有铁质的吊炉锅和泥土烧制的砂锅，否则也就没"打破砂锅问到底"什么事了。这两种锅在鲍坪统一叫吊炉锅，通过火塘上的梭筒钩来调节锅的高度，既省却了在灶上的时间，也节省了柴火。鲍坪冬天的火塘经久不息，吊炉锅里时常就有煮得开扑扑的腊肉，从不断被掀起的锅盖缝隙里，传递出诱人的香味，让我们这些半大孩子实在没法忍受，拿出筷子就从里面插出一两坨，边吹着热气，边急不可耐地送进嘴里提前享受一番。

锅也有自己的委屈，没法向谁诉苦。每天为鲍坪人忙完两餐后，还得再为那些猪们煮上满满一锅。稍稍富裕点的人家，一般都有两口铁锅，自然就有了专为猪们服务的一口了。锅活在富裕人家，少了折磨，寿命也更长。

一口锅自然也有属于自己的哲学，在生产力低下的时代，在一口大锅里吃饭时，人性易被撕裂和扭曲导致一团火热的表面之下，人与人之间为温饱而纠缠与争斗。当生产力进一步发展后，一口大锅离析为无数口小锅，人的能力被最大限度激发出来，到处都显得生机勃勃。哪怕一锅活渣洋芋，或是一甑子苞谷饭，都重新有了秩序和温润和谐的画面。第一碗要双手恭恭敬敬递到年迈的父母手中，接着从最小的细娃开始，依次而盛，哪怕懂事的娃儿为当家人早就盛好了饭，也得看着一家人动了筷子才肯开始吃。

一个家庭都在“一口锅里吃饭”，体现出的是中国传统文化中的“和”。和睦相处、和气生财、和而不同，处处都体现出传统文化在日常生活中烙下的印记。一个大家庭就像一棵大树，最终都会树大分杈，人大分家。这个时候锅就会化身为最公正严明的执法者，无论兄弟还是姐妹均以老锅碎片的大小，依次分得属于自己的家产。锅最终以片的形态，完成它一生的终极使命。

缸

鲍坪的缸主要有水缸、黄缸和柞缸三种。水缸是用来装水的，这个不必多说。黄缸是那种装很多粮食的大木缸，而柞缸则是盛苞谷酒的木缸。三者之间有个共同点——都是很大的容器。

《说文解字》曰："缸、瓦也。从缶、工声。"规整的陶瓦制容器是缸之范式。按照《说文解字》来看，缸乃陶瓦制容器，说明祖先懂得木工制作技术至少是落后制陶技术的。如果同时懂得两种技术，用木料做缸显然要比用泥制作陶缸容易得多。或许木工的合缝技术在当时尚未达到要求，这点确实用泥制陶又要容易得多。暂且不管先后，反正时代发展到 20 世纪六七十年代，鲍坪人盛装粮食或日用品的器具，依然以木器和石器为主。其原因早与制陶技术的高低毫无任何关系了。

若是某人个子高身架大却没啥本事，鲍坪人就说他山大无柴烧。鲍坪正是一山接一山，却没长出几根用得上的木材。做木水缸去山里伐料，摸了这根又摸了那根，横竖下不了斧头，"靠山吃山"遂成反讽。枞树不少，却非做水缸良木。只有杉木做成的水缸经得住时间的考验，这才是鲍坪人考虑的第一要素。正因如此，他们更愿意用石板来做。

石水缸是用石板拼制而成的上宽下窄的梯形容器。除去底座外，其他石板相对较薄。这种石板只有苏家坡才有。其他地方的石头几乎都呈无规则之状。它们内部一般都隐藏着极为复杂的形状和构造，颇像人性。这么一对比，苏家坡山上的那些石板，完全可以用得上单纯来形容了。

单纯可以分解成“单”和“纯”。单，是一层层均匀的石板铺陈在一起，如书页般。纯，是石板与石板之间剥离开后，几乎就是一块块干干净净的水缸料。与盖屋的那种石板刚好相反，水缸用材更讲究合适的厚度。为一家人做一只水缸的用料，根本不存在多大难题。早期黏合那些石板还没有水泥，就用石灰，再将狗骨头树的叶子在石臼里捣碎搅拌均匀，便做成“黏合剂”了。

水缸一般都放置在灶台靠右的闲位，与灶台间的距离不过两三步，锅里的猪油在冒青烟，人也能不慌不忙地拿起水瓢舀水。而水缸上多放了豆腐架之类的用具，方便放置水瓢。当然，平时水缸得用盖子遮掩起来。对于要吃远水的人家，一缸水如果被楼顶落下的扬尘糟蹋了，又或是被风雨挤进盖板带来一些脏东西，无论如何都是件不愉快的事情。

水乃生命之源。鲍坪的水源与低山相比，得益于其复杂的地质结构使这里并不太缺水，虽说没有某些地方丰富，但即便最干旱的季节，人畜饮用也能基本满足。而且那些缺水的人家，水缸比任何时候都要满。这个时候适当节俭一下，也是必须的。他们洗脚后的脏水，一般都会集中倒在粪桶里，再倒进厕所的粪池里。

相对于水缸，装粮食的黄缸摆放的位置无疑要次之。鲍坪人的主粮是苞谷、洋芋和红苕，其他诸如小麦、黄豆、高粱等作物，只是一种补充。挖回来的洋芋和红苕好养得很，往地窖里一放便了事。苞谷作为主粮中的主粮，得晒干后储存在大黄缸里。年成好，还会派上柜子、箱子、尼龙袋等一切能装粮食的物品。

黄缸大者可装数百斤甚至一千多斤粮食，这几乎就是一家人压仓底的口粮。如果哪天挪动黄缸上面的盖子，一般都是荒月来临。而在我家，这样的情况几乎每年都要提前。生命一旦呈现一种极不稳定的状态，就像一个人掉进了点着油灯的地窖，周围都是昏暗一片，而那盏摇曳的微小灯光的油灯，随时也有熄灭的可能。

与水缸的“大”和黄缸的“较大”相比，酒厂柞缸呈现出的则是“大”的最高级形式。人站在粗而高大的柞缸面前，无疑显得有些弱小而力薄。水缸是生命之载体，黄缸是力量之载体，柞缸就是精神之载体了。三者之间有着不可分割的内在联系，缺一不可。

逢年过节，鲍坪人皆会用升子舀几升苞谷，用包袱包起来去到小溪酒厂，粜回几瓶苞谷酒。酒瓶是用过的那种葡萄糖瓶子，刚好可以用来装一斤苞谷酒，出门送礼还算体面。不过，瓶子还得带回来下次再用。年成好时，自然直接装满一尼龙袋苞谷背到酒厂，粜回十斤二十斤不等的苞谷酒。自此，鲍坪人精神层面的交流上升到了另一个高度。

从一种层面的快乐到另一种层面的快乐，对于物质生活极度贫穷的鲍坪人来说，依旧是“物质的”。柞缸在这个时候，无疑是一个最好的传感器。柞缸在高温的洗礼中，将苞谷蜕变成一股股涓涓而来的精灵，让其源源不断地流进酒坛，进而又化作涓涓细流，注入鲍坪人的血脉中。从此，他们舌头的语调，面部的松弛，大脑的亢奋，思想的火花，在各种食物的呵护中，就能抵达身体无法抵达的远方。

缸，这种物质容器，包容了水一样的柔顺，粮食一样的坚硬，酒一样的灵魂，让鲍坪人的生命有了质感。

瓢

直到多年后来到沿海，我才知道葫芦原来也是可以吃的。而且还知道葫芦不单单有一头大一头小的品种，还有两头都一样粗的品种。每到葫芦瓜上市，菜市场便随处可见，且买者之众，我遂跟风购买。父亲还在时，曾在楼顶开辟了一块菜园子，专门种过葫芦瓜，无论是清炒还是瘦肉炒，味道都挺不错的。

很多年前鲍坪几乎每家每户都种葫芦，只不过是专门用来做瓢的。葫芦一般种在离家最近的菜园里，或者干脆就种在院子里，用枞树或其他杂木搭个架子。春天一来，那浅黄嫩绿的藤子就沿着树干往上爬，一寸一寸直至布满整个架子，形成天然凉棚。

葫芦同南瓜等瓜类作物几乎同步生长，它的花有点像喇叭花，却没那么夸张。葫芦的花是开在果实前面的，尽管成长过程中也有不少夭折，总体成功率还算高。盛夏季节，那些或大或小的葫芦一并重心向下。等到葫芦的颜色由青变黄再逐渐变白，便采摘下来用锯子一分为二，将里面的瓜瓤抠净，再往里面填充一些干灶灰，确保葫芦瓢既能干透又不能变形。

同样一把瓢，服务的对象不一样，名字也就不同。用来舀水的就叫水瓢，如果舀猪食的则变成了猪食瓢。尽管鲍坪人像对待先人一般服侍年猪，却将喂猪食的瓢与人用的瓢严格区分开来。

单从食用价值来看，葫芦在大多数瓜果面前似乎低不少，若从一个时代的社会价值来看，它又能几乎打败所有对手。葫芦能做成瓢而成为鲍坪人生命中不可或缺的用具，似乎就是专为做瓢而生的。瓢与鲍坪人共同的记忆，或者说瓢在鲍坪人的生命里烙下了那个年代特有的印记。

鲍坪人常说瓢不离把，说的是瓢和把互为依存。葫芦顶端细微之处，天然就是瓢把子。瓢之大能大到何种程度？有“瓢泼大雨”的形容，亦有“海水也禁不住瓢舀”的谚语。鲍坪人没去过海，甚至连方向都未必清楚。他们只是用一种浅显易懂的道理来提醒或告诫后人，即便粮食丰收也要懂得珍惜。瓢与把的亲密关系，还可延伸到早年间行走江湖，一统江湖者被尊称为“瓢把子”，意味着拥有掌管口粮的大权。

而出自佛家的一则典故：“弱水三千，只取一瓢”，说的是一游客因口渴欲死，佛祖怜悯，置一湖于此人面前，但此人滴水未进。佛祖好生奇怪，问其原因，答曰：“湖水甚多，而我肚又这么小，既然一口气不能将它喝完，不如一口都不喝。”佛祖于是对那人说：“记住，你在一生中可能会遇到很多美好的东西，但只要用心好好把握住其中的一样就足够了，弱水有三千，只需取一瓢饮。”鲍坪人读书少，不太理解，但他们懂得只有半瓢水或者半瓢粮食的时候，必定会遵循长幼伦理的秩序，恪守做人的良知和道德底线。

除了葫芦做瓢，还有一种白杨树也可做瓢。在杉树和枞树遍地的鲍坪，白杨树是一种少见的树木。白杨树高大伟岸，却性脆且易变形，往往很少被使用甚至弃用。正所谓“天生我材必有用”，白杨树非常适合做木瓢。其树身之纹路犹如虎豹斑纹，其木质细密有致，色泽更是鲜艳有加，做出的木瓢光滑漂亮，还经久耐用。不少木材内部有一种叫作倒纤的木质纤维，挖凿过程中总会出现一些不和谐，而导致做出的外貌难看，用起来也容易破损。

白杨树做瓢还能做到物尽其用，其枝干部分同样能做添饭的小饭瓢，还能做盛饭的小饭碗。熟知恩施民族地区生活习性的人，一定知道他们喜欢将浸泡过的黄豆，通过石磨研磨成一种叫作活渣的食品。在推磨过程中，必定有帮手帮喂黄豆。帮手一手端着小木盆，一手持小木瓢往磨眼里添加。这种小木瓢最适合舀饭或舀带少许汤汁的，比如要从坛子里舀腌菜之类的小菜，那就更是非它莫属了。

白杨树还能做出一种撮箕形的撮瓢，专门用来“捧”苞谷面饭。石磨推出来的苞谷粉，通过面筛除去谷糠后得到的苞谷面，需加水“捧”均匀才能上甑，这个时候唯有撮瓢担此大任。苞谷面饭质量的好坏，除了适量的水外，还要靠撮瓢翻来覆去地“捧”。这个过程在第一道“和”面粉，以及第二道“翻甑”工序上，起到了至关重要的作用。

当然，鲍坪也有铁质、铝质以及胶质的瓢，而数量远远低于葫芦和白杨树做成的瓢。虽然葫芦瓢和木瓢数量上遥遥领先，但这并不能成为它们骄傲的资本和理由。从供销社买回来的瓢是高级，但在购买力极其低下的当时，扳着十根手指头算下来，鲍坪人还是极少购买。

而专门从事制作木瓢手艺的称为挖匠，不知“九佬十八匠”中是否有他们的一席之地。或许是需求量并不太大，加之这门手艺的含金量也不高，挖匠这门手艺，怎么看都有点像补锅匠或者铁匠，很难享受得到坐上席的待遇。当然，与季节也有着一定关系。只有春季正处于生长旺盛期的白杨树，才是做瓢的最佳时机，而这个时节鲍坪人正处于青黄不接的荒月，苞谷面饭能管饱，还有点油水就要烧高香了。即便坐了上席，也是徒有其名，用鲍坪人的话来说，完全就是一把空瓢。

盆

鲍坪人用的盆按照材质来分，有木盆、锑铁盆和洋瓷盆，按照用途来分，则有饭盆、菜盆、脚盆、脸盆、腰盆，等等。木盆在这类盆中间，很显然占据着重要位置。

制作木盆的最佳木材必是杉树无疑。杉树高大笔直、材质轻便，还比一般的木材更能经受环境的影响。鲍坪处于中国西南部，典型的亚热带季风性湿润气候，每年会在六七月份遭遇梅雨季，而到八九月份，又会常常遭遇干旱季，故做木盆要考虑材质。

伐木一般选在春季，那时的杉树浑身散发出荷尔蒙一般的激素，从树干一直蹭到树梢。砍伐回来的杉树，会被放在两张木马上，一截截“脱下外衣”。这些长短一致的杉树皮，会被一层一层地叠起来，然后再压上石头，使其变得平整的同时也慢慢让其风干，将来用于盖房子。

被脱去外衣的杉树，露出洁白光滑的身子，甚是惹人爱怜。它们会被集中放置在较闲的位置，至少得接受一到两个夏季的考验，才能派上用场。

做木盆是个技术活。每块木瓦都要用到角尺，计算其最后合拢的精准度，若合不上去成了“爹货”就没法装水了。在我看来，这里面暗含着的数学知识，对于那些没读过多少书的木匠，他们究竟是怎样单凭一把直尺、一支墨签和一把刨子，就能将散落一地的木瓦箍成一个圆圆的能装水的木盆？

木瓦之间是有竹钉相互联系的，木盆的高度决定了竹钉的多寡，少则两颗，多则三四颗不等。木盆合拢后，外围还得用篾箍或者铁箍箍紧。而决定木盆能否滴水不漏，还要看底座的圆与盆身的圆是否达到高度默契。制作木盆的最后一道工序，木匠必拿出一种薄薄的竹片，将锯末或棉花扎实地填充好所有的缝隙。

如果条件允许，当然还会先在木盆里外用红颜色打底，再刷一层生漆，让木盆既好看也能防止受潮。鲍坪每家每户都有漆树，有漆匠来帮忙割漆，只是刷木制家具的生漆，还要过滤和调制，就不是一般的漆匠能做得到的了。

鲍坪杉树较多，做木盆的材料又并不需要大树，故而每个家庭的木盆少说也有十个八个，且分门别类。装饭的饭盆，洗脸的脸盆，洗脚或洗澡的脚盆，甚至还有剁猪草的木盆。鲍坪人说洗澡，一定是去小溪或是粟谷坝河里，在家叫洗汗。他们一般都是用炊壶或是铁锅烧水，目的就是将身上的汗洗掉。而剁猪草的木盆，比脚盆大很多。一般情况下，脚盆与剁猪草的木盆可以通用，有点含糊不清，没必要较真。说的是剁猪草，实际上只要是猪吃的，洋芋、红苕、南瓜、萝卜等，都要洗净后在盆里剁碎。当然，剁之前得在盆底放一块稍厚的木板，免得将盆底剁烂。

我们说饭盆，实际上是饭盆和菜盆的总称。为何不叫菜盆？只能说饭的重要性远胜于菜。说到饭盆，想到大伯伯家幺姐还没出嫁时的一件趣事。正月间三姐带着两岁多的细娃儿回娘家拜年，在幺姐家桌子上拉了一泡屎，刚好粘了饭盆底。幺姐连同大半盆活渣洋芋全倒掉了。

大伯伯家原本日子就不宽绰，幺姐的任性换来了小伯伯一顿臭骂，幺姐只得将倒掉的活渣洋芋捡了回来。如今的幺姐早已是几个孙子的奶奶，不知是否还记得当年那件事。细娃儿在桌上拉屎，太平常不过。那年月身边的那些姑母姨娘们，常常吃着饭时怀里的细娃儿就会拉一身稀屎，放下碗筷找了抹布或是苞谷壳叶类的东西简单清理一下，便继续吃饭。按小伯伯教训幺姐的话说，将来自己当妈了看你还绉？“绉”这个字小伯伯会说，不会写。

而酷似猪腰子形状的腰盆，闲时存放粮食，再有就是杀年猪装开水烫猪时才用得上。腰盆体积大、用料多，又不是必需品，因而一般人家并不具备。杀年猪时，给别人家说几句好话，就能借来用。腰盆呈椭圆形，两三百斤的猪放进去，翻来滚去不成任何问题。

洋瓷盆的身影偶尔也能见到，但那种东西禁不住碰磕，稍不留意就会将保护瓷碰缺，然后只能刷些洋漆或生漆，使碰掉瓷的地方不至于那么快就生锈、腐烂。而锑铁盆虽说没洋瓷盆好看，但实用性强，因而备受人喜爱，大概在 20 世纪七八十年代的鲍坪，颇为流行。

与盆有关的典故或者谚语似乎少之又少，搜肠刮肚也只有“金盆洗手”和“盆大刮稀饭”之类。鲍坪自然没有金盆，也甚少听说过闯荡江湖者，自然也就不存在“洗不洗手”的问题。倒是种粮食的时候，不管土质好坏，生产队分下来的自留地，都会种满。再不济，盆大也能刮出点“稀饭”来，也不至于让一家人太饿肚子。

碗

生活就像一只碗，柴米油盐、人间悲欢都在这只碗里。

据说碗的起源可以追溯到新石器时代泥制或陶制的碗，其形状与当今无多大差别，即口大底小，碗口宽而碗底窄，下有碗足。高度一般为口沿直径的二分之一，多为圆形。碗，不断变化的只有材料、工艺水平和装饰手段。一般用途是盛装食物，碗因其体积较锅、盂小而可用手端盛。上阔下窄的形态，放在平地上是不稳定的，据考古学家推测，古人对碗的使用，可能是最初放在地上挖出的坑之内的。

跌跌撞撞流逝的时间，最终让一只碗从泥坑里站了起来，连同它的主人一起走上了饭桌。碗圆桌方，囊括了天地间的礼仪和文明。只是这文明的外壳，自几千年前，一路跌跌撞撞至二十世纪中后期的鲍坪，依然不曾有太多改变。土碗、青花碗、瓷碗，甚至木碗，硕大而土气，厚实而笨拙。

大得像钵的褐土碗被称为海碗，外形委实像极了周家的矮个子麻脸婆婆，着一身麻衫，在陈旧黑暗的木房子里黯淡无光。而周家老驼子每餐能吃三海碗苞谷饭，外加一大碗活渣，又颇具杀猪佬风范。在普遍缺油少盐的时代，比吃比喝胜者为王的风气遍地皆是。所谓能吃是福、能喝是禄，人生如此甚幸之至。

那时候翻过青龙河岩坎，上面就是巴东县泗井水公社，再去一百多里地便是长阳县的招徕河。此间专门售卖茶罐、砂罐、吊锅、土碗之类的“摇货”（一说窑货，即窑子里烧出来的货）。鲍坪就常有小生意人从那边背回“摇货”，换取些许钱物。供销社当然也卖那种做工更精致的瓷碗，却不能用苞谷、黄豆之类的粮食兑换，而且价钱还“钉梆硬”。

白色的瓷碗，无疑为一个家庭单调的颜色增添了亮度，而青花碗又让白色添彩，从此颜色有了层次，档次上升了不少，视觉也柔和了更多。不少人家嫁姑娘，都会买上十个青花碗做陪嫁。土家人过红白喜事，往往要准备十大碗的酒席，一色的青花碗摆在桌上足够体面。倘若哪个孩子不小心把碗摔破了，轻则头上挨几个“顶骨拽”，重则挨一顿竹条子。

碗被摔烂后，鲍坪人一般都会用生漆将碎片黏合起来再用。若太碎，便会找个闲地方存起来。比如哪天关节扭伤了有瘀血，或是有痧气，便将碎碗片再摔烂一次，挑出最锋利的瓷片，给患处打瓷针、拔火罐。鲍坪人由此衍生出一套所谓的挖苦人智慧，比如某人书读得多点，说话有点文绉绉的，他们便会集体性地讽刺他：“狗啃碗片，满嘴是瓷（词）！”

碗在鲍坪简直就是多才多艺的化身。土家人性格豪爽，历来都是大碗喝酒、大碗吃肉。肉或炒或蒸，长达一拃，厚足一指，块大可以盖住碗沿。酒是四五十度的苞谷酒。为体现公平原则，凡喝酒之人面前均是满碗，众人选完之后才会轮到分酒之人。酒倒满碗，茶倒半杯。一碗水要端平，一碗酒更是如此。酒满敬贵客，茶满欺生人。世俗生活显哲理，为人处世有分寸，首先都要在碗里找到。俗话说烟、酒不分家，酒桌上还盛行酒、肉不分家。酒量小者，也可选择多吃肉。当然，酒桌上也不乏扯皮或是耍赖之人，最后的结局不是被人按着脖子往里灌，就是被肥肉滋养了整个嘴脸。

这样的场面未必就是丰衣足食的象征。鲍坪人的热情好客，主要体现在真心。我曾听说过江汉平原有些地方酒桌上的主菜，竟然是一条木制的假鱼，主人也可能真心，只因为你我皆知的原因，来客和主人家各自心知肚明。而鲍坪人，他们哪怕下一餐没有了，也会不断给来客碗里夹菜，或者将腊肉和鸡蛋放在碗底，再盖上一层苞谷面饭，来表达自己的诚心实意。那些年常有江汉平原等大地方来的货郎当，只要转到了家里，鲍坪人一样会立马添加碗筷挽留吃饭。他们永远把最豪爽、最热情、最诚心的一面留给客人。

碗还是用来喝药的不二工具，可能这在很多地方是个例外。家有病人，煨茶的罐子便成为药罐，煨好后的药要一次性倒在大碗里。不是鲍坪人穷得连喝药的杯子都找不到，而是老一辈传下来的规矩。等一碗药晾到合适的温度，病人就捏着鼻子一口气喝完。鲍坪人挨过的苦都可以卖了，唯独畏惧药之苦。那是因为他们唯一畏惧的只有疾病，唯一无能为力的还是疾病。喝完的药碗要反扣在桌上，煨尽药汁后的药渣子需倒在岔路口。反扣是希望尽早上演生命大反转，而药渣子倒在岔路口，则是希望路过之人把病痛带走。这极有可能就是鲍坪人最自私的一面，也是他们最无奈的祈祷方式。

从商周时期算起，青瓷制品至今已有几千年的历史了，而我在鲍坪生活过的时间，也不过二十多年。那些年我用过的碗，与几千年前并无本质上的不同，而且碗里的内容，以及所盛食物的质量，也几乎没有实质性的改变。苞谷、洋芋、红苕、小麦、高粱、黄豆、小米，等等，时而多时而少，时而浓稠时而稀薄，时而缺油时而少盐。内容看似丰富，却因缺乏稳定而内心时时慌张。当家人那根紧绷的心弦，自始至终就没松弛过。尤其当孩子们端着比脑袋还大的碗，呼哧呼哧喝着洋芋或苞谷糊糊时，他们心里更是泛起一种难以言说的况味。

在鲍坪，如果谁在体制内有一官半职，那么他家的碗便被称为铁饭碗了。每个月可以按时凭手中的粮折，去粮所买回大米、面条和菜油。哪怕是那种“半边户”人家，腰杆在人前人后也挺直，说话的底气更免不了要提高不少。泥做的饭碗，依然只能寄希望于深挖泥土，将踉跄的日子用泥做的拐杖勉强支撑起来。

鲍坪近三十年来发生的变化，可以说比过往几千年变化的总和还要大。单就碗的品种和样式而言，就五花八门，可谓个性十足。人们逐渐不再为碗里装什么以及装多少而烦忧。桎梏已久的铁饭碗，也被打破，人们可以离开土地去更远的地方寻找各自的“碗”。勇敢迈出第一步的年轻人，踏上了追寻理想的征途。接下来，更多的年轻人涌向了广州、上海、江浙等地。那里蕴藏着比这片土地更丰腴的“资源”，他们的“碗”逐渐变得越来越花样了。

鲍坪的家园由此变得富丽而堂皇，粮仓变得充盈而厚实。碗里变成了白花花的大米，还有许多只在电视上看到过的食品，包括多年不长草的山包也变得茂盛如密攒攒的头发，枞树林、杉树林齐刷刷指向天空，遮盖了树林下的小草。而这里那些做工精致的饭碗，连同幽幽鸟鸣，呈现另一种形式的“饥饿”——那些尚连着故土根系的人，要么还在远方，要么还在回家的路途。这里无数只碗正张大嘴巴，翘首等待给它们以温柔的舔舐。

多年前读过诗人袁鲲的一首诗，其中有两个意象：其一，我们和古人生活在同一个峡谷，这峡谷就是一道历史的巨大伤口；其二，我们村人扛着几千年前先人们用过的锄头，在同一轮阳光下挥汗如雨。碗还是那个碗，旧伤未愈，又添新痕。

梿枷

鲍坪人的穷与富常会走向两个极端，特像鲍坪人的性格，和你好时可以穿连裆裤，可以“屙屎打得粑粑”，一旦“翻撬”，恨不得拿斧头来劈。家庭联产承包责任制实施后那些年，每家每户是要喂一两头年猪的。年猪杀后那两三个月，确实没少吃肉，尤其来了亲戚贵客，基本可以一餐吃完一个“铆子”。“铆子”就是挂肉的那个提提，说一个“铆子”，就是一整块肉。一个“铆子”有多重？这个难说，大点的有十几二十斤不等，小点的不过十斤八斤。正月、二月一过，所剩的肉不会太多。知道英雄巴蔓子吗？知道土家族的“摔碗酒”吗？土家人的豪气不仅表现在对待大事，更表现在平时的吃肉喝酒上，既吃得也喝得更舍得。按照平原地带那种过日子的节奏，将一头猪平均摊十二个月，全年都是有肉吃的好日子。

怎么个穷法？我是说我家。比如主粮，每年有两个月左右要靠借，比如穿的，只能说差点就打“光胴胴”了。马斯洛把人的需求分为五个层次，首先是生理的需要，然后才是安全的需要。每当一种需要满足后，另一种需要便会取而代之。我们可以理解为，温饱是数字“一”，没有这个基数，后面一切都是零。这就为写本文打好了桩基。我正是在丰衣足食后，才耐得住寂寞来探究梿枷的前世今生。

梿枷很容易让人联想到枷锁，有点像小时候遇到不会读的生字，老师教我们一个笨办法：有边的读边，错不了太多。以此类推，无论是动宾词组、偏正词组还是联合词组，有一个相同的字，意思便不会差太远。比如梿枷和枷锁，基本可以判断都是木制的，且与“枷”关联。

旧时套在罪犯脖子上的刑具是用木板制成的，就叫枷。如果再上一把锁，则变成了枷锁。而“梿”必须要与“枷”组合，才是一种用来拍打谷物使之脱粒的农具。枷不配锁依然是刑具，梿不与枷组合，则不成其为农具。梿是梿枷的竿，枷才是主体。那一排坚硬的木棍被紧密地编排在一起，呈现的是农耕时代底层百姓的生存状态。

据《国语·齐语》记载，早在公元前七世纪，当时的齐国就开始使用梿枷打小麦了。梿枷那时称“枷”或称“拂”。唐朝颜师古《汉书注》明确地说：“拂音佛，以击治禾，今谓之梿枷。”从唐朝算起，这种打场的农具定名为“梿枷”，已有了一千二百多年历史。

其中还有一件十分有意思的事情。说的是宋仁宗庆历年间，梿枷竟被用作“兵器”出入过沙场，可谓奇葩之一种了。那种打仗用的梿枷叫“拂梿枷”，枷是用铁打制而成的，劈头打下，当然可以置敌于死地。但是，梿枷“充农从戎”的历史并不长。到了南宋，在火药用之于战争后，梿枷又由军队“转业复员”回到农村麦场上了。明代著名农学家徐光启所著《农政全书》就曾对“梿枷”作了专门的记述。

至于梿枷何时蜕变成现代化的脱粒机，反正我们大山里是

20 世纪 70 年代左右的事情了。虽说一般只在夏季和秋收后才用到梿枷，但家家户户一定备有这种工具。它与鲍坪人的日常生活密不可分，就像身体的某个部分不可或缺，只不过分工不同而已。

梿枷由手杆、打排和连轴构成。手杆，多用两米左右的竹竿，将前端尺许处用火烤软后削去一半，再将留下的一半折弯与手杆齐平即为柄，称“梿枷把”。打排则用一米左右、木质较硬的细木棍五至六根平列并排，用水竹篾编织连结如板，上端木棍用火烤软，旋扭回头，将梿枷拍轴套在梿枷把折弯处，通过连轴即成完整梿枷。

那时生产队不到二十户人家，分布在好几个山头，只有保管室在中心位置的槽里。20 世纪 70 年代，大队好像就一台脱粒机，每个小生产队能排上号也就那么一两天，当然没法将整个生产队的小麦全部打完，还有诸如黄豆、芒豆之类的粮食，必须得用上梿枷。脱粒机由柴油机和脱离器组成，柴油机重达几百斤，生产队得派上好几个大力士去上一个生产队接过来，生怕哪里出了一点问题，像服侍祖先人一样。社员们热情高涨那么一两天后，又得拿起梿枷，收拾剩下的边角料。

保管室门口是一块好几百甚至上千平方米的泥巴地，被人和牲畜踩踏过，还算平整，只要不遭遇连续阴雨天，就一直被当作晾晒场。打梿枷给粮食脱粒往往也放在这里。而打梿枷这种体力相对轻松的活，多由妇女们来完成。

打梿枷多在午饭后或下午进行，这时阳光强烈，麦穗或豆荚被晒得焦脆。七八人或十几人结集，自动分成两排，各执梿枷面对面地拍打，纵横移动。双方梿枷举落整齐一致，你上我下，彼起此落，“啪啪啪啪”的节奏声，反复回荡在机匠包和苏家坡之间。其间，还伴随着妇女们的嘻哈声或者笑语，编织成一幅农村丰收的画图。这种伴随着丰收的喜悦之情，更多则是因为人们聚集在一起的缘故，让他们暂时将生活中的诸多艰辛和困苦抛诸脑后。

鲍坪全是山田，尤以土质贫瘠的挂坡地居多，加上又是人民公社时代的大集体劳作，土地无法释放出最大能量。全生产队除了几家人口少或是半边户人家，一半以上的家庭都是缺粮户。每年三四月份必处于温饱线边缘，洋芋往往还没长圆身，就开始被“刨青”，缺油少盐的日子，铁锅生锈，菜刀迟钝，炊烟也升不起来，一切趋于沉默，包括梿枷。

这样的情景持续低迷了好几年，底子薄的鲍坪人总算在一点一滴的积累中，提高了梿枷的出场频率，虽然大集体时代整齐划一的队伍和场面不再出现，但鲍坪人心里却踏实多了。

山还是那座山，田还是那些田，水也还是那些水。但山看起来更绿了，田看起来更美了，水看起来更柔了。梿枷渐行渐远，终成一个时代的隐喻。

遮　盖

在我很小的时候，“遮盖”还没有成长为名词。那时候地处武陵山腹地的鲍坪，经历了一个结束时期不确切而又极其漫长的饥饿期，鲍坪人念叨得最频繁的甚至咬牙切齿的，不外乎苞谷、洋芋、红苕、麦子、油菜这些作物名字。与此同时，他们熟练而坚毅地运用背、挑、抬、登、爬、挖、砍、剁等动词，通过频繁交替的动作，来完成对生活艰辛的挑战，尤其在自然环境极其恶劣的情况下，这种挑战就是一门生存技能的必修课。而像“遮盖”这类名词，表面看来似乎显得轻飘甚至轻浮，实际上它们由动词成功演绎为重叠式名词后，更能形象地表达出鲍坪人某个特定历史时期的生存窘态。

准确来说，遮盖是我们日常生活中不可或缺的用具，有点像萝卜、白菜之类，永远没法与主粮相提并论。因此，很多时候它们都安静地或挂在或躺在某个不显眼的角落。比如墙角下，比如晾衣绳上。只有起风了，或者变天了，父母在临睡前就会提醒我们，明早上学记得戴遮盖啊。

那时我正在几里外的粟谷坝念小学，山路崎岖陡峭，随着山形和地势一直蜿蜒到一个稍微平整的地方。那个叫粟谷坝的小盆地，有着太多鲍坪人没法比的地方。往大点说，公社相关部门和众多公家单位就设在那里，全公社唯一的一所中学也设在那里，而我们村小学就紧靠在中学旁边。

母亲说的“遮盖”，笼统而又具体。或者是斗笠帽，或者是油纸伞，甚至是用胶纸缝制的，只要能遮住雨水盖住身子的，都叫“遮盖”。只有蓑衣好像有点不好意思进入遮盖行列，事实上它所起到的作用一样。不过鲍坪人更愿意将行走过程中能够起到遮风避雨作用的，才叫遮盖。像下雨天栽秧割草等劳作过程中披着的蓑衣，是不叫遮盖的。

说到蓑衣，想必不少人知道土家族的蓑衣饭，它的来源还真与蓑衣有关。位于长江中游一带的鲍坪，属于亚热带季风性湿润气候，常年多雨水，尤以春夏为甚。鲍坪的山地虽贫瘠，面积却不小。鲍坪人说盆大刮稀饭，靠的是以山田的面积取胜。于是，常年在土里刨食不足为怪，尤其是披着蓑衣还要劳作，以至于回家吃饭都顾不得脱下，一碗苞谷饭泡上一木瓢活渣，三下五除二搞定，然后又披着蓑衣下田干活去了。尽管鲍坪人没将蓑衣叫作遮盖，事实上它所承担的功能，是一般遮盖无法比拟的。

梅雨季节里的鲍坪，可以说要出门必戴遮盖。鲍坪人说，六月的天比翻脸还快，还不过田坎，刚才还是艳阳高照，这边厢立马就是一阵滂沱大雨，那边厢田坎下面的土疙瘩都不曾被淋湿。母亲常说晴带遮盖饱带干粮，我觉得主要在于遮盖不是斗笠就是胶纸缝制而成，与许多同学的雨伞一比，感觉矮人一等。这遮盖只能勉强遮住来自上天的淋漓，却无法遮掩内心的自卑。

鲍坪不太盛产竹子，箬叶还是有的。然而，会做斗笠这门手艺者并不多，难在上面圆尖形的帽子，不是师傅级别的就是做不出来。鲍坪坎下的河坡有大半坡寮叶，暑假时我们就将从那里“打”回来的寮叶晒干，捋成一扎一扎的，然后卖给供销社，再买回斗笠。那时我们根本就不晓得，我们说的寮叶其实就是箬叶。鲍坪少有吃粽子的机会，有句关乎粽子的歇后语倒是蛮流行：芭蕉叶包粽子——无寮（聊）气。芭蕉叶包出来的粽子哪里闻得到寮叶的气味？后来学张志和《渔歌子》里面的“青箬笠，绿蓑衣”，终于纠正了多年来读错的那个“寮”字。回头再看那戴着斗笠披着蓑衣犁水田的栗子坪人，一时间觉得画面感十足。

鲍坪没水田，每年端午自然也少了包粽子的环节。艾蒿到处都是，随便扯几根回来晾干，往木门框缝隙间一插了事，那半坡箬叶最后唯一的归宿，自然只能是卖给供销社了。

油纸伞的遮盖好像买过一次。年轻时父亲患有眼疾，曾去州城做过一次手术。那时恩施州还是专区，我也尚属顽童一个，其中的细节自然是一无所知，后来也不曾从父母口中得知一鳞半爪。成人后自我思忖，那一定是他们不愿意轻易说出口的痛。手术后的父亲虽说并无大碍，一只眼睛却从此蒙上了一层云雾，直到六十九岁那年带进了棺材，才算彻底“治愈”。

于我而言，父亲去州城带回来的东西，除了一个金竹做的饭碗，就是那把油纸伞了。那个金竹碗我用过后，又被两个弟弟按照顺序用过，对于贫瘠年代的孩童而言，这种不会轻易打烂的金竹碗，也算为家里做出过重要贡献了。而那把红色的油纸伞，全是用竹篾片和油纸做成的，闻起来有一股桐油味。撑开时比斗笠大得多，走在雨中格外显眼，自然我们几兄弟也争相打它的主意。应该说是那把油纸伞在成为破伞之后，我们才有机会与之亲密接触。哪怕破伞一把，父亲还在想尽一切办法修复。伞骨与伞骨间相连的是一种线，时间稍长就会断线或者脱线。伞顶部的油纸也因雪水和雨水的交替侵蚀，变得格外脆弱。

那把油纸伞的“遮盖”只有在我们全家，或者有父母其中一个在场，还得是走重要亲戚时，父亲才舍得拿出来。无论什么时候，一到屋檐下，他就会尽量甩掉上面的雨水，找个闲地撑开晾起来。应该说是父亲手术好几年后，我们才有机会在下雨天带上油纸伞去学校。反正轮到我们能带去学校时，那把油纸伞并未为我们带来多少艳羡的目光，犹如打了无数处补丁的衣服，早已不是它最初的颜色和形态了。大雨滂沱之下，那些细小的漏眼争相将我们的身子逐渐攻克，回到家里只能说身上没被完全淋湿而已。

小时候用得最多的遮盖，当数雨衣了。这里的雨衣自然不是从供销社买回来的那种，更不是用帆布做成的大雨衣。依稀记得最初的雏形好像是一件雨披，只是后来经过不断缝补，其本来面目完全变成化肥袋那种颜色了。那阵子还是人民公社时代，我们县有化肥厂，每个公社都有相应的化肥购买指标。父亲是小队会计，弄几个化肥袋尚不至于成为问题。

受到用化肥袋缝补雨衣的启示，不少鲍坪人开始将它们广泛运用在斗笠上面，甚至是草帽上面。每到雨季，尤其是春季下雨天，戴上这种草帽、披着蓑衣割草，几乎成了鲍坪人的标配。

早年有个说鲍坪人穷的笑话。当时除了胶袋装的化肥，后来还出现了尼龙袋的尿素，说我们鲍坪有个人用那种袋子缝制了一套雨衣雨裤，下雨天去供销社赶场，不知谁看到了他的裤裆后捂着嘴巴偷笑，惹得旁边的人一起围观，继而也跟着大笑起来。这人起初还一头雾水左看右看，有好事之人便一字一句地念道："净重五十公斤。"这人才如梦初醒：原来那几个字刚好在裆部。

每每回想到这事，就觉得发明这个词的先人恐怕从未料想到会出现如此经典的笑话。遮盖，遮盖，究竟要遮什么盖什么？如果说遮盖的目的就是要保护好身体免受雨水的淋湿，其最终目的则是用世间唯一可靠的身体，去迎接、去对抗生活中将要发生的一切。

想到1976年小学三年级下学期端午节的前后，天上的那个雨水哟，连续几天牵起线往下落，不少地方田坎被冲垮，大路被冲成水沟。被大雨淋过后的我，在学校发起了高烧。父亲披着雨衣穿着草鞋来到学校，将我用胶纸裹起来，然后背着我回家。一公里平路，两公里上坡，我趴在父亲背上，随着父亲在泥泞道路上的趔趄而晃动，尤其是爬上坡那不断喘气的声音，在我耳边听得真切。我几次犟着要自己走，都随父亲的一通吼骂而作罢。大雨滂沱之下，我成为父亲身上另一种形式的"遮盖"。

如今的鲍坪人，与几十年前相比，不单单是都用上了最好的雨伞或者雨衣，而且用雨衣的机会也少了很多。前年我有一次回老家过年，见到各种牌照号的小汽车穿梭在鲍坪的水泥路面上，我想：当雨水滴滴答答敲着车窗时，他们也只有在上车、下车才用得上雨伞了，何况种地、割草的人也越来越少了。“遮盖”这个名词，恐怕离退出历史舞台的日子也不远了。

不仅如此，这些年哪怕是一把简单的雨伞，也在不断被翻新花样，由原来功能单一，起码变成了两种以上。爱时尚的年轻人还将它当作一种陪衬，装点本就美好的生活。而那些聪明的营销人，也不失时机地在雨伞上下足功夫，将自己公司的产品名称或者商标打上去，送给那些需要雨伞的人们。现在去到乡下，如果你看到那些打着形形色色广告的雨伞，那么一点也不用奇怪。单一的社会只有单一的生活，多元的社会不仅丰满，还吸引着更多的人去创造。

舂碓

有舂碓的地方，一般都产大米。产大米的地方，舂碓几乎就是一件日常物品。于清江边的人而言，能全年吃上大米，才算过上了好日子。而到了海拔一千米左右的二高山鲍坪，则降了几个层次，只有逢年过节有大米吃，一样算得上是好日子。

尽管清江水与能否种水稻毫无半点关系，但地势较低，且相对平坦，还是让清江两岸不少地方受到了大自然的恩泽。鲍坪人能看到大米，本身就鲜有机会，但并不代表这里就没有舂碓了。二高山产小米，也产高粱，这种东西石磨对付不了它们，只能用舂碓。而鲍坪的杨柳坦生产队唯一的石碓，就在机匠包。

我曾在《鲍坪》一书开篇写到过，鲍坪和杨柳坦实际上是两个生产队，只不过在外面知道杨柳坦的并不多。我们常说自己是鲍坪的，等于是一棵小树靠了另外一棵稍大点的树而已。

关于机匠包的历史和来由，县志上当然查不到这个小得没法再小的山包。前些年恩施知名教授龚志祥去鲍坪做田野调查，找到我健在的族房幺伯伯，才算大致厘清了机匠包的历史。说，机匠包地处建始县南向驿道的关键位置，因此曾兴起过织布业和造枪业，得名机匠包。织布机匠负责生活所需，造枪机匠负责村落防御。至于究竟何时兴起的织布业和造枪业，仍没法弄清楚。

我记事时的机匠包，的确有幢比较古老的木栅子屋，靠山边住着陈姓人家。转角厢房加拖檐的位置，就住着幺伯伯和另外一家。而陈家与谭家房子的接合部是个通道，靠上边的位置，则是几家人共用的厕所和猪圈。即便大白天，光线也不是太好，空寥寥的楼锁和檩子上挂着蜘蛛网，猪圈的横梁上还有几副漆得黑乎乎的寿枋。

那时的机匠包住着好几位老人，身穿青色长衫，头裹青色头巾，面部沟壑纵横，走路颤颤悠悠。而我每次去戴家坡树琪伯伯家，都得穿过这个巷子，一看到那几副黑漆木寿枋，就会联想到那几位老人，心里就“打滑滑”。那时对机匠包的恐惧，当然远远不止这些。

从我住的麻岩包到机匠包，得经过一片密密麻麻的杉树林，那里埋着一排机匠包过往的先人，弥漫着阴森和恐怖的气息。同样是大白天，如我一般胆小之人经过那片林子，自然也没几个够胆。尤其在我十岁左右，机匠包的阶哥英年早逝，在那片林子里又隆起了一堆格外惹眼的黄土堆，我就更是不敢单独前往了。

有时候的确又不得不去机匠包，要么去东姐家借盐，要么去那里舂碓，要么去机匠包半山腰的水井挑水。鲍坪三两户人家就占据一个山头，出行不是上就是下，唯去机匠包几乎都是平路。每次母亲要我去东姐那里借盐，我都得拉着最小的弟弟做伴。母亲说，大白天的哪有什么鬼啊？为此，还被母亲揪过好几次耳朵。对于舂碓这事，反正有母亲在一起，我怕的是帮母亲舂那几个小时碓的单调和寂寞。至于挑水，也只有麻岩包的水断流了才去机匠包，且一去就是几兄弟一起。

鲍坪几乎没什么水田，仅有的几块地就在机匠包水井下面，每年分到户的水稻就十几斤，再加上一点小米或是高粱，基本上只够过年塞个牙缝。说去舂碓，似乎更像是一年一度的走过场。

我估计那个石碓是后来才被安置在牛圈那里的——且不说牛圈的泥巴墙很新，石碓与老屋场还有一段不小的距离。那时，我自然还不知道整个杨柳坦就机匠包一个石碓，更不知道当年驻扎在那里的织布机匠和造枪机匠，是他们置了这个石碓。按照杨柳坦人户的集中程度，设在生产队保管室似乎更合情理。如果机匠包的由来可以肯定，那鼎盛时期的机匠包，一定不是我们后来见到的情形。

牛圈顶盖着的石板偏水，飞出墙身大约一米半，勉强能为石碓遮挡一下雨水。若稍有大雨或是飘风雨，都是经不住的。石碓平时自然少有人用，东姐就用苞谷秸秆将石碓掩起来，直到年关逼近的腊月，杨柳坦的人才会来这里与其亲密接触。按照那时舂碓的频繁程度，远不至于将那个石碓的碓窝舂凹陷进去，光溜溜的碓窝仿佛可以照见当年机匠包红火时的影子。在以苞谷、洋芋、红苕为主食的鲍坪，机匠包这个石碓，曾经过着何等光鲜幸福的日子啊。

碓窝的深度约莫三十公分，若按照模型倒出来，有点像大炮那光滑溜圆的炮弹头。碓窝与碓头合在一起，俨然人类与稻谷（粮食）之间的亲密和爱抚。

母亲将背篓放下，拿出毛巾将石碓抹干净，将谷子倒进簸箩里，再用升子舀出来倒进碓窝。质地坚硬且厚重的碓头，这种运用杠杆原理做成的跷跷板，每踩一下尾部，碓头便高高扬起，像一匹昂头嘶鸣的野马，随着踏板的放空，碓头一头钻进了碓窝里的谷子里，发出一种难以描述的摩擦声。这声音混杂而含糊，犹如一块石头被掷进一汪绿茵茵的水塘里。而连着碓头那根又长又粗又重的圆木尾部的两个支撑架，因多年反复承受重力摩擦产生的缝隙，与埋在地下的两个支撑点，发出呻吟声，便有“坎坎伐檀兮”的节奏不断传来。这是母亲呜咽着的诅咒，更是对贫穷生活无奈的叹息。我那仅仅活了五十多岁的母亲，在她刚为人妻、为人母的时候，也曾有过片刻的欢愉，接下来就只剩下与生活对抗后的沉默无语，直到她生命最后一刻，很少听见过她曾经的欢声笑语。

与一年一两次的舂碓相比，经年累月地围绕着石磨转圈，才是鲍坪人与生活拉锯的日常状态。即如我这个六口之家，几乎每隔一两天，就要用被安置在堂屋角落里的石磨，至少磨两个小时，这也增强了即将踏入社会前的我的承受能力。年少时，我和哥哥都得给母亲搭手，其中一个就端着升子，每隔两转就往磨眼里喂那么十来粒苞谷。而瞌睡虫正随着夜晚的加深，不断向我侵袭。直到母亲感觉越来越吃力时，才发现身边的我居然在打瞌睡。母亲呵斥过、骂过、揪过我，甚至动用过竹条子，依然没法赶走我对生活的惊慌和恐惧。

这些情景或者画面，多半都是我在母亲舂碓时，用棍子一边机械地翻动稻谷，一边胡思乱想的“杰作”。与推石磨的手上功夫相比，舂碓用的是脚力，再加上巧力。一只脚站立，另一只脚用力踩踏板，还可以交替互换。母亲找来父亲的打杵作为支撑点，在保持身体平衡的同时，还节省了不少体力。

母亲自然也不愿意一直沉闷、乏味，就与我天南海北地聊。没读过几天书的她，翻来覆去就是家里那摊子事。倒是某一天母亲讲了一个与舂碓有关的笑话，这让我对她有了不一样的看法。山里人本就不多，或许是孤独感较强，便衍生出一种喜悦文化。比如行走在路上遇到来人，一般都会主动亲热："您尔家到哪里去啊?"或者"您尔家走亲戚啊?"两个人中的一个就这样开始亲热起来。孰知连问两遍，或许是对方的毫无表情让主动方发蒙，于是，将声音提高了八度："你耳朵有点闭啊?""嗯，是的，隔壁有张碓!"答非所问啊，紧跟着就是质问了："你耳朵有点聋啊?""哦，你舂了我舂!"

母亲讲完后露出难得一见的笑容，而我毫无任何喜悦，可能让母亲多少有些失望。不过，那个阴沉沉的下午，似乎为第二天的记忆埋下了特别的伏笔。我清楚记得是 1977 年腊月二十八上午，我们一家人正在推小磨打豆腐，生产队长跑来逼催我们交缺粮款，将我们推了一半、准备打豆腐的豆浆给掀翻了，泼了一地。那时，做小队会计的父亲与生产队长有些工作上的过节，生产队长明摆着来使坏，让我们过年也无法安生。

母亲与生产队长的对白，以及生产队长推搡母亲的情景，父亲自然不在场。几乎每年腊月二十几，父亲都奔走在借钱的路上。家徒四壁者去借钱，最后的结果可想而知了。

转眼四十多年过去，也不知机匠包那个石碓还在不在。生产队长比父亲更早作古，距今至少也有二十多年了。而当年那个拿着斧头要砍死队长的人，也过了知天命之年，不仅扔掉了斧头，更是拿起了笔头在为鲍坪树碑立传——这个人就是我。

火　钳

火钳的前身是火筴，像筷子，用来给风炉添加炭火的。唐·陆羽《茶经》中有关于火筴的描述是这样的：火筴一名箸，若常用者，圆直一尺三寸，顶平截，无葱薹勾锁之属，以铁或熟铜制之。

我一度认为中国许多工具的前身都是极其简单的。这种简单不仅包括制造方法，更包括制造技术和材料。比如鲍坪家用的火钳，前生必是火夹。这里的火夹，用的原材料是竹子。将竹园里的竹子砍回来，截取底部段一破为二，或者一破为四，经过简单的修整，然后将中间段在火苗上烤一烤，趁着竹片柔软之际将两端慢慢伛曲，向内合并成平行状态，用细绳绷起，或找合适之地将其稳固，待竹片冷却，一副竹制的简易火夹就做成了。

火筴与火夹，音虽相同而意则甚远，有点反其道而行之的意味。鲍坪不产煤，几十公里外的高燎或是邻镇官店，以及清江北岸更远的大里都是有的，只不过那时通过手扶拖拉机或者东方红拖拉机运到鲍坪，虽不至于豆腐捧成肉价钱，买得起的家庭的确也不多。

火钳与有没有煤炭，或者买不买得起煤炭有什么关系？当然有，而且还是很直接的关系。煤炭燃烧的温度高，竹制的火夹耐不住煤炭的火力，通常用不了多久。再且，买得起煤炭的人家，买把火钳自然也是小菜一碟。我说的是改革开放前的鲍坪，此火夹与彼火筴，虽说差距不小，功效上大致也就那么回事。

竹子做火夹，简单方便快捷，成本还低，并不是说鲍坪人就不想买一把铁质的火钳了。她们想买想疯了。她们，自然是指婆娘们。鲍坪的婆娘刚被娶回来还叫媳妇子或女人，娃们一旦稍稍长大，就变成他（她）妈了。孩子面前既不能直呼其名，也不能叫媳妇子，有伤大雅。婆娘们一旦接进门，主要任务就是看猪养狗，服侍一家老小。这里的“看”，就像一条无形的绳子，会捆住一个女人的一生。如果说看猪养狗是女人的主要职责，那她们的次要职责一样得肩挑、背磨、犁田、打耙，只不过在分量上有所减轻而已。快到开饭时间，女人得先回家做饭，熟了，在田坎上或是岩包上大声呼喊：“回来逮饭喔！”

喊逮饭的，自然是下不了田地的小伙子。这个年龄段的除上学外，一般都要帮家里做这做那的家务琐事。比如刮洋芋皮，比如往灶膛里添加柴火。这样的日子，对于一位母亲而言，必然是难得的片刻逍遥。更多的时候，却是忙了这头忘了忙那头，灶膛前连个添柴火的都没有，常常忙晕了头才发现，灶膛里的柴火早已奄奄一息。如若柴草干枯倒还顺畅，一旦遇到水淋淋的枞树之类的树枝，免不了要用吹火筒一阵猛吹，直吹得眼冒金星天旋地转。在这种情况下还不冒火的婆娘，一定是性子疲的那种“皮拐棍”。通常情况下，起码也得发一阵牢骚，边骂骂唧唧边捯饬着灶膛里的柴火，然后拿手里的火夹夹或者吹火筒出气。火夹还好，吹火筒一扔或是一摔，十有八九就成了赶鸡赶鸭的响篙。

男人见多了，当然会心生歉疚，就发誓明年情况再孬，也要去铁匠铺里打把火钳回来。竹子做的火夹，一把两尺长的顶多也就用一两个月，而火钳的长处还在于用的时候稳、准、狠。尤其每年过年烧猪脑壳的时候，根本就难以找到第二种工具来替代。

那年月过年还是要杀一到两头年猪的，管它大小，管它是不是光骨头，人家有猪脑壳煮咱家也有，娃们要“核桃肉”总有个下手的地方。一个猪脑壳寄托着两代人的期盼，大人要拿它敬亡人，娃们心里想的是猪身上最好吃的那两坨“核桃肉”了。“核桃肉”好吃，猪脑壳难煮。这个时候，火钳就将自己的优势发挥到了极致。母亲将火钳放在柴火上烧烤，烧得差不多变红了，拿出来将火钳往猪耳朵里面一插，“滋滋滋”的青烟直冒，感觉那薄薄的猪耳朵立马就要被火钳给烙化了。

火钳的两部分均由手柄、钳肩、钳臂组成，两部分在钳肩处相互交叉嵌套活动连接，两部分的钳肩上各有数目相等且位置相互对应的至少两个安装孔，两部分间在安装孔上由一字螺栓活动连接。火钳乌黑的样子像把剪刀，一头是两个豆瓣形的把手，中间有铆钉将其连接起来；另一头却是长长的铁脚。铁脚顶端被打铁师傅打成薄薄的圆形，更容易钳牢各类东西。

看似单一功能的火钳，被现实生活发掘出了多重功能。在我童年或者少年时期，火钳不仅变成过母亲手中的暴力工具，也曾成为我们兄弟之间打架的武器。我们赞美母亲，通常会说母亲是刀子嘴豆腐心，其实母亲上演更多的却是刀子嘴刀子心。面对生活的死缠烂打，尤其连最基本的生存都难以保障的时候，母亲们将那种绝望而窒息的怨气和怒气，一股脑泼向了她们的孩子。她们骂女孩子叫扫烂花、烂妲己，骂男孩子是化生子、犯瘟的、搭飞岩的、砍脑壳的，那个恼火啊那个恨啊。她们常常一边咒骂，一边将手里的火钳狠狠地朝孩子的腿部、背部甚至头部袭来。

母亲们表面上咒骂的是自己的孩子，实则是对现实生活无能为力的诅咒。她们对着的天空、对着的大地、对着的山林，是否对那些咒骂做出过丁点回音？咒骂过后，依然不觉得解恨，还得补上重重的一火钳，这能砸断生活的脚镣吗？

火钳的“钳”本意是要钳住生活的喉咙，想不到反被生活给钳住了。这里面当然不仅仅有辛酸和苦辣，还有甘甜，虽少，但鲍坪人懂得小心翼翼去寻觅。就像再烂的红苕，他们一定会小心谨慎地削掉那些极为糟糕的部分，然后再去品尝那一小块仍有苦味的部分，然后咀嚼出苦中带甜的味道。这种微微的甜，让原本暗无边际单调乏味的日子，或多或少有了希望。

像大多数国人一样，鲍坪人也善于苦中作乐，将“黄色”如添加剂一般，适量楔进每一个日子里，火钳无疑也成了最合适的道具之一。他们常常拿公公和媳妇或者嫂嫂和小叔子的关系来调侃。媳妇做饭，公公一般是不会往灶膛里添置柴火的。鲍坪人称之为烧媳妇的火。哪怕公公坐在火塘边，手里若握有火钳，十有八九会被人说事：“他大婶啊，公公手里有家伙哪！”

这个段子的真实性当然值得打一个大大的问号，表面看来似乎是鲍坪人对于黄色段子的痴迷，实际上折射出了那个时代物质文明和精神文明的双重贫瘠。在一个基本温饱都难以解决的时代，支撑他们生存下去的唯一精神支柱，恐怕也就只有过过两性关系的嘴瘾了。

鲍坪那里的土灶、石水缸、木水桶、锅盖、水瓢、汤勺、刷竹，还有簸箕、筛子、筲箕、背篓、花筐、粪桶等，这一路数下来，唯有铁的坚、硬、冷，让火钳做了一次全权代表。

火钳在那个时代充当了一种道具，同样也给予了鲍坪以一个时代烙印。

茅 厕

一度以为只有鲍坪人叫茅厕为茅斯，后来发现不少地方都这样叫。至于“厕”这个字是否很久以前就读“斯”，自然难以考证。不过现在还在叫茅斯的，好像还真不太多。前几年回鲍坪，就连没读过几天书的幺婶叫的都是厕所。如果不留意，还真难发现这个细微的变化。当然，叫卫生间和洗手间的，依然很少。

鲍坪人的茅厕，一般建在吊脚楼最底层，与整个房屋融为一体。西南地区多山多雨，其建筑多依山而建，最底层饲养牲畜，茅厕往往夹在牛圈和猪圈之间。这种吊脚楼的二楼，一般与正屋第一层齐平。正屋到茅厕往往要经过厢房，通过下沉的板梯，中间少不了一些迂回曲折。如果是大户人家，这种“委婉”会更多。故而，那些年不少鲍坪人家会在床底放个尿罐，或者在正屋旁的屋檐下放只粪桶。鲍坪的冬季很冷，不愿受冻之人往往将尿液积攒到罐满，才从床底下拿出来，去淋在附近菜园子里的青菜或是蒜苗、芫荽等小菜上。老辈人说那是上好的肥料，比供销社卖的化肥还好。尿液存放时间一长，整个卧室难免会散发出异味，这种现象多发生在家里年迈多病的老人身上。幼年和少年时代的我们，晚上起来直接就对准厢房旁边那堆灰粪进行浇灌，甚至有时候大白天也懒得往茅厕里跑。

茅厕的粪坑自然要沉在地下，这是规矩。而厕所的墙身一般由石头砌成，底部则由相对厚而大且相对平整的石板铺成，然后再用石灰和黄泥等混合物勾缝。茅厕的粪炕有一米多深，上面横着几根不易腐烂或是质地坚硬的横梁，多用漆树或者锥栗子树，横梁上再铺上一些稀疏相间的枞树棍或杉树棍。猪粪也可以较为轻松地从这些缝隙中落进粪池。当然，猪圈必有木板或木棍围起来，即便如此，猪们“出圈”事件却时有发生，将附近的菜园子拱得稀烂。

鲍坪人对年猪的服侍或者偏爱程度，一点不亚于对待田里的作物，事实上很多时候又确确实实怠慢了它们。尤其农忙季节，往往很晚才放工，人填满肚子后，才有猪们的份儿。饿得发慌的猪，常常集体抗议，嗷嗷地叫，拱猪圈板甚至猪槽，哐哐当当，扰得当家人心里发慌。除非哪头猪不肯进食或者病倒，再忙再饿也会立马去找兽医。针打了药喂了还不见效，当家就会坐也不是站也不是。说猪是鲍坪人的命根子，一点也不为过。

一年辛苦到头，过年能杀一到两头年猪，才算是一个年该有的样子。祭拜先人的猪头有了，小娃儿天天记挂的猪腰子有了，大人们也能敞开肚皮把这个年撑圆，从里到外散发出猪肉的香味。只是猪圈就得安静一阵子，等正月尾或是二月初买来接槽猪，猪圈才重获生气。就像未成年的孩子，吵闹的表面是一种希望，只有成熟稳重的年猪，无论它们正在扑哧扑哧吃食，还是睡着打鼾，间或放一串响屁，主人家心里才充实。年猪们的粪便，是茅厕里稀粪浓度高低的最大贡献者，也是检验年成好坏的重要尺度。哪怕一大家人的积极参与和贡献，也赶不上几头猪合考出来的成绩。

童年之于我们一家人的上茅厕，是一件颇让人烦心的事情。刚分家另立门户的父母，与幺幺共用一个茅厕，每次都要经过幺幺家的火塘和厨房，说起来也就几十步路，提着满桶猪食穿来穿去，总感觉哪里不对劲。那些年两家常为鸡毛蒜皮之事，哪怕亲姐弟俩，杠起来也是车马不让，幺幺经常将那唯一过道的门给锁起来。晴天的夜晚，尚可摸着夜路兜一大圈去喂猪食，下雨天就特麻烦。好多时候都是我或是弟弟，拿着煤油灯在前面顺着外墙的墙角，给母亲照路。

我的童年尚属大集体时代末期，自家茅厕稀粪的所有权属小生产队。每到一定时候，就有人拿着一个圆柱形玻璃器皿来量稀粪的浓度，然后根据容积和浓度综合打分。偏偏那个年代的猪们也没法争气，鲍坪人就上山找马桑树，将马桑青砍回来剁成截，放进粪池。马桑青烧火无焰，树枝树叶却是上好的肥料。春季放学回来，我们把书包一扔，拿上镰刀就往树林子里钻，原本就不大的山林，每年都会被我们几兄弟翻个遍。没有铡刀，就找来木马，就着上面的丫杈，拿起砍柴刀比赛看谁的堆头更大。

就在我们几兄弟快要长大成人时，父亲做了个重大决定，在正屋左下方建厢房。他计划底层喂猪养羊，二层和三层住人。自家山林里用得上的木材少，就砌石墙，二楼以上的内部装饰再用木材。麻岩包的石头属顽劣之石，硬且毫无规则，要找到能砌墙的石头，只能差中选优，再凭借上好的手艺，这才使得新建的茅厕像个样子。

鲍坪人但凡有厢房的，茅厕都放在最底层。外表看上去与人住的房子并无分别，就像土家人含蓄内敛，进入内部后才看得到真相。鲍坪人好不容易做了一件新衣，得先穿在里面差不多旧了，这才穿在外面。有点像那些为数不多的殷实户，总将陈年腊肉挂在不显眼的位置，或是切成截浸泡在菜油里。毕竟那时到了 20 世纪 80 年代，我们这代人的想法与父母有了差别。我和大哥就将那些没用完的麻岩石块，临睡前放在煤炉上面，用煤渣和稀泥调和，然后将那些石头糊起来烧。第二天起来的第一件事，就是将烧过的石头拿出来，放在墙角，等其慢慢吸收空气中的水分，直至成为粉饰外墙的石灰。尽管颜色没法与那些耀眼的白色石灰相比，但在少见白色的年代，让新建的外墙看起来依然有了光芒。

新建的茅厕比原来的大了一倍以上，年猪和接槽猪被分在两个圈中喂养，中间的小巷子才是正儿八经的厕所。为了给猪们保暖，猪圈顶上堆放了一层厚厚的苞谷秸秆和苞谷壳叶，可以随时给它们睡觉的位置添加。苞谷壳叶是那时揩屁股最常用的东西，但和包挂面的报纸一比较，还是硬了不少。于是，我们通常会先用那些塞在墙缝里的报纸，最后才会用到苞谷壳叶。我曾在一个作品里写到过，我文学梦的溯源，最早就要归结到那些零碎的报纸了。蹲茅厕时无所事事，就翻来覆去看上面的文字，居然在作文里用上一段，于是被老师一通表扬，便激发了我的写作兴趣，自此，走上了一条“不归路”。

茅厕的窗户不大，光线也不太足，加上粪坑里大量的细菌和蚊虫的滋生，导致一种叫作夜蚊子的小虫特别多。白天它们一般躲藏在昏暗的角落，很难找得到美餐，猪是它们唯一且重点攻击的对象。正处于青春期的猪们，活动比较频繁，倒也能有效地摆脱一些攻击。到了夏季夜幕降临那会儿，夜蚊子成堆成坨袭来，嚣张至极。我们就砍回一些湿松枝，或是割回青草，放在点燃的苞谷秸秆上面，然后拿着扇子，或是棕叶子扇扇，将那些烟雾赶到茅厕的边边角落，使得夜蚊子们飞到田间、地头，以及附近的山林去。这种办法无异于扬汤止沸，没法解决根本问题。

好在鲍坪的夏季并不太漫长，一旦进入秋季，蚊虫便基本消停下来。对于上茅厕的人来说，虽受夜蚊子的骚扰，毕竟也就那么十分钟八分钟的事情。说到蹲茅厕，就想起读高中的同班同学，某天对我说他肚子有点不舒服，要去跩大茅厕（跩就是蹲的意思），我捧着书本笑了好半天。

茅厕实在不是个干净地方，甚至是个肮脏之处。见不得人的一些脏话，鲍坪人就会说比茅厕还脏。又比如某个人说话难听，脾气或是性格不好，就说他像茅厕里的石头——又臭又硬。再有，几兄弟或是几姊妹吵架了，父母就会骂："你们就是狗子离不开茅厕板！"狗喜欢吃屎，哪里离得开茅厕板？鲍坪的细娃儿要拉屎了，随便一个地方蹲下来就拉，大人立马便"喔——喔，喔——喔"地叫唤。看家狗听到声音立马摆着尾巴跑过来，将细娃儿落下的屎吃了个干净，然后还会将细娃儿的屁股舔舐干净。

鲍坪人生存的基本逻辑是这样的。最底层是茅厕，其次是猪圈，再上层是人。人喂养猪是为了改善生活，猪的粪便用作种植粮食的肥料，有了充足的粮食后，猪们也才有粮食的尾料用来长膘，环环相扣。猪们似乎有些吃亏，实际上是它们的身份决定了自己低下的地位，却也属于最合适的位置。

而茅厕在这个生存逻辑中，不过是个很大的箩筐，将所有的黑暗、臭气、蚊虫等一切不太好听的、不太好说的、不太好闻的东西，一股脑装在自己的筐里，为鲍坪人立下了功劳。当然，如今鲍坪茅厕的环境，已比当年有了很大改善，由此使得这个生存链的每一个环节都提升到了更高层面。

猪 槽

猪槽就是猪的食槽，一般为长方形。与“槽”组成的名词有马槽、酒槽、水槽等。按照“槽”字的结构来看，一般以木制品居多。作为一种喂养牲畜盛食的器具，称之为“槽”，自然是依照其形状来命名的——两边高，中间凹下的部分就叫槽。

鲍坪人喂猪多用石槽，只能归结于那时山上已没了粗点的木材。那时你若问山里人最富有的是什么，当然是石头啦。没了多少树木的遮掩，满山尽是石头，让人看得眼花缭乱。石头也因此让鲍坪人在日常生活中怎么也绕不开，但要找到能做猪槽的石头，并非易事。得先从石头裸露的表面观其形，察其色，然后再用錾子在表面检验其硬度和成色，在确认是做猪槽的料后，这才开始用锄头、大锤、钢钎、雷管、炸药，从大山骨骼里取出毛坯。要做好一个猪槽，没有十几二十个工日不成。鲍坪人缺钱，却不缺力气，更不缺耐心。他们知道要将日子过得像个样，任何付出都值得。

猪槽打好了，就选个好日子将小猪关进圈。年纪稍大点的鲍坪人大都会掐“甲子乙丑丙寅丁卯”，即便不会，就给人家说句好话。鲍坪人说好日子天占，他们对这个深信不疑。如果猪们一上来就“扑哧扑哧”抢夺，当家人的心里就像被熨斗熨过——兆头好啊。

喂年猪最上心的，自然是鲍坪的女主人。她们天天提着猪食桶往猪圈要跑几趟，每趟倒完猪食后，还会观察它们吃食的状态，如果不抢食，她心里就难受。若是这些猪们不肯长，她们就会天天在嘴上念叨：撞了邪啊，背时啊，走烂运啊。一家人就指靠它们身上的油水，润滑一下那些锈迹斑斑的日子啊。猪不会说话，更不懂人的心思，它们哪懂得身上所承载的担子？

鲍坪人每家每年起码要喂两头年猪甚至更多。他们在暗中相互较着劲，哪怕年猪的膘不够厚，起码肉块数量上不能输。这个时候，猪们若是肯吃、抢食，尤其吃完后还舔舐猪槽，主人心里就比吃了肉还要舒服，还要开心。

一年四季为了喂养那几头年猪，尤其是没有粮食加持的荒月，得“五崤四山”行猪草。“行”就是到处寻找。鲍坪说某个人到处晃悠，没干出几件正经事来，叫“行魂”。行猪草是一件费时费工夫的烦琐事，既要眼尖，还要速度快，往往“行”遍整个田间、地头，仍难以凑齐当天的猪草。如果红苕藤子可以翻捡，洋芋、红苕到了季节，被挖伤的洋芋、红苕，还有那些尾货等，都是喂猪的好饲料。这总算减轻了一些体力和时间，再苦再累也值得。

猪们惯用声音和肢体动作来表达它们最原始的诉求。荒月里“行”回来的猪草，在几乎没任何粮食添加的情况下，很难获得猪们味蕾上的认同。主人喂食的脚步声由远及近地传来，它们就像饿得发慌的孩子，一听到娘喊吃饭，就“哼唧哼唧”

表达欣喜之情。但当猪食被倒进猪槽后，它们反而冷静下来并不急于吃食。先是动用鼻子，这闻闻那闻闻，然后试吃几口。若是不合胃口，就会“哼哼唧唧”表现出不满情绪。更有情绪极端者，用尖嘴将不少猪食拱到猪槽外。望着辛辛苦苦“行”回来、一刀一刀剁细、还得花几个小时煮出来的猪食被这样糟践，主人心底的怒火被彻底点燃——拿起猪食铲对着猪们就是一顿猛打。

著名作家王小波曾在《一只特立独行的猪》里写到，当年下乡见到一只猪“出圈”的情形，与鲍坪普遍存在的境况并无二致，这也是鲍坪人为何多用石猪槽的另一原因。俗话说“槽里无食猪拱猪”，现在是槽里有食猪也拱槽。人饿肚子，干啥事都没力气也没心情，猪们倒好，居然还有气力用嘴筒子撬一两百斤的猪槽。还有的猪“耐不活”更重的猪槽，就啃猪圈横梁上面的木棍或者脚底下的地木棍。猪永远都是猪，它们以为撬翻了猪槽，就会赢得好生活。

有人常说“不怕猪一样的对手，就怕猪一样的队友”，说的是猪不仅脑袋笨，还严重缺乏团队精神。比如说到了丰收季节，满槽猪食任它吃，偏要强占着猪槽大半边吃独食。遇到这种骄横作风，主人就会拿着猪食铲守在跟前，坚决制止这种逞强称霸的行为。在鲍坪人眼里，所有的猪都是自己的孩子，决不允许以大欺小、以强欺弱的现象发生。霸权猪被打了多次，也会长点记性老实很多。

猪舌头广东人叫猪利，是个讨吉利的说法或者称谓。如果说猪有能带给人类励志精神的象征，那非猪舌头莫属。鲍坪的孩子吃苞谷糊糊，吃完了还要伸出长长的舌头，将碗里的残渣舔舐干净。猪和人一样，好吃的东西不仅不会放过，还得将槽舔得干干净净。于是，一只石猪槽在一代又一代猪们的合力下，充分展现出水滴石穿的韧劲，将那只浅浅的猪槽，逐渐被舔舐成容量越来越大、槽身却越来越单薄的“古董”。

就像家中管事的老人，到了一定年纪得退居二线，石猪槽被猪们舔舐到一定程度后，也会被新的猪槽替换。实际上是从哪里来，仍旧回哪里去。苏家坡门口竹林里，就曾有只被遗弃的石猪槽，外部敷着一层厚厚的干褐色猪屎，尽管经过岁月的洗礼，依然坚挺着退役时的本色。被猪们共同舔舐的猪槽，清晰的纹路和筋骨，印证着猪槽在岁月长河里曾经打磨出的光亮日子。石猪槽孤零零地躺在竹林里，独自反刍着围绕它发生的种种过往，包括黑暗中难得的一丝光、猪们吃食和放屁时发出的各种声音，以及热烈而温润的舌头舔舐它的力度，仿佛在说：我们每天祈祷风调雨顺，只为主人柔软而厚实的饭碗，只为鲍坪人对生活的爱。

猪槽当然有大小之分。那些刚买回来的接槽猪，又或是自家母猪育出的猪崽，哺乳期后断奶，是要分槽喂养的。它们不能在极短时间里适应那些大而笨的石猪槽。它们还像早上八九点钟的太阳，不知能否像父辈那样最终长出一身肥膘，为喂养它们的主人奉献所有。它们只需要按照鲍坪人设计的蓝图，竭力去实现。当一只浅浅的长方形的木猪槽被安置在眼前时，它们就能享受到与鲍坪人几乎平起平坐的待遇了。

及至稍稍长大，大概十个八斤的样子，就得被劁猪佬骗成“太监”。被劁过的猪，逐渐步入成长高速期，正式成为鲍坪人家中的重要成员，肩负起它们此生的使命。

猪槽的摆放，主要是倒猪食要顺手，一般与猪圈的主体平行。如果哪家的猪槽不合乎这点，一定是猪出了不该出的问题。鲍坪人想了很多办法，最后只能祭出这种笨招。有点像粟谷坝那些开小卖部的，生意不好就整理柜台，更像是拉不出屎怪茅厕，说恐怕是猪槽摆放方向有问题。可是接下来摆好了，猪们还是没有丁点改变。猪们先是鼓动着鼻子来几下呼吸，试吃了几口，然后“哼唧”几声就径直睡觉去了。最可恶的猪是那种不仅不吃、还用猪嘴筒子在里面一阵翻搅、拱得满圈猪食的家伙。

猪们罢工或反抗的最高级形式，便是想尽一切办法出圈。它们自然不知道外面究竟是个怎样的世界。身体的本能告诉它们，不合适就要逃离，要获得更好的生活，就必须摆脱现实的桎梏。不管猪圈的木板有多高，它们还是一次又一次试图用飞跃的方式，去完成自己的壮举。也许，它们并不知道外面的世界有婆婆针、蒲公英、车前草、地枇杷叶、鹅肠儿、刺芥菜等野菜。它们只是把对猪食的不满，用“出圈”的形式发泄出来而已。

更多的时候，猪槽是个置身事外的旁观者。它将眼前所有一切都视为鲍坪人活动的第二现场，包括那些猪们循环往复的日常，都是他们留下的气息和足迹。猪槽也有寂寞而空虚的时刻，那就是猪们去了该得到奖赏的餐桌上。空荡荡的猪圈，毫无声音和气息的猪圈，那些熟悉而急促的脚步声，都加剧了猪槽寂寞和空虚的程度。这不过是暂时的，就像大雪封山的鲍坪，那些被厚厚积雪压断的枞树枝丫，间或发出清脆的断裂声，再过几天就有一轮明晃晃的太阳从山背后升起来，鲍坪的山山水水再次迎来一片生机。

此时，接槽猪作为鲍坪人新一轮美好生活的榫头，便再一次迎来与卯眼的结合。新老交替，表面看是接槽猪承接年猪的衣钵，实际上是猪槽里猪食的绵延不息。猪槽里的内容决定了鲍坪人生活的温度和高度。

岩　壳　田

岩壳田首先是个偏正词组。前面的修饰，诠释着后面的正题。这类打掩护的现象，在鲍坪可以说是俯拾皆是，极像鲍坪人的日子，承受着前面所有的困苦和艰难，只为那个美好的未来。

田一般分为山田和水田，却少见有岩壳田的，这是大山独有的特色，尤其在这多岩石的鲍坪。看到这个偏正词组，我们不难想象出鲍坪对土地有着多么的渴求——即便岩壳遍布，也要在稀有的土质里面，为活人刨出一条生路来。

鲍坪有句土到家的俗语：没有累不死的牛，只有耕不坏的田。遇到岩壳田，这句俗语就失灵了。胸怀利器的岩壳，将大半个身躯隐藏起来，只露出一角。这里一石疙瘩，那里一小石块，随心所欲地分布。如果掌犁头的人是个刚出道的生手，拉断犁铧是常有的事。不仅累死老黄牛，自个儿也窝了一肚子火。即便是耕作多年的老手，也有判断失误而失手的情形。

此时，人就变成了四脚牛。一头头两只脚的“牛”，弓着背，弯着腰，一锄头扬起，再一锄头凿下。一块块支离破碎的岩壳田，便被翻新成深褐色的背景，鲍坪人要在这背景上年复一年地做深层次的文章。每年春播前，这是一堂土地深翻的必修课。说是深翻，其实就是翻地深深浅浅、不一而足。好在鲍坪人早已深谙岩壳分布的路径，凭借着土质颜色，便可判断出泥土的深浅，锄头与岩壳倒也相安无事。

将头年秋收后有些板结的土壤深挖、翻松，再将那些土疙瘩用锄头敲碎。对于平整的槽田，尚可马虎对待，唯这岩壳田得加倍伺候。甚至不惜下笨功夫，将那些仅仅几寸厚的薄土，一撮箕一撮箕端到另外的地方，从而达到人工提升土质的效果。

深翻季节一般在三月，料峭的寒风依旧，常常就收获了一手的皴口。鲍坪人便找来穿得无法再穿的破衣服，将撕裂的伤口包起来，再用针线缠紧。他们在收获满手皴口的同时，不忘畅享着下半年的收成。唯如此，他们似乎才能增添与岩壳田僵持的信心和力量。

岩壳田像狗肉，上不了正席。更多的时候却极像鸡肋，食之无味，弃之可惜。石多土少的鲍坪，便享受了岩壳田的特殊待遇。在这里，勤劳致富多数时候就是安慰自己的谎言。更多的时候就像算命先生的签上曰：积积攒攒积积攒，风一吹就是光杆杆。风不调雨不顺，那结局定然就与光杆杆无异。

在鲍坪，田与地当然是有区别的。能种庄稼的才叫田，槽里的叫槽田，坡上的叫坡田，平坝子的叫坪田。地多用来指生长树木杂草的山林，它们的职责就是为生长粮食提供后勤保障，比如割草、喂养牛羊的同时，生产家粪；又比如将山林里的荆棘杂草斩了，再将草皮盖上烧火粪。当然，也有你中有我我中有你的情形——田在地边，地在田边。还有一种情形，除了少量的田，就是散落着的大石头，或是石壁之类，即岩中有田、田中有岩，我们便称其为岩壳田。

岩壳的诞生，就像与它依恋的农民与生俱来，在这块土地上生生不息。裸露的岩石酷似龟壳，辅之较少土质，便成为岩壳田。大抵也是岩壳占据直观上的态势，加剧了鲍坪人对它的仇视，将其放在语言第一道关口，遭受反反复复的诅咒。

岩壳田几乎都是坡田，这是山势导致的结果。我们常说邻居就说同屋的，稍远点就说坡田坎下。那意思是不在坎上就在坎下，中间就隔了个田坎。如果未放工，就说还在坡里。坡，又成为描述鲍坪人日常生存状态最为贴切的名词。上坡时，我们不得不尽量前倾，竭力呈现向上的状态。下坡呢？又不得不尽量后仰，几与山的坡度平行，不至于呈现踉跄的狼狈样。这种匍匐或者后仰的姿态，并未引起岩壳田们的注意，尤其每当生活出现重大变故之后的鲍坪人，总会运用各种“匍匐”和“后仰”的形式，祈祷也好，诅咒也罢，岩壳田一以贯之地冷眼旁观，高度契合着鲍坪人的生活态度。

岩壳田完全就是鲍坪人形象的翻版。原本就在远离中国政治中心的武陵山区，而鲍坪又处于武陵山区腹地中的边沿。尤其在交通枢纽尚未完善的 20 世纪，就更是到了寂寞深处边。谁会远离“权力”中心，花去许多精气神，去那些僻壤之地开垦“价值”低下的它们？现实生活中，也只有本就“处江湖之远”的鲍坪人，为自身生命的繁衍，而甘愿付出更大代价，去改造那些肉少骨多的岩壳田。而岩壳田也只有在属于自己的地盘，才有可怜的用武之地。

就像鲍坪人一样，岩壳田当然深知自己的先天不足——太阳稍大，雨水稍少或者稍多，都像掉进灰里的豆腐吹不得更拍不得。冷不得，热不得，只能吃补药绝对吃不得下药。一个摇摇晃晃的药罐子，就这样踉跄着，在世间的风雨里蹒跚前行。鲍坪人多会对自己心比天高命比纸薄的孩子们说：错就错在你投错了胎。如今大彻大悟的鲍坪后辈们，早已挣脱岩壳田的桎梏，搭上了那辆冒着黑烟喘着粗气的火车，岩壳田犹如反光镜中渐行渐远的剪影，最终定格在记忆深处。

曾几何时，从岩壳田中冒出的岩石壁，是我们童年玩耍的主战场。岩壳与岩壳间的桐子树、泡桐树，间或几株漆树，甚或香椿树，在我们看来无疑是再美不过的景致了，父母们却每每拿刀将这些树的枝丫斩掉。每当这一幕出现时，我们的心情无疑忧郁而又无能为力。年少的我们尚不理解生活的担子究竟该有多重。我们对自己认知范围内的一切都无法说“不”，也说不出半个“不”来。而多年后，当我们能说出这个字后，却深知这个“不”字背后所潜藏的某种力量，就像克制的文字，克制的情感。

或许耗费了大半生光阴，于个人，于一个个家庭而言，也许极其漫长而悲催。对于天地间，也就那么一霎。而对于一个阅历了人世间沧桑的鲍坪人来说，即便是几十年，仍然恍如昨日。生命行至半程，余下的都是顺脚路了。前方的终点依稀可见，回望来时的路，再漫漫修远，也不过简短的回眸。就像记忆里的岩壳田，分明有着太多情感与愁绪交织其间，只不过一个眨眼，就被还原成最初的山林，再也难以找寻出当初完整的形状。

昔日在这块土地上玩耍挨饿的少年们，如今都纷纷抛弃了滋养他们的贫瘠田地，还有年迈的父母，甚至爷爷奶奶，一个个辗转在别人的城市。出去，回来，再出去，再回来，直至耗完一生。更有携老将幼者，永远定格在了远方，成为异乡城市里的建设者。而那些平整的田地从此鲜有人耕种，连同岩壳田一起，全部还原成了最初的风景——田已成地，岩石一如当初冥顽。

不远的密林里，埋葬着的，正是这些年不断离开人世的先人们。他们还在与岩壳田对望，即便他们的后辈一个个都逃出了深山密林和岩壳田的束缚，他们也依然铁了心要做这岩壳田最后的守望者。

滚 身 儿

前几天刷到武汉一个小孩子的抖音视频，他说武汉的天气变化像人翻脸，昨天还在穿短袖，隔天就要穿“滚身子”了。孩子大概六七岁，不仅表达好，还不停地用普通话和武汉话切换。当下能把家乡话说得如此地道的孩子，确实很难找了。我身边就不乏这样的例子，父母都是广东人，每天却要与女儿说蹩脚的普通话。在国家大力推广普通话的今天，比如在武汉这座国际性大都市，能说家乡话的机会就更少了。即如我们这类较早从内地到沿海的拓荒者，平时也多用普通话和孩子们交流。即便他们的家乡话尚不至于完全丢失，大致也只能用蹩脚一词来形容了。

这种窘况下再来看那个武汉小孩子的视频，怎么看都有些令人欣喜和激动。确切地说，如果不是这条抖音视频，“滚身儿”这个词一定还会继续潜藏于身体的某个角落，说不定就此消失。

这些年我一直在琢磨乡土散文这块，尤其在挖掘那些家乡话上下了不少功夫，可以说颇有心得和体会。比如活跃于恩施高山地区的“滚身子”，它的主人大多是多年前因江汉平原地带遭遇水灾而迁徙到山里的，当然也有不少是“湖广填四川”

时，途经恩施大山就此定居下来的“搬家子”。

或许是一个濒临灭绝的词处在我研究的档口，我多少都显得有些亢奋，立马就通过微信表达了这种欣喜之情。留言的微友，大多将滚身儿与“滚撒”联系起来，显然与我的情感喷发点不在一个频道。而同为恩施人的写作者、多年的好友，杰琦留言说“滚衫儿”更合适，当时没作多想我就表示认同。转念一想，似乎又不太贴切。为稳妥起见，我上网查了一下，除去湖北绝大部分地方外，居然还有四川、重庆、湖南耒阳、陕西安康等不少地方都有这种叫法。倒是没出现一例“滚衫儿”的官方说法，基本都是滚身子、滚身儿、滚身这三种。网上资料说，此乃四川、重庆方言，指一种较短的对襟棉衣。甚至还有与其关联的歇后语：三伏天穿滚身儿——里外发热。

从民族交流的角度来讲，我是汉族和土家族融合的产物。我们那一带操蛮子腔的汉人多叫滚身儿为巴褂儿。这个“儿”在我们那里混得风生水起，不少叫法都喜欢带这个尾音，很容易被人识别。无论是蛮子腔还是搬家子腔说巴褂儿还是滚身儿，总会让我想起当下民族融合的力度。

父亲的入赘等于是变相将自己这个汉族人变成了“另类”少数民族人，从我们一家人的“搬家子”口音，完全可以印证出女性对于一个家庭该有着怎样的影响力。比如一山之隔的宜昌，就有昭君和亲的不朽传奇。如果一路追踪下去，那么不难想象两千多年前昭君这样的大家闺秀，定然也要在秋冬季节穿那做工精细的滚身儿。至于她是否将山里人的这门手艺带去了草原，那就是另外一回事了。

我出生的 20 世纪 60 年代末，虽非中华人民共和国成立后最困难的时期，由于地理位置以及当时生产力低下等原因，吃不饱穿不暖也因此成为那个时代的“胎记”。之所以对滚身儿不像有些词那么刻骨铭心，原因在于，我与它之间总是存在着“一篾片”的距离。

按照当时鲍坪人的物质生活水平，每家每户每年至少有一个月的“荒月”。劳力少儿女多的家庭，常常要为一日两餐犯愁。而穿衣问题，每年无论单衣还是棉衣，能换一件新的衣服穿太难。而作为秋季和冬季或者初冬与严冬之间过渡的滚身儿，对一般家庭来说，那更是一种奢望。何为滚身儿？就是没有衣袖的短褂子。这种褂子有少许棉花，天气尚未到异常寒冷的地步，就套在单衣外面用来抵御早晚的寒冷。而中午在田间劳作时发热，就得脱下滚身儿，或挂在枝丫上，或置于田头。这种情形当然不会轻易发生，哪怕一件滚身儿可以穿上十年八年，富裕人家也只会在走亲戚朋友时才舍得穿，说它是身份的象征一点也不为过。

滚身儿有点像如今的马甲，只不过用料和厚度不一样。20世纪80年代，全县大力推广种植白肋烟那些年，鲍坪人荷包里多少有了点钱，滚身儿就开始在年轻人中间兴起。不过这个时期的滚身儿，已是改良过的品种，无论是做工还是用料都精致了不少。穿着滚身儿下地干活，偶尔才会有之，但大人多会说这是“抖格”（装腔作势）。那时家里普遍有了吃的，挨过苦日子的老人总要告诫年轻人，要他们永远铭记“多大的麻雀就立多大窝”的祖训。鲍坪人书没读多少，老一辈的口口相传，总会铭记于心，且在平时反反复复的琐碎事中，不断嘱咐后人。

人生就是由一个又一个的遗憾串联起来的，没有遗憾的人生注定是不完美的，而有太多遗憾的人生则又成了悲剧的人生。没穿过滚身儿当然并不表示有多大遗憾，那个特殊时代，虽非你情我愿，却能从中汲取些许养分，来滋养精神。

记忆中我嗲嗲是穿过滚身儿的，嗲嗲就是母亲的父亲。自父亲入赘鲍坪麻岩包后，母亲就和嗲嗲分家过了。母亲的弟弟即我幺幺那时也已成人，和嗲嗲婆婆一起过日子，等于一家人都是劳动力。虽说婆婆常年有病，于他们而言，去鲍坪那个裁缝老嗲嗲那里缝制一件滚身儿，并非难事。

穷人的孩子早当家，穷人的孩子还特能抗寒。当嗲嗲穿滚身儿时，我们还在找有破洞的或是打了很多补丁的单衣贴肉穿，再将那件稍微像样点的单衣穿在外面，就像鲍坪的俗话说的，那叫“马屎果果外面光”。与里面的破补丁衣服相比，外面无非稍显完整而已。日子再残缺不堪，也要找到一块像样点的遮羞布，而这亦非一件易事。

那时，我们几兄弟都在几里地外的粟谷坝上学，冬天在崎岖的小路上常用不断奔跑的方式，让整个身体变暖。即便到了最寒冷的寒冬腊月，一下课我们也拼命蹦蹦跳跳。然而，四十多分钟的课堂，我们也有顶不住的时候，就在课桌下面不停地跺脚。地面是黄泥，即便用力过猛，也不至于扰乱课堂秩序而被老师揪耳朵或是罚站。

在不增加任何经济负担的情况下，鲍坪人还可以将御寒效果达到极致。俗语说，腰里系根绳，犹如挡一层。那就往腰上系一根绳子，将外面的衣服尽量与肉身融为一体，不让寒风有袭击的机会。这根绳子，表面看来是鲍坪人生活窘迫的旁证，实际上也体现出了这块土地上人民生存的智慧，以及乐观豁达的生活态度。如果要追寻这根绳子的源头，恐怕裤腰上那根芝麻带逃不脱关系。正所谓成也萧何败也萧何，当某一天有人顺手解下腰间那根绳子，将自己的生命结束在房梁时，这根绳子，跳进黄河也洗不清索命帮凶的嫌疑了。

这样的例子似乎又并不多见，想结束一生的劳累、痛苦、贫穷、彷徨、疾病，显然有着太多“方法”。不管采取何种方式，鲍坪人都会说，生有屋场死有地方，蹦不脱的粪逃不脱的命。一如有滚身儿穿的人，放眼整个鲍坪掰着手指头数的也就那么几个人。

滚身儿介于棉袄和单衣之间，就像鲍坪初冬和严冬的过渡期，并无明显的界限。如果说有，无非就是有无衣袖的区别。原本缝制一件棉袄的布料已十分紧巴，事实上在制作的时候不免要做一番思想争斗：反正就多一副衣袖的料子，还是做棉袄更利于对付整个冬天。如此一来，最后往往买棉袄上纽扣的那点钱也难以凑齐，或者说当某一天在林子里砍渣子烧火粪不小心掉了一颗扣子，一时找不到合适的扣子钉上，那根绳子便有了最佳理由被系在了腰间。

有人说当初把半袖棉袄叫滚身儿或滚身子太形象贴切了。厚实的棉花做成的半袖棉袄一穿，浑身像圆圆的陀螺一样，不是滚身子就是身子滚。还有人说烧开的水叫滚水，滚烫的水嘛，表明温度高，二者的说法无一不形象而生动。

现在的娃儿，大抵是没几个晓得滚身儿是个啥东西了。裁缝师傅这个名字隐退了多少年，这个滚身儿就隐退了多少年。当然，滚身儿这个东西本身并未完全消失，它只不过以另外一个叫马甲或是夹克的名字和形式出现了。它们的出现不仅仅是名字改变，款式、用料、做工等也都改变了。

忽然想到 20 世纪 90 年代寻呼机兴起那些年，只要稍稍有点钱的人腰里都别着那东西。如今看起来，横看竖看都有点像鲍坪人穿着滚身儿，腰里系着根麻绳，上面还别了个寻呼机，那么土气。但凡随着潮流兴起一时的东西，最后怎么看都不那么顺眼，尤其是历经过一生的沧桑与忧郁后，一切的一切都随风而逝……

石　板　屋

石板屋是鄂西大山里一道独特的景致。

靠山吃山、靠水吃水，靠石头就只能吃石头了，这是鲍坪人常挂在嘴边的一句话。上帝造人时即便分了彼此，也会给每个地方的人留下一条活路。你看，汉江边的人家用泥烧瓦住瓦房，鲍坪人靠这规则不一的石板，住石板屋。

墙是石块砌的，顶是石板盖的，门枋是石条做的，水缸是石板合制的，院坝是石板铺的，甚至连猪槽和舂米的碓窝也是用石头一錾子一錾子凿出来的。费些工夫是自然的，只要功夫深，铁杵都能磨成针。你看那猪圈里的年猪，只要几个轮回，就能将浅浅的猪槽舔舐到令人惊讶的深度。

石头以各种不规则的形态，或卧或立或藏匿于山中，钢钎、铁锤和炸药的组合，将它们激发成各种形状，呈现在鲍坪人面前。这时，我们最伟大的艺术家——石匠，开始用一把锤、一把錾、一把尺，将它们演绎成各种样式的器具。门窗、楼板以及椽角、檩子，则交给了木匠。通过木、石二匠的合力，最终将一幢一明两暗的木石结构的房子呈现在我们面前。

石板屋的核心在盖顶。不管全木结构、木石结构还是全石结构，只要盖顶是石板，我们都叫石板屋。如果盖顶是青瓦，我们就叫瓦房。如果盖顶是茅草，就必叫茅草房无疑了。

鲍坪多数人家住石板屋，这得归功于老天爷的恩赐。石噶闹、苏家坡，以及苏家坡背后那座山，都是取得石板的好地方。平时建新房的人家，只要手提两包挂面、一斤苞谷酒，跟这些山的主人家说几句好话，便可任由开采。每到农闲时节，建新房的人家便请了帮工，带着背架子和打杵，去石场背回那些早就开采好的石板。石板大者如簸箕，望向背石板的人身后，只看得见石板在山路上一起一伏地颤动。

墙身无论是土墙，还是石墙，抑或木栅子墙，在屋顶封顶后，每隔一定的距离，都要用檩子将它们彼此关联起来稳固墙身，然后再用椽角将檩子关联起来，便于承受石板的重量。横者为檩子，竖者为椽角，这一经一纬，就将整幢屋框在了一起，开始接受石板的重压。

如果说将石板从几里外的山上背回来，需要的是力气和汗水，那么再将石板背上屋顶，需要的就是勇气和胆量了。长长的木梯，从地上通向十米多高的屋檐。身背一百多斤的石板，越往上爬，木梯晃悠得就越厉害。力气和胆量，便在这里得到了极致体现。

各种形状的石板被屋檐上的人一块块接上去，然后再被师傅们根据石板的厚薄和大小搭配成形，从屋檐开始一级一级拼上到屋脊，最终将它们演绎成一个完美的整体。

实际上在盖石板之前，还有一个极其重要的上梁树环节，只是那些年鲍坪的木材极少，绝大多数都用石墙或者土墙。和早些年木栅子上梁树相比，的确在气派和架势上逊色了不少，但这个环节和规矩仍是必不可少的。首先是伐梁树，然后是夹梁树，最后是上梁树。每一个环节前，讲究颇多，师傅都要念一段很长的“经文”，不外乎一些朗朗上口且不乏文采的吉利话。最后一道工序是给梁树披红，再在梁树两头挂上“斗”，里面有糯米粑粑和一分钱、两分钱的硬币，以及糖果之类的小礼品。

这个时候，邻里乡亲早就备好了面条、茶食，莫不用背篓背着或是对角毛巾提着，从四面八方前来祝贺。上梁树是鲍坪人除了红白两喜之外的又一大事。与红白两喜相比，上梁树图的是吉庆和热闹，并不在意茶食的多寡。主持仪式的师傅一阵哼唱完，随着一声“起！”——唢呐声和着鞭炮的噼里啪啦声中，披了红的梁树被绳子拉着徐徐上升。所有大人的双眼对着梁树行注目礼的时候，小孩子们却紧盯着那两只大大的四方形的“斗”，只等梁树升到顶部，师傅便会拿出里面的东西撒下来。紧接着，他们守候的天空里下起了希望和梦想的“雨点”。这个夜晚，注定甜蜜而充实。

又一幢全新的房屋站立了起来，等待着炊烟从里面冉冉升起，昭示着主人家即将开启下一段全新的生活。

石板屋仍是一明两暗。中间的一明是堂屋，两边的两暗是灶屋和火塘。灶是泥土筑就，火塘上稀疏的楼板间有梭筒钩，挂着砂锅或炊壶，整日里炊烟袅袅。如若条件允许，将石墙额外用石灰再粉刷一下，整个房子立马又会上到更高的层次。在鲍坪人看来，与小镇上的那些平房有得一比了。于是，烧煤炭的人家每晚临睡前，就在尚未烧完的煤炭上面放一层鸡蛋大小的石头，然后把煤灰和稀泥搅拌均匀后，像碉堡一样将火炉糊住，只在上面留下几个气孔，明天清晨起来，那些小石头就完全变了模样。只要在石头上淋一点水，看起来麻黑的石头立刻就变成了浅白色的石灰。被粉饰一新的石墙，给鲍坪人带来了几分生气。

光阴荏苒，岁月如梭。几十年过后的今天，山还是那些山，河还是那条河，但鲍坪的房子在不知不觉间变成了另一种模样。昔日那些木栅子屋、土墙屋、石墙屋几乎全被四棱上线的平房替代，将今日那些密攒攒的山林和树木点缀成诗画一般。而上梁树的风俗，也逐渐以另一种形式展现出来。

第五辑：人物志

漆 匠

漆匠，不是南方人所说的做漆调漆的匠人，而是割漆的匠人。严格说，应该叫生漆匠。

鄂西大山有一种落叶乔木，其身灰白，其树干甚直，亦有中途发杈者，高可达二十米。夏天用刀割其韧皮部，有白色乳汁溢出，其后渐渐变黄，最后变黑，此液体就叫生漆。生漆用途甚广，是一种优良的防腐、防锈的涂料，涂抹于建筑物、家具、电线、广播器材等表皮，从而达到防腐防锈蚀的目的。专门割这种漆树的师傅，被称为漆匠或者漆匠师傅。

鲍坪一带每家每户都有几十棵漆树，因此催生出了一种靠割漆为生的手艺人——漆匠。割漆是个粗活，一般人干不了。最初要给漆树绑上树的架子，或者往漆树的树身上钉一种木楔子，这道工序很费劲。割漆和收漆笕子要爬上爬下，爬完这棵爬那棵，尤其身上还带着漆刀、漆桶，或者装漆笕子的篮子，也是个苦力活。从最初的工序到最后卖给供销社，中间的步骤有十几道，不可谓不烦琐。一名漆匠一般情况下，只能负责十几二十户来人家生漆的收割。

割漆这门手艺，本身并无多少技术含量，但有个必要的前提是能耐漆。漆树叶子和茎的汁液含有漆酚。过敏体质者的皮肤与之接触可引起红肿，出现红疹、瘙痒等症状。别说耐漆，有的人从漆树底下走过后，身体都会出现奇痒的状况。对于挣钱难的鲍坪人来说，只要几把漆刀就能干漆匠，这种职业还是颇为诱人的。至于身上那套行头，找些破旧的衣服，再将破布片子补上去，只要沾点生漆不易渗透即可。

栗子坪有个漆匠，人送外号“康师傅”，那时他老婆放开肚皮为他生了一大堆娃，要吃的要穿的喊得他头都大了，就想到去当漆匠。一个星期不到，康师傅脸上就肿得像发糕似的。靠着民间方子总算捡了条命回来，自此打漆树下过，连正眼都不瞧了。

鲍坪最出名的漆匠叫万瑞，他似乎天生就是吃这口饭的，十几岁就开始割漆，割到自己娶上老婆，然后又是几个后人娶上老婆，一直割到年纪大了爬树困难时才肯退下来。漆匠万瑞本身家境就不好，前后有八兄弟，还有个最小的妹妹。全家老少十几口人在一口锅里吃饭，自老五万瑞从事这门手艺后，硬是将一家人的油盐及换季衣裳的钱，一刀一刀给割了出来。

漆匠割漆的工资是按割漆的斤两分成的，多为四六开，即主家六成漆匠四成。鲍坪几乎都是一大家人吃饭，漆匠来了无非是多加一双筷子，吃了主家的饭菜，三七开的现象最普遍。

接漆的笕子和上漆树的木桩，这些前期准备工作，都是漆匠的事情。漆笕子要去山林里找，有一种带刺的藤蔓植物，叶子极富韧性，足够接装一个漆口子渗出的漆汁。有些高大的漆树，在中上部还得根据实际情况搭那种简易梯子。还不能打桩的小漆树就用水竹篾，绑一尺左右的横挡，一直绑到合适位置。老漆树比较硬，木楔子非用坚硬的花栎树不可。我们常常就能看到那些左右交错的木楔子，一直通向蓝天。

主人家自然不必专门费心思准备伙食，因为漆匠吃的是“闯闯饭”——到了该吃饭的时候，撞到哪家他就会在漆树上喊一声：“老板尔，舀多一碗饭噢，过哈哈儿就来逮。”鲍坪人吃饭说逮饭，干脆有力，一点也不拖泥带水。饭虽简便，主人家却懂得常识。漆匠不怕漆树上的生漆，却忌讳南瓜、面条之类的发物。父母从小就告诫我们，要有所敬畏。这种敬和畏，不仅仅表现在对待人和事上，也体现在我们日常生活中的某些细节上。

小时候我们都怕漆匠万瑞，可能是他那身上套的盔甲骇人，也可能是我们有生以来惧怕漆，通过漆匠的形象传递出来而惧怕。当然，更是他手中那把明晃晃的弯弯漆刀。长辈们通常都会拿漆匠来吓唬不懂事的我们：“再闹？就喊漆匠师傅拿刀刀来，把你小鸡鸡割了！”

在我们眼里，漆匠的形象永远都是穿一身黑黢黢的盔甲，戴一顶吓乌鸦的那种烂草帽，腰里还挂个装满漆笕子叶的篮子，和一个收漆的黑竹筒。漆匠全身黑得反光，常使我们想起堂屋后廊停放的那几副黑漆木寿枋。那是幺幺为嗲嗲和婆婆准备的寿木。

漆匠师傅万瑞说起来和我们还有点亲戚关系，按辈分得叫他哥。漆匠非得“翻辈”要我们喊他伯伯。鲍坪这个地方，不少人喜欢“源山源水”找亲戚关系提高自己的辈分，实际上是争长幼尊卑秩序。有时候哪怕过一下嘴瘾，也得极力争取。

那时我们兄弟几个都在念书，每到开学就愁钱，父亲只好在责任田里那几棵漆树上打主意。不承想没过几年，因为割漆过度，那批上了年纪的漆树就逐渐枯死了。刚好那年大哥初中毕业就不再去读书了，家里准备扩建房子给大哥说亲事，这批漆树在完成它们的使命后，又将最后的躯干捐献给了我们的家庭建设。

我们几兄弟，只有我是吮吸着这些像乳汁一样的“生漆”，一步步走出鲍坪，走出重重大山，过上了如今尚算安稳的日子。这些年据说鲍坪很多人家既不种地，也不割漆了。他们大多和我一样，从那个小地方出发，去到了很远的地方，很少再回去。而当年的漆匠万瑞，早在十几年前就去了另一个世界。五十多岁的他，似乎是完成了自身使命而悄然离开的。

由漆匠想到漆树，由漆树想到漆匠，再想到早逝的母亲，我写下了这首关于漆树的诗歌，将它献给漆树、漆匠、母亲以及我仍健在的白发苍苍的父亲。

漆　树

一把酷月状屠刀
泛着冷冷青光
一步一步
向你胸口逼近

刀锋一转
那苍白的语言
就斜斜地渗出
流进我的心窝

那是一个阳光明媚的早晨
一万次祈祷
幻化成漆黑的血痂
抚我贫血的创口

而今你已老去
筋骨暴于寒风肆虐中
让我上升
上升为你的归宁

篾　匠

在鲍坪，父亲最小的弟弟，后辈通常叫叔叔或小叔。为更显亲近，便多称幺幺或幺爸，甚至对比较疏远的族人也大都如此。这种情况出现的前提，多是家境较好的人家。譬如十几里外一个叫枫香梁子的地方，就有从我们族人集聚地青龙河迁徙而去的一家人，刚好与母亲同辈，依父亲的吩咐，我们便叫那个来我家做篾工手艺的人为幺幺。背地里我们叫他篾匠幺幺。

鲍坪有民谣言："医生屋里病婆娘，石匠屋里磨光光，木匠屋里栽架子床，篾匠屋里破筛筐"，大意是说做手艺的大都在为人作嫁衣裳，自家却是一无所有。我从没去过篾匠幺幺家里，自然不敢肯定他家的情况。不过，从篾匠幺幺的穿戴讲究来看，在那个年代无疑少有，尤其时不时他还能从中山装口袋里摸出一支纸烟，抽得有滋有味。那时能抽得起香烟的，多是吃公粮的干部，也因此通常将这种人称为同志。篾匠幺幺买回香烟后还得将其拆散，再用一个铁皮香烟盒装起来。每当摆弄完手中的篾货，他就会拿一把木椅子到阶檐坎慢腾腾地坐下来，然后慢悠悠地将荷包纽扣解开，掏出那个黄金亮色的铁皮香烟盒，撩起两个指头取出一支，将烟嘴在铁盒上轻轻敲几下，这才叼在嘴上，擦燃火柴点上，"呲"的一声，再深深吸上一口，鼻孔里就冒出两条烟雾。随之而来，一种特别好闻的香味就径直向我们飘来。

鲍坪人无论男女皆吃旱烟，嗲嗲、婆婆更是两杆老烟枪。从小我们就浸泡在烟雾缭绕的世界里，尽管跨进学堂门槛没多久，就学会了吃烟，只不过那时对于呛人的旱烟，尚处于尝试阶段。自打闻到篾匠幺幺那种特有的香烟味，对他就生发了一种神秘向往之感。能吃得起这种烟，父亲不敬重他让我们喊幺幺才怪哩。

篾匠幺幺为我们家编织篾货，前后约有一个月时间。我们家原本是没有竹子可供织篾货的，仅有的几宗篾货还是父母和嗲嗲婆婆分家时分得的。要吃上饭，根本就离不开簸箕、大筛、小筛等篾货。那时我家经常去邻家借，甚至还跑到机匠包去借，刚好别人也在用。借的次数一多，别人嘴上不说却挂在心上，或者给个不好的脸色。终于有一天，母亲忍不住了，和父亲吵起嘴来，父亲这才下狠心跑去清江边表叔家，弄回几大捆水竹、金竹，还请来了方圆几十里最出名的篾匠师傅。不用说这位师傅就是篾匠幺幺了。正好腊月杀了年猪，虽说膘不够厚，母亲却格外舍得，将猪身上最好的部位炒出来招待篾匠幺幺。我们也因此换回了一个满堂新的篾货世界。簸箕、筛篮、筐箩等一应俱全，就连母亲做针线用的小筛篮都备齐了。

篾匠幺幺来织篾货的时候，正赶上我们放寒假。只要幺幺一有空闲，我们就缠着他教我们唱歌。开年正月上学，我们将那首歌拿到班上唱，音乐老师十分惊奇，问哪里学来这么时髦的歌。我们如实告知。老师嘴里前面不知道咕嘟了些什么，最后一句话我却听得明明白白：“格砸的，不是一般的人！”老师怎么就凭我篾匠幺幺唱的这首歌曲，就断定他不是一般人呢？

杀 猪 佬

鲍坪人一年四季吃的肉食，除来自极少量的鸡、羊之类外，几乎都来自年猪。每年腊月，家家户户都要过年提前置办年货。年货可以马虎点，唯独不可以不杀年猪。少则一头，多则两三头。

年猪被杀后，得按照部位砍成叫得出名字的条块，一块一块敷满盐，再在宰猪用过的腰盆里腌上一个星期，最后取出来穿上“铆子”，挂在火塘炕架子下，用香椿树枝、枞树枝等慢慢熏成腊肉。喂得稍好的年猪，大致有几十斤猪油，鲍坪人靠它来炒菜。如果这些油吃完了，就拿腊肉铆子上的“肉脑脑”来熬。肉脑脑就是“铆子”靠下的那头，因长期吊挂，加上烟熏火烤，猪油逐渐下沉而成。

肉脑脑做出来的蒸肉格外“伤”人。一口咬下去，满嘴流油，没几个人能连续吃上三五片半指厚的肉脑脑。鲍坪人说“吃了肉脑脑死老丈人的”，可就有照吃不误者，一边吃一边还说，我还多吃几片，看看老丈人死不死。“谁不知道你老丈人骨头都能打鼓了？想吃就直说呗！”随即就传来哄堂大笑。

民间的艺人据说有“九佬十八匠”，按理说是没有高下之分的，但鲍坪似乎带“佬”字的艺人，总觉得无法与带“匠”

字的相比。杀猪佬与劁猪佬一样，后缀一旦冠以“佬”字，便有了轻视的嫌疑。小时候顽劣，尤其夜晚哭闹，大人们吓唬小孩惯用的方法是：“还哭？小心佬佬来把你背去!”“佬佬”是不是包括杀猪佬、劁猪佬，反正吓唬小孩很奏效。

有一点可以肯定的是，杀猪佬是口福最好的一门手艺。杀年猪那几个月，杀猪佬吐出的唾沫都带油星子。这样的职业无疑使人羡慕，却不是每个人都能成为杀猪佬的。

用一把明晃晃的点血刀捅进一头活生生的猪身上，还得不偏不倚捅到心脏，杀猪佬体现出的不仅仅是胆量，更是内心的镇定和强大。至于技术的精湛与否，其实就是个熟练过程而已。生活中很多人连小小的一只鸡都不敢杀，更别说杀猪了。

故此，即便有着十足胆量之人，也不敢轻易从事杀猪这种职业。另外，猪被破膛后那浓浓的腥气，也非一般人能承受。受限于诸多内外条件，整个鲍坪能吃这碗饭的就屈指可数了。而我堂伯父，似乎天生就是个适合干这门营生的坯子。

自我记事起，堂伯父大概就是四十多岁的人了。也不知道他这门手艺是很早就学到的，还是当他确认此生无子嗣后，才选择杀猪这门营生的。那时我还在小溪教学点读书，堂伯父家就在学校旁边，可我们却很少去他家。一是觉得那宅子有点阴森可怕，二是那个伯母不怎么喜欢小孩，喊她也常常爱搭不理。家里穷就不轻易跨进好人家的门槛。母亲说过，穷也要穷得有志气。论起辈来杀猪佬是我堂伯父，其实和我父亲也就同姓而已。

我们家喂养的年猪，不出意外每年都是堂伯父来帮忙杀。谁也不愿意舍近求远，再且杀猪佬的工资都出在猪身上，猪毛和小肠就是工钱，反正叫谁工价都一样。若是叫了五服之外的人来杀猪，背后被人说闲话就有点得不偿失。我们两家虽说隔着有两里地，山林却共界，等于坡田坎下低头不见抬头见。

年猪是否长肉得看收成，而收成好坏又得看天。老天爷长了眼，苞谷、洋芋、红苕丰收了，就可多喂年猪一段时间，等到年前那几天开杀。都说猪老自肥，若人的肚子都管不饱，猪命还能长到哪里？说起来叫年猪，实际上年成不好时都成了架子猪。

堂伯父总是拄着一把油腻腻黑乎乎的拐棍，撬着长方形的竹篮子，里面放满了各式型号的刀具，上面盖着他那套穿了多年的工衣。杀猪前的堂伯父穿戴整洁，俨然一副同志的模样，一旦穿上那套油腻腻的工作服后，面貌就大变样了。但长期吃肉喝酒滋养出来的满面红光，依然透露出生活滋润的底色。挽衣袖，打绑腿，一一将刀具摆放在核桃树下的案板上，他便大声嚷起来："快去猪圈赶猪子出来，早点搞完了好放工。"看得出堂伯父着急要赶下一家了，腊月杀年猪的多，一天赶两三家是常事。

男客们不分大小长幼一起上阵，将年猪赶出来，生抓硬拽弄到案板上。然后按脚的、抓尾的、压猪身的，各司其职让年猪毫无反抗的余地。猪到死都未必明白自己的使命，就是吃好喝好，然后为主人家贡献自己的肉身。堂伯父口含点血刀的刀背，用膝盖顶住猪后颈，左手将猪下颏往后扳，再腾出右手从口中拿下杀猪刀，用刀背将其前蹄猛敲一下，趁着猪疼痛之际猪脖的一收一缩，那把明晃晃的杀猪刀，连同杀猪佬的手腕，刹那间就捅进了猪喉。伴随着一声撕心裂肺的哀鸣，年猪四蹄乱弹垂死挣扎。含混不清的撕裂声，一时间穿透了鲍坪整个天空。

红中透黑的猪血径直喷进了脚下的木盆。渐渐地，年猪徒劳的挣扎消停下来，直至整个身体完全瘫软。当家人悬着的一颗心，也终于踏实了下来。杀年猪忌讳补刀，尤其年猪在案板上被杀后，还爬起来再跑，鲍坪人认为这是不好的兆头。他们往往会在来年过着提心吊胆的日子，生怕出现这样或那样的不幸。

很多时候，母亲心情都特别沉重，尤其见到年猪瘦小就被宰杀，她还会偷偷用衣角擦泪。她说年岁差收成不好，没把它们喂肥，瘦着身子挨刀。那年头，鲍坪人对家庭主妇最高的赞誉，就是杀了几头年猪、有多重有多厚的膘，表面似乎风平浪静，暗地里却较着劲哩。

堂伯父很显然对女人的眼泪见怪不怪，一个劲儿催母亲快去烧火，多炒点新鲜精肉下酒。吩咐毕，继续操刀破膛，取内货，然后将猪肉分成各种条块。“项圈、格子、挨格子、子勒、软前、坐墩、长蹄”，一头完整的猪，就被那油腻的双手分门别类地摆放进了簸箕、筛子等器具里。当下手的一直是父亲，帮着做些翻洗大肠之类的脏活。直到最后一块肉被砍完扔在筐里后，堂伯父才去茅厕狠狠撒了一泡尿。

不用去下家的时日，堂伯父一般都会跷起二郎腿，抽烟喝茶等年猪饭开始。有现成的年猪饭，还可喝二两苞谷酒，早已成了他杀猪那段时间的高级享受。他吃饭、喝酒完后，我父亲都会扛着刀具将他安全送回家。

恩施地区不少地方都有吃庖汤宴的习俗，鲍坪直接就叫吃杀猪饭，实际上就是喊几个合得来的帮手，以帮忙的名义胡吃海喝一顿。鲍坪人吃肉喝酒完全由着性子来，酒是大碗，肉是大坨，又或是盖碗口的蒸肉，一大桌肉最后所剩无几。

读高中时学了古文《庖丁解牛》，猛然想起堂伯父是有一手砍猪蹄子绝活的。有一年堂伯父为我们杀年猪砍蹄子时，我故意给他出了一道难题："伯伯，您过门的大侄媳说要为她准备一个八斤八两的前蹄，没问题吧?"鲍坪时兴杀猪时将前蹄砍成圆蹄，熏好后存起来为儿子说亲事备用。男方和女方的亲事一旦定下来，得走"认亲"的程序。重要的亲戚一般都会以圆蹄为主，搭上面条、饼干、白酒等配头。堂伯父没吭一声，闷头顺手操起一把明晃晃的尖刀，左掌散开，在猪蹄上一罩，右手用刀在白白的猪腿上划了一个圆圈，然后只听得"嚓嚓"几声，一块极为标致的圆蹄就被切好了。往秤钩上一挂，不多不少刚好八斤八两。堂伯父将猪蹄往案上一扔："以我斩肉知之，惟手熟耳!"爽朗的"哈哈"声，就迅速穿过门前的苞谷林，传递到了对面的幺坡。

堂伯父那个跟着他的儿子，实际上是过继到他名下的内侄，据说后来又回到了亲娘家。也许是堂伯母的问题，也许是堂伯父的问题。久而久之，就有鲍坪人在背后议论，大意是说老两口没管好嘴巴，不断子绝孙才怪。好事不出门，坏事传千里，这事不知怎么就传到了老两口耳朵里。堂伯母就一个人在院坝里，对着那棵核桃树骂道："哼！老娘就是断子绝孙，你家也讨不到好，到时也与老娘一样的下场!"

不知不觉间，堂伯父的身体就没了从前那般硬朗。虽说看起来依然红光满面，嗓门也还是那么粗大，只是几杯酒下肚，话就格外多了起来，拄着拐棍都摔过几次跤。堂伯母不再轻易让他出去杀猪了，偶有亲戚请他，也得提前去将他那套家什扛过来，完后还得送回去。这种形式，实际上就是借用一下那套工具而已——只要堂伯父动手将猪放倒，余下的事情就是抽烟喝茶等待吃饭喝酒了。

晚年的堂伯父，可谓凄凄惨惨而又惨惨凄凄。老两口守着早年攒下来的那些积蓄，吃穿倒也不愁，只是身边没有说句暖心窝子话的人。两口子同时倒床，更是连个端茶递水的人也没有。院子里的荒草一日比一日高，那些果树也和那座老房子一样，逐渐呈现破败不堪的惨境，就像一座破落而荒凉的寺庙。堂伯父老两口最终怎么走的，我自然不得而知。那时我已走出了鲍坪那个簸箕大的天空，即便在有限的回家时间，也早已失去了关心那些与我关联不甚紧密的事情。人生原本就是个偶然，后继有人和后继无人，于我而言，就像那句说杀猪的俗话："杀猪杀屁股，各使各的刀法。"面对死亡，本质上并无区别。

劁 猪 佬

“啊喔……啊喔……”鲍坪雷家老屋那边传来了牛角号声，在鲍坪椿树槽里回荡。我知道，又是劁猪佬伯伯来了。接着就传来他的喊话：“哪家有猪儿劁没得哟？”

每年大概三四月份，要么从苏家坡，要么从雷家老屋场，总会时不时传来劁猪佬那牛角号声。劁猪佬姓刘，栗子坪村人，我们喊他劁猪佬伯伯。他时常挎一个黄布包，别一把弯弯的牛角，每到合适的地方先是吹一阵牛角，然后就问那句一成不变的话。鲍坪人就说劁猪佬是“屁股上挂锁呐，走到哪儿就吹到哪儿”。

前些年流行一个段子：“交通基本靠走，通讯基本靠吼。”这真实地反映出了鲍坪交通和通讯落后的尴尬。劁猪佬伯伯吹完牛角后喊话，还得将两个手掌合起来组成小喇叭，才能尽可能将表达的意思传递到劁猪人家的耳朵里。

说到劁猪佬，自然得先从猪说起。猪与劁猪佬的关系，犹如猪和杀猪佬的关系。前者劁的是小猪，后者杀的是老猪。鲍坪每到开年不久，都会喂养接槽猪。杀完头年的年猪，猪圈里突然安静了不少。当家人心里总觉得空空荡荡，可见猪在鲍坪人的生活中占据了相当重要的位置。鲍坪距离集镇三十多里，一年四季吃的肉食和蔬菜，基本都是自产自销。肉没有季节性，便将宰杀的年猪熏成腊肉存起来慢慢享用。甚至还有大户人家将腊肉切成截，放进盛有菜油的坛子里储存。接槽猪最初有公、母之分，公的叫牙猪，母的叫奶姐儿。皆在发情尚未开始就得阉其性器官，叫“劁”。鲍坪人说某个人突然变坏了，就说“劁变”。被劁过的猪不仅不再有公母之分，而且还长得极快，这正是鲍坪人想要达到的效果。故此，专门阉割猪崽之手艺人，便是劁猪佬了。

接槽猪们接过先辈的大旗，在被“劁”后，正式开启为鲍坪人民生活富足的新征程。而劁猪佬完成他们的使命后，几乎就不关他们任何事了。只是鲍坪的细娃儿不太听话时，父母常会将“劁猪佬”抬出来吓唬那些瞎闹腾的孩子，尤其是男孩：“再不听话，就喊劁猪佬伯伯来劁你!”

鲍坪一带甚至包括粟谷河南岸大片，全是劁猪佬伯伯的“势力范围”。其实，公社也是给劁猪佬们划分了辖区的，只不过一般人不知道而已。忙碌完那几个月后，劁猪佬不再“屁股上挂唢呐”了，有人家再要劁猪得带点茶食到他家里去接。

劁一头猪实际上就几分钟的事情，劁猪佬伯伯一般都会先喝上几杯茶，抽上一截老叶子烟，这才开始干他该干的活。那个季节里的鲍坪，正是一年之中最尴尬的时候。叶子烟倒是有的，老叶子茶一般也有。否则来人来客烟不烟茶不茶，就觉得特丢脸。照例是先找两截叶子烟，然后烧水泡茶。与此同时，将茶罐全身烤烫，再抓一大把茶叶放进去，反复烤，反复摇，直到有浓烈的香气溢出，这才将烧得沸腾的水倒进去。一杯又浓又酽、药膏子似的茶水就被端到了劁猪佬伯伯面前。

母亲似乎等不及了，早将猪崽从猪圈倒提着走来，那猪崽尖厉的叫喊声令对面幺坡里的人都听得见。伯伯将茶杯往堂屋前的阶沿石上一放，从黄得发黑的帆布包里取出一个皮鞘，从中依次拿出刀、线等工具。对父亲说了句“劁了再慢慢喝茶吧”，他就从母亲手中接过猪崽，双脚踩着猪崽的头部和尾部，不慌不忙地从口里取下劁猪刀，将猪崽后腿间的部位用冷水拍浇了两下，便开始动作起来。

很难想象，没有打麻药针的猪崽要忍受怎样的疼痛。随着一阵紧似一阵的尖叫，猪崽胯部间就被划开一条不长的口子，鲜血开始流淌，一片殷红的血液慢慢渗进了泥土。伯伯的两根指头就在口子里掏弄着，全然无视猪崽疼痛难忍发出的嘶哑叫声。经过一番辨认，一根“肉细绳”被找到了。伯伯依然冷静地再次拿出手术刀，将那根细小的东西用刀割成一截，再用线将两头分别扎起来。最后一道工序，还得用针线缝好划开的伤口。

那截被割出来的“肉细绳”，是不能随便处置的。得扔到屋顶上，而且扔得越高越好。随着劁猪佬伯伯那“甩上屋，三百六”的声音落下，整个工序才算告终。

阉割掉猪崽那截“肉细绳”，就是劁猪佬工作的核心内容。为防止猪们长大后不务正业，劁猪佬不仅要掐断其七情六欲，还要将那截“肉细绳”甩得越远越好，猪们才有心思将自己的身体养肥。而“甩上屋，三百六”只是叫起来顺口，表达了劁猪佬对主人家的祝愿和期待。实际上光靠那些猪草，若没有细粮掺和，猪长架子就已算不错了。

洗完手，伯伯复拿起茶杯与父亲继续聊天。在旁边看热闹的我，却在为猪崽担心：这创口以后是否会化脓？如果出现问题怎么办？尤其是起初几天猪崽有点“打蔫儿”，面对和我们一样的饭菜，却怎么也提不起胃口。实际上没过几天，猪崽就又开始精神起来。很显然，我这种担心有些多余。父亲说经伯伯之手劁过的猪，少说也有上千头，从未失过手。在父辈们的闲谈中还得知，被劁的猪肯不肯长，长得快不快，主要在劁猪佬的手艺，还与家运密不可分。鲍坪人对命运的妥协，也是他们和这个世界言和的方式。

我家有几头喂养的年猪，的确只长架子不长肉，与喂的粮食少当然有很大关系。我妈每次都说机匠包东姐养的猪喝水都长膘而自己喂的只长架子，都急得心疼。还说一年到头没养出一头像样的猪，在人面前腰都伸不直。偏偏那时我们不懂事，经常缠着母亲要腊肉吃。

现在我才理解，为何鲍坪人把那些不可控的东西都归结于家运，实际上是那个时代，人一生都在与温饱纠缠，几乎都是靠天赏碗饭吃。母亲说得最多的一句话：“你们娃儿知道什么事啊？田不和粪犟，人不和命犟！”

话虽如此，鲍坪人何曾向命运低过头？记得好几年开春不久，猪崽都是母亲赊回来的，它将孩童时代的我们和整个家庭的命运绑在了一起。每天放学回家，母亲要漫山遍野打猪草，周末还要给我们几弟兄分任务，完了剁猪草、煮猪食，喂完猪后通常晚上八九点甚至十点以后才能睡觉。

再过几年，整个乡镇开始实行乡、村包片，粟谷河南岸的鲍坪片区被一名转业兽医承包后，从此就再也没见过劁猪佬伯伯来过。

如今，那幽幽的牛角号，时时还会在梦里缥缈而来。

表　叔

我是小学快毕业后才认识表叔的。之前听母亲说起过枝东河还有几个亲戚。一个表叔，两个表伯伯。母亲说，亲戚常走不亲，不走就疏。那些年两家甚少走动，根本原因在于中间隔了一条河和一条江。河叫青龙河，江叫清江。

从野三口过青龙河到南岸，沿着绝壁下那条毛路，一直顺江而下十几里路，再一次渡过清江回到北岸，才能到达表叔家里。说起来也就三十来里，兜兜转转得好几个小时。没什么特别的事，无论是我们下去，还是他们上来，都是山长水远。

很小就听母亲说起过枝东河这门亲戚。枝东河在哪里？母亲说在野三口下游不远。野三口我当然知道，初中那几年放寒假，我曾多次随同栗子坪的老表们去那里砍过柴。站在野三口磨盘水俯瞰，清江就像一条玉带，那么一扔，就将茫茫几架大山一分为二，随着玉带S形渐行渐远。砍柴时我也问过栗子坪的姑父："枝东河究竟在哪个具体位置？"他指着清江边衍生出的天际线说，顺清江而下，大约有二十里。我就在心里按照平时走山路的经验，估摸着大概位置。

清江并不宽，水流看起来也算平缓，只有到了江水里才会发现，用山里人的经验来判断水流，往往不靠谱。住山上的人几乎都是旱鸭子，能下水的或者熟悉水性的并不多见。再高再陡的山，山里人并不怕，他们可以依靠绳子的辅助来展示身体的协调性，去砍岩柴，或者掏飞虎屎。一旦遇到河流，他们便望而却步。

去表叔家那条毛路，头顶是几百米高的绝壁，一直向清江下游连绵而去，唯有沿着江边的山底有或凸或凹的地方，勉强才能通过。在悬崖绝壁和清江之间，这条通往枝东河唯一的小路，也是联系我们和表叔两家唯一的通道。行走在这条逼仄而凶险的小径上，稍有不慎便会葬身清江。山里人有的是攀爬功夫，“失脚”的概率几乎为零。但有犯晕毛病的人，必远远避之。行走这条路的，都是颇具胆量之人，除却凶险外，还是人迹罕至之地，但凡有个三长两短，可谓叫天天不应，叫地地不灵。

沿着江边那条毛路而下，一直要到有烟火的人家，才算到了表叔所在的村庄。远远就能看到表叔和表伯伯的家，掩映在那片竹林中。常在枝东河摆渡为生的，是表叔的儿子。见来了好多年不曾行走的亲戚，自然喜出望外，立马将我们渡过清江带到他们家。

我曾在不得已的情况下，体会过独自一人穿过那条毛路的感受。那次，我跟随巴东来我家的亲戚去巴东玩，然后又从巴东去表叔家玩。末了，亲戚们与我各自回家，回程便剩下孤单一人的我了。如果跟随他们回到巴东后再回家，比我抄近路要远两倍以上。经过一番心理上的纠结和争斗后，我决定冒着胆量走一趟那条通往野三口的毛路。

原本我就胆小，还不熟路，好在野三口后面那架山一直在我视线所及处，诱惑着我、鼓动着我。随着那个村庄在身后越来越远，我的内心的恐惧感也开始越来越深。尤其当我来到一大堆惊悚烂石跟前，这种恐惧几乎达到了顶点。就在我眉毛直竖起来的那一瞬间，烂石缝间一具没了肉身的人骨架突然闯进我视野中，我头发立马全部竖了起来，顿感整个身体的温度极速降到了冰点。

我不知道20世纪80年代初期，表叔是怎样穿越清江来到我家的。而且很有点像武侠小说里的大侠，说来就来说走就走。只记得那时表叔的口音的确与我听到的那些不太一样，反正感觉到有种天然的优越感，让我在很短时间内就产生了一定要去表叔家的愿望。囿于生存上的困窘，我一直没将这事说出来。

那时政策刚放开，表叔常来我们鲍坪买杉木条，然后扛到野三口清江边，再放排到清江下游的枝江贩卖。去时走水路，回程走旱路，来来回回就赚了点钱。还在粟谷坝读初中的我，也曾想着趁星期天，跟着表叔为家里赚点油盐钱，可稚嫩的肩膀尚不足以扛起一条最轻的杉木，只好眼睁睁看着不少鲍坪人跟着表叔“搞副业”。

在我看来，表叔扛杉木条专用的马杈和牛皮坎肩，不仅仅是挣钱的工具，还是顺着清江放排而下见识世面的工具。我试图借助贫穷的想象力，来描绘我英雄一样的表叔放排时的壮景，以及他抵达枝城的种种情形。每当表叔在火塘前为我讲述那些精彩见闻之后，我就越发看不到鲍坪的未来。改革开放都好几年了，我们那个偏僻的鲍坪，依然还是混沌未开。稍稍懂事的青年人，成天都在琢磨着，怎样才能将那个破破烂烂的家变得稍微像点样子。

表叔借宿我家的那些个夜晚，母亲一直将他当作稀客来安置。为了回报父母的热情，表叔向我们讲述了他一个又一个放排的精彩故事。他说最为惊险刺激的是穿越田峡口那段落差较大的险滩激流，需紧抱着杉木条，一下子插入急流，从水中穿过一里多后才得以随着木排再次漂浮起来。他说若不凭借水中的功夫，早就做了“水鬼”。表叔一次又一次如浪里白条，轻轻松松就将他的木排放到了枝江，让我这个浅水鸭子佩服得五体投地。

而真正见识表叔的水上功夫，则是几年后的一次。那时我刚刚高中毕业，眼看着我家田里的庄稼因欠缺肥料，长得干黄瘦小，便和幺幺一合计，就去野三口边的清江炸鱼。去到后才发现不仅没鱼可炸，自己这点水性也远远无法在那看似平静实则暗流汹涌的清江里逞强。于是，我和幺幺顺清江而下，走的正是那条毛路。一则也想顺便看看表叔，二则也想让表叔帮帮我们。没想到的是，到了之后才发现表叔家竟然和我家一样清贫如洗，就连端得上桌面的小菜都没有。这让我禁不住有些疑惑：表叔当年放排挣的那么多钱都去了哪里？又是怎样的变故和遭遇导致了眼下如此的窘况？

一直以来的印象中，低山总比我们二高山有着别样的优越感。那里土地厚实，物产丰饶，不愁吃穿，高山妹子能嫁到低山等于落进了福塘，多少人羡慕啊。看到表叔家境如此难堪，我的肠子都悔青了——真不该在最不合适的时候来到了表叔家，让曾经风光一时的他，在我和幺幺面前毫无光彩。

据说好多年前的清江，是有很多鱼的。母亲说她做姑娘那阵子，表叔家来了客人，马上就能在清江弄些鱼回来。而现在我们和表叔一起到家门口的清江里寻觅了很久，也才见到稍稍像点样子的鱼。也许是杀鸡取卵式的捕鱼导致了鱼类的警惕，我们扔进水里的炸药包刚响，那受惊的鱼便迅速向江心逃窜，但见表叔一个猛子扎入水中，十来秒时间就见他在江心举起了那条鱼向我们炫耀。那一次我算是彻底见识了表叔的水上功夫。那条被震惊的鲤鱼，尽管速度极快，还是成了尾随追来的表叔的战利品。这被“炸”到的唯一的一条鱼，最后成了我们那天午餐桌上唯一的“荤菜”。

直到今天，我仍不太清楚表叔和我母亲究竟是姨表还是姑表。唯有一点却记得清楚，那就是表叔的名字叫贺修山。母亲每次讲到我表叔时，前面必加上“修山”二字，与其他表叔或表伯伯区分开来。于是，我文中所表达的表叔，在当时的生活中都叫“修山表叔”。

我在关注表叔的同时，同样也关注了其他几个老表的名字。他们分别是德龙、德虎、德豹、德彪，龙虎豹彪一应俱全。有时我还想，在那样一个什么理想都无法践行的时代，将自己的理想嵌入名字，寄希望于血脉，无疑是一种乌托邦式的精神寄托。那年正月，大表伯嫁姑娘我去吃喜酒，就曾见过精神面貌如他们名字一般的四兄弟。特别是当我见识其中一个老表的水上功夫后，依稀看到了当年清江水里自如潇洒的表叔。也让我近距离看到了贫穷之下的雄性。同时，也使我这个山里汉子对水上英雄有了更深的膜拜之情。

只可惜表叔最终还是死在了水里。鲍坪人说“会枪的枪上亡，会水的水上死”，意思是叫人不要欺水——常在河边走，哪有不湿鞋？表叔就是在水上讨日子的那些年，最终在一次放排中被一网烂渣子裹挟而无法脱身。我不知道表叔是不是曾有过欺水的举动，即便没有，最终被水神收了回去也属正常。世居大山深处的人，又有谁最终逃过了大山的束缚？唯一的区别在于，表叔的死属于凶死，或者说客死。据说找到表叔的尸体已是半个月后的事情了。表叔的家人沿着清江岸边找寻了很久，才在下游某个浅滩旁的一堆烂渣子里扒出早已浮肿得面目全非的表叔。

按照当地的风俗，表叔的躯体最后是回到了故土，完成了所谓的入土为安。

大　伯　伯

大伯伯其实我应该喊姨爹的。父亲入赘鲍坪，等于变相做了外公的儿子。自然外公、外婆我得改口喊嗲嗲、婆婆，舅舅我得喊幺幺或叔叔。而姨爹喊成了伯伯，这个我没能弄明白，里面肯定有故事。很多事情的缘由，稍一追踪，答案就能出来，但我那时还是个孩子。原本姨娘顶头还有个早逝的大姨娘，结果就是将排行第二的姨爹升级成了大伯伯。

在我早年的理解中，叫大伯伯似乎还隐含着更为重要的因素。年轻时的大伯伯好像是大队干部还是生产队的保管员，在村里也算得上有点脸面的人，嗲嗲一大家子能度过那个年代的灾荒之年，便与他女婿即我大伯伯有着极大关系。那时，除了两个出嫁的姐姐，母亲还有四姊妹，加上嗲嗲、婆婆共六口之家，在当时那种环境下要全部活下来，绝不是一件容易的事情。

嗲嗲说，灾荒之年后面的几十亩山林，包括蕨菜、野菜、葛根，凡是能进肚子的东西几乎挖绝种了。这种状况下，生产大队对仅存的一点粮食看管得格外紧。摩峰到鲍坪十来里路，原本人烟就稀少，那种环境下的夜晚，几乎就没几个人有气力行走了，而大伯伯正是在这种环境下，为我嗲嗲一家偷偷送了不少救命的苞谷。大伯伯说起这段往事，已是三十年后来我家做客的一个夜晚。那晚很多亲戚为我嗲嗲祝寿酒，生活明显好转的鲍坪人，再穷的家庭都会买点大米回来，做成洋芋米饭来招呼客人。再穷的鲍坪人也爱面子，添饭时都会跟主人家说："只给我舀洋芋就行了!"或者"少点米饭多点洋芋!"大伯伯却说："我就喜欢吃点米，多给我舀点!"客人们就笑起来。主要是笑大伯伯在这种场合下和稀泥。事实上有大伯伯在的地方，总少不了欢快的笑声。

大伯伯还是个没什么脾气的人。用现在的表达，就是不知忧愁的乐天派，而到了小伯伯口里，则变成了死猪不怕开水烫的"皮拐棍"，死活都是一个样子。大伯伯就是通过这样的方式自我减压，稍稍活出了点精神。原本肩上的担子就已够重了，如不巧妙避开那锋利的刀刃，难以想象人会活成哪种样子。要知道大伯伯膝下有六个姑娘四个儿子，顶头还有两老，十四口人的庞大家庭，在当年那样的环境里，生存下来的艰辛可想而知。鲍坪有句俗语说，虱多不痒，债多不愁，不知道用在大伯伯身上是否合适。也有可能物极必反，正好催生出了大伯伯强大的抗压能力。不管哪种原因，反正那么多年我在大伯伯脸上从未看到那种凄苦的颜色。

那时大伯伯头顶上那顶所谓的"乌纱帽"，比芝麻官不知要小多少，但他极度愿意乐在其中。用小伯伯的话说，简直就是甩手掌柜。回到家常常是吃完饭，碗筷一甩、屁股一拍就走人，家里那一大摊子事就全撂给了小伯伯，即便田里的活路，帮手的时候也实在有限。小伯伯抱怨最多的一句话就是"儿多母苦"，她为一大家人吃喝拉撒而烦而忧而苦闷的同时，生活的艰难早已从四面八方将她围了个透彻，将人世间的毒素一针一针注了进去。小伯伯一身病痛，时常哼唧着还要做洗衣、做饭、喂猪、种地等一篮子的家务，直接导致四十出头的她便已腰弓背驼。

大伯伯打理家务最多的是砍柴挑水，一家之主该负起的担子，他却从未撂过挑子。但大伯伯仍是不急不躁，即便火烧眉毛也不着急，心情好时还不忘吹着口哨，背着背架子慢悠悠往后山走。小伯伯就骂他死猪不怕开水烫，就用最恼火最恶毒的话骂他，大伯伯不还嘴，只是笑。弄完一捆湿淋淋的柴回来后，居然和几个儿子玩起了“上大人”纸牌。鲍坪人便知道这定是无法上坡的阴雨天，或者得闲的正月了。不知从何时起，大伯伯学会了打牌，还上了瘾。我们那一带流行“上大人”这种纸牌游戏，稍有空闲就开打，再苦再累的活，只要说到打牌就格外来劲。我两个老表正是在大伯伯的教唆或者言传身教下，逐渐走向当地牌坛而小有名气的。“上大人”纸牌一般得四个人才能玩，人手不够时，大伯伯三儿子就过来。小伯伯就成了他们几爷子的保姆，灶里添完柴火后又用石磨推活渣，还得去园子里摘广椒、弄青菜。柴是细枝柴，不禁烧。小伯伯就在园子里喊：“海清，记得帮我往灶里添点柴啊！”（海清是大伯伯小名）倒是听到了“要得”的回音，待小伯伯弄完菜回来一看，灶里只剩下灰烬，气得小伯伯顿时火冒三丈，顺手将砧板上的菜刀拿起来要将大伯伯几爷子剁成肉酱。

骂再多却效果甚微，小伯伯就骂自己命贱，命里该是要一辈子服侍这个挨千刀的犯瘟的“皮拐棍”。骂着骂着，就一个人长声吆吆哭起来，一把鼻涕一把泪，数落着大伯伯的种种“罪状”。这时的大伯伯像极了做错事的孩子，脑袋下沉到了裤裆。几个老表见天气黑沉沉的，再下去就是狂风暴雨了，慌忙捡起家什找活去干。骂过了，哭过了，小伯伯就一个人闷坐在厢房床头使气。大伯伯支使几个姑娘去劝说。刚开始小伯伯油盐不进，待几个姑娘轮番来到床前一声声喊“妈”，小伯伯心就被喊软了。想起那么多姑娘和儿子要嫁、要娶媳妇儿，便缓缓端起碗拿起筷子，眼神直直的，茫然咀嚼着锯末子一般的苞谷饭。

大伯伯其实共生育了十一个后人，最小的表姐上面还有个表哥，很小时便夭折了。那时这种状况在我们穷乡僻壤再正常不过，即使放在整个中国大地上，也不足为怪。于是你也就能理解为什么我大伯伯在失去自己的儿子后，并未有过太多悲伤。可是，几年后他又相继失去了两个刚成年的儿子，大的叫月轩，小的叫爱轩。当时的情景我不得而知，我想再乐观、再豁达的人，也没法忍受这种接二连三的打击。那可是中年丧子啊。即便如此，我在后来与大伯伯的接触中，依然甚少寻觅到他沮丧和绝望的影子。

按常理而言，一个肩负着十几口大家庭的男人，又生活在一个缺吃少穿的时代，一生少有病痛，实在也是件难以置信的事情。事实上那么多年来，我的确很少得到大伯伯患病的消息，即便在他晚年的岁月里也很少见。按照他的身体状况，活个八九十岁是不成太大问题的。岂料在他七十多岁时，便尾随一场不大不小的病痛而去。用鲍坪人的话来说，没福分的人定会承受完人世间的苦难后，才会被老天爷收回，就像小伯伯，一直被病痛包裹着，历尽了人世间所有的磨难和苦痛，死神这才极不情愿地召回。对于那个时代的人而言，善始善终几乎就是一种奢望。所有福分的分配，全得看老天爷的心情，而大伯伯一生的乐观，终归是感动了老天爷。如果有修炼的成分，那也是时代造就的特例。

对于任何一个时代，大伯伯对待生活的乐观，无疑是本真的。这一点，我一直深信不疑。

补　锅　匠

那时候说谁家的锅没补过，这牛皮没吹上天，起码也到了半空中。我们鲍坪最富裕的那几个“半边户”，都不敢说这话。

补锅这活儿，并没多大难度，几乎人人可为，但又几乎人人不可为。原因不外乎懒得费劲置那套工具。其实嘛，也就一把小锤，一把铰钻，一些螺丝钉而已。这种铰钻与木工用的不同之处在于，钻头要的材料不太好找。一口锅怎么着都能用上十年八年才坏，很多人放弃了这个念头，自然也成就了克定哥哥补锅匠这个职业。

俗话说盆大刮稀饭，克定哥哥正是凭着鲍坪甚至更广的业务范围，几乎将一大家人的吃喝问题解决。一大家子究竟多大，我也不太确定。粗略算了一下，上至老辈子，下到儿子姑娘，起码有十人。而补一口锅的时间，个把小时。工钱嘛，一升苞谷或者一碗黄豆，不一而足。想一想，得补多少口锅啊。

鲍坪人可以说只要自立烟火，就得买口新锅，铁的，还要大。不然煮猪食咋办？猪食量大着哪。即便家境不太好，人口又少，喂上一头年猪，每天的猪食也得大半锅。如果还原当时的情景，一般应该是这样的：每到天黑得差不多看不见路了，鲍坪人才会放工。男人将肩上的挖锄、背篓一放，不是挑水，就是弄柴，或者收收捡捡。妇女更不用说，甚至来不及洗手就往灶屋里走，一家人的饭要耗掉不少时间，拖沓不得。蒸苞谷饭，得先推磨磨苞谷，煮活渣洋芋，得先刮洋芋皮。无论哪种情形，到晚上七八点甚至更晚才能吃上一口热饭，接着还要剁猪草、煮猪食，喂完猪也就意味着紧凑而疲惫的一天终于被对付了过去。早些年如果煤油壶里干了，还得抹黑提着一桶猪食往猪圈里走，额头被猪圈枋或是墙角撞，即便轻车熟路，也是常有的事。

一口锅煮了人的口粮，回头再煮猪的口粮，有时候还要在锅里用细沙炒苞谷泡儿，翻来覆去，摩擦的呲呲声格外刺耳，还坏锅。锅很忙，更累，就像它的主人，忙完田里忙家里，永远不曾停过。停不下来的锅，就容易老化，变单薄。人，毕竟不能同猪画等号。煮过猪食的铁锅，黑黢黢的，得用磨石磨，再用清水刷洗。此种情形，盖因锅里少见油星子滋润。铁锅一天天变薄，往往炒菜的时候不觉得，煮活渣或是菜汤，就有少许漏水的情形，而漏水的细小之孔叫作砂眼。情况当然并不严重，便用软饭粒之类的，将那个比针眼还细的地方糊起来，尚可勉强对付些时日。如果漏得灶膛里烧火都成了问题，那就得找补锅匠了。

这找来的补锅匠，必是克定哥哥无疑。

克定哥哥与我家是有那么点亲戚关系，因未亲到一定程度，我们就说是瓜皮亲。鲍坪人一追究，总脱离不了这样或那样的亲戚关系。像一张网，罩着这小小的天空。只不过这张网上面纵横的网线有粗有细罢了。用个成语，叫千丝万缕。至于这张网里面的个体，平时大家可以视而不见，一旦遇到具体的事，都会从某个位置出发，一根线可以扯出一长条亲戚关系。当然，又还得看两者间贫富差距的大小。太大，大得你不敢轻易扯，也扯不起这根线。

克定哥哥与我家自然不存在这种差距。说客观点，他比我家似乎更穷些。吃穿用度，在我们那地方几乎处于最尴尬的位置。这一点并不影响克定哥哥革命乐观主义的精神。这是与父亲进行对比后，得出的结论。平时还好，一到荒月，父亲就愁一家人粮食的来路。越穷越能吃，借来的一百斤苞谷，只能吃上十天左右。每到那段时间，父亲的笑脸就显得格外金贵。直到我去过克定哥哥家里一次后，我就越发不理解，这样的境况，哪里还有心思成天“日白、煽经、扯卵谈”？

鲍坪人讲究说话要实诚，有多大的麻雀就立多大的窝，不能出格。很显然，克定哥哥给人留下的印象并不符合鲍坪的主流价值观。鲍坪人很少当面揭别人老底，哪怕是并不太善意的。毕竟不论次数多寡，迟早都要与克定哥哥那门手艺相遇。

说是一门手艺，其实并不值得多少人去认可和尊敬。因为技术含量太低，还是小本投资，一般人看不上。一个帆布包就装满了所有工具。哪家锅要补，捎个口信，克定哥哥就挎着他那个灰不溜秋的帆布包来了。

在鲍坪，但凡有点手艺的后面都带着一个“匠”字，譬如木匠、篾匠、弹匠、石匠等。只有在正规场面，或者像我这种书面表达时，才叫补锅匠，平时大家都说“补锅的”。

长时间用过的铁锅，尤其是底部，不再如最初般柔韧。看起来是个敲敲打打的活儿，其实多少还是有点技术含量的。比如得掌握敲打的力度，否则看起来好好的一口锅，就被敲漏得更厉害了。锅被敲烂，意味着可能要吃生饭。当然，这样的事情一般不会发生。记忆中倒是有过一次类似的情景。那天刚好锅漏了去找克定哥哥，他却去了很远的村里走亲戚，只好自己敲敲，谁知锅漏得更厉害了。幸好家里还有一口笨重的吊炉锅，便在火塘里煮了几顿芒豆对付了事。

锅漏了就得补，这是谁家都免不了要遭遇的尴尬，却少有人说出来。鲍坪有句俗话说：大年三十借甑子——同孔（恐）。借了人家的锅，别人咋办？这样的窘迫和尴尬，即便生活再苦逼，却有条从不说破的底线。即便真到了要吃生饭的窘迫，也拉不下这面子。

柴火烧久了的铁锅，底部沾有厚厚的一层锅底灰，得慢慢铲掉并尽量还原到最初的干净程度，铁补丁才能与原来的锅严丝合缝。如果一定要说点技术的话，就在于将补丁处冒出的螺丝钉要恰到好处地磨平，否则锅铲会常常受阻。这是个梗，就像刺头，让弄饭的人心里一点都不爽。补过的锅，马上炒菜当然不行。得先煮稀饭，让残留在里面的饭渍自动修复那些细微得不能再细微的缝隙。

克定哥哥平时很少串门子，实际上是他根本就不需要。鲍坪哪家哪户他没去过没吃过？补锅后一般是要试锅的。不然，怎么知道这补锅匠的水平如何？克定哥哥甚至不需要半句客套话，就可以与补锅的主人家共进一个愉快而充实的晚餐。说是晚餐，大多数时候不外乎一餐活渣面饭而已。年岁好时，当然还能喝上一两杯高度数的苞谷酒。经过酒精的刺激，克定哥哥的话语和笑声则会更加爽朗起来。这让年少时的我，经常会顺着这些生活的场景，去描摹或者勾画未来生活的图景。

我畅想未来那会儿，其实离现在也并不久远，鲍坪人就已经越来越少见到克定哥哥了。如今看来也不过十年八年，却恍如隔世。要补锅的人家越来越少，而用铝制品的人家却是与日俱增。不少蒸煮类的不再用铁锅，人们靠种植白肋烟或多或少挣到了些钱，吃饭不再是问题。当吃饭不成问题后，这锅似乎就更不值钱了。不用补锅的鲍坪人自然也就渐渐淡忘了曾经有过这个人的存在。有点像这个世界上绝大多数的人，原本就寂寞无闻，像星星一般发过短暂的一点光芒而已。一旦熄灭，便永远沉寂。

龚家伯娘

一

有些人就是用来怀念的，比如鲍坪坎下的龚家伯娘。

严格说来，我与这个伯娘没有亲戚关系，顶多就是瓜皮亲。鲍坪人没有前鼻韵母和后鼻韵母的区分，亲、青不分，瓜皮青就变成了瓜皮亲。事实上在沿海生活了近三十年，我心里一直将这个伯娘放在一个很重要的位置上，虽说其间也回过鲍坪十次八次，却又从未去探望过老人家一次，直到她变成一抔黄土。

知道龚家伯娘去了另一个世界好几年，是与她儿子微信交谈中得知的。那一刻的我，并未有过太多伤感，更多的却是自责。龚家伯娘于我有恩，虽然这种恩情于她那些年对很多孩子的付出，是一件自然和水到渠成的事情，却在我成长的道路上，给予我青少年时期身体上莫大滋补的同时，也让我初步形成的世界观得到了丰富和拓展。

在沿海生活这么多年，我与故土渐渐拉远距离的同时，自然也淡化了与不少鲍坪人的交往，但这却并不影响他们在我心底的位置和分量，只不过被暂时搁在了某个角落而已。随着时间往前推移，当然也是历经了沧桑后，他们又从心底逐渐浮现出来。近些年，我总时不时就想起读书时的那些往事，想起小学和初中的生活时光中，龚家伯娘对我生活上的照顾和体贴。

矮矮的个头、略显单薄的身体、常年头裹毛巾的她，总是在我们早自习下课的间隙，扛着锄头，手提竹篮，要么走在去往责任田的路上，要么从田间刚刚回来。我们的教室与龚家伯娘相距不过几十米，而她的责任田就在教室后面坎上。那时大家背后都叫她龚家老婆子，直到上了初中，我才知道该叫她伯娘。鲍坪称呼上了一定年纪的妇女，不是老婆子就是老巴子。如若认识，不叫婶娘就叫伯娘，这是对人的一种亲切称呼。而到了一定年纪，则叫嗲嗲、婆婆，又是对年长者的一种尊敬。如果还沾点亲带点故，这一声喊出来，就亲到肉里了。我与龚家伯娘正是属于后者。

需要说明的是，“家”在土家语里读“尕”。为与其他伯娘区分开来，就叫龚家伯娘了。鲍坪人谈到某位长辈，总是不厌其烦地在称呼前面冠以姓氏，甚至还加上地理位置。比如，我们说龚家伯娘，还得说阳家街上的龚家伯娘。

这个被我称为龚家伯娘的老婆子，表面看上去，与阳家街甚至整个中国的普通妇女们并无二致。事实上只要我们稍微深入一点，就会发现，她本分善良、勤劳坚韧、仁爱慈祥、谦和隐忍，顾大局识大体，她身上兼具了几乎所有母亲的优点。她不仅仅是一个属于阳家街的龚氏母亲，更属于典型的中国式母亲。

二

我曾生活过二十多年的鲍坪坎下，有个叫粟谷坝的地方，四周被高山和绝壁环抱，唯独中间陷落出一块平坝，因土质肥沃盛产粟谷而得名。粟谷坝有一所学校，则因那时属于硝洞公社而得名硝洞中学，而公社则因附近一溶洞盛产硝土得名。至于“硝洞”一名最早始于何时，好像建始县志里有记载。不过其鼎盛时期应该是 20 世纪的人民公社时代，那时公社不仅机构齐全，还在学校设有“五七”高中，培养出了不少能人。而粟谷坝的神奇，在于它旁边有条阳家街，几乎每家每户都有吃公粮的，这在穷山僻壤的粟谷坝，无疑就像一颗颗耀眼的明珠。在那个动辄挨饿的年代，一家有一个吃公粮的，就意味着解决了温饱问题，一家出了两个吃公粮的，叫“双职工”，那就更被人羡慕到要死。

如果要问阳家街哪颗明珠最为耀眼，当然就是我龚家伯娘家了。伯娘有四个儿子，老大、老二在县城工作，老三是人民教师，最不济的老幺是给老师做饭的，端的也是公家饭碗。一家四兄弟都拿着国家俸禄，要多荣耀就有多荣耀。自己荣耀，亲戚荣耀，族人荣耀。如果能且只能找出一个最为荣耀之人，无疑就是他们的母亲——我的龚家伯娘了。

但凡在硝洞中学读过书的人，我说的自然是 20 世纪 70 年代末，基本上都会对住在操场边龚家老婆子有印象。据说硝洞中学原来的地坝，是一溜的坟地，埋葬着阳家街的先人们。阳家街的起点，就是从那幢天井口的四合院开始的，而龚家伯娘就是隔着一壁墙的邻居。事实上，这幢四合院最早的真正主人正是这位龚家伯娘，只是人生和世事总是兜来兜去，最后常常来个大反转。稍后我就会一一道来。

大集体时代所谓的硝洞中学，实际上是小学、初中和高中混在一起的。小学纯粹是癞子跟着月亮走，大队沾了公社的光。那时公社的驻地粟谷坝还叫星光大队，后来行政区域重新划分才叫粟谷坝村。直到 1980 年左右，小学被剥离出来迁到几百米外的村委会后，硝洞中学这才算得上真正意义上的中学。

公社“首府”设在粟谷河水泥桥头对面，硝洞中学则设在下游木桥头对面。粟谷坝有两座桥，间距不到一公里，刚好遥相呼应，基本解决了沿河两岸的互通。整个硝洞公社就数粟谷坝最平整，当然，山背面的栗子坪也不错，但不像粟谷坝，不仅有群山环绕，还有一条小河从坝子中间缓缓流过。

这条没有名字的河流，就像一条弯曲的小扁担，一头挑着学校，一头挑着公社。这还是一条性格像“三花脸”的河流，好好的晴天，突然一阵持续暴雨后，泥浆一般的洪水就翻卷而来，时常裹挟着上游冲来的木材，和一些烂渣杂物。会水的村民就用自制的木筏子，在泥浆子水里捞取这些“意外之财”。而冬天则河床裸露，被经年累月冲刷成光溜圆滑且大小不一的石头，就像细娃儿光着的屁股。

多年后，河两边以及四周村里的孩子，通过硝洞中学三年的滋养，一个个走出她的视线，走向了更远的远方。当他们回过头想起那些心酸而美好的往事时，因了这条河从粟谷坝正中蜿蜒而过，便称其为粟谷河。

三

S形的粟谷河两边，沿着山脚的走向，一字摆开着两条小小的街道，却只有南边比较密集的阳家街稍具街的雏形。多年前，我在《粟谷坝》一文中写道：“阳家街上竟无阳姓人家，此为阳家街一大特点。”实际上在我与阳家街的老一辈们深入交谈了解后，才知道阳家街的确曾出现过姓阳的人家，只不过是复姓“欧阳”。当地人平时习惯免去复姓前面的“欧”字，久而久之，便叫成了阳家街。

据说一百多年前甚至更远些时候，阳家街住着一位姓苏的大户人家，至于这个姓苏的人家又是怎样起家的，因为太久远而没人能说得清楚。反正现在还能见得到的，那幢迥异于土家族吊脚楼的天井四合院，就是苏姓大户鼎盛时期的见证。四合院建筑面积达千余平方米，外墙既非石墙、土墙，更非木栅子，而是纯色青砖。砖与砖之间用石灰勾线。墙顶有各式造型的飞檐，墙身则绘有各式飞鸟画图，一百多年过去的今天，依稀可见当时神龙天宫之画像。院内的主房和厢房高低错落有致，中有四水归池的天井。而主房前走马转角廊的廊柱，则是从几百里开外的地方运来的桑树。这种树生长缓慢且经得住时间的腐蚀，造价自然不菲。在交通极为落后的当时，还得轮渡清江，转运到这穷乡僻壤的粟谷坝。苏家当年的殷实和富甲，可见一斑。

这幢四合院在当时以土家族吊脚楼成片的群楼间，绝对算得上是一道非常耀眼的景致。若按如今造价，至少也得耗资数百万元甚至千万元，我们不难想象得到，当时苏家的富足已达到了何种程度。怎奈苏家一样逃不过“富不过三代”的桎梏，家道中落后一日不复一日，最终不得不贱卖给欧阳人家。苏家人更没料到，也不可能料到，易了姓的四合院在欧阳人家手里不仅达到鼎盛，甚至这条街，也跟着易姓成了阳家街。当然，这是后话。有些事情就是玄乎，轮不到你不信。

历史总是不断重复着惊人的相似或者轮回，欧阳家同样也没能摆脱“富不过三代”的桎梏，只是这条街留到现在依然叫阳家街。与苏家相比而言，欧阳家的衰败似乎更为彻底。最有力的佐证，就是今日的阳家街上再也见不到半个姓欧阳的人了。历史的发展是不是再一次印证了飞得越高摔得越惨的哲学？

而这个盘下欧阳家四合院的管家，正是本文主人公龚家伯娘的父亲。

四

事情还得从我堂姑父，亦即 20 世纪 50 年代初期这幢四合院的主人说起。为何龚家伯娘的父亲接管了这幢四合院，他的主人却摇身一变成了我堂姑父？

原来，龚家伯娘本姓羿，与堂姑父为亲姨表。那时山区重男轻女极为严重，身为这幢四合院的羿大管家，膝下却只有一女，即后来嫁到龚家的龚家伯娘，便将连襟的儿子过继到名下，易陈姓为羿姓。原本亲姨表的堂姑父与龚家伯娘便成了同姓两姊妹。不曾料想到，当时毫无任何表征的堂姑父的到来，为将来这幢四合院主人身份的改变定下基调的同时，更为他命运的多舛，悄无声息地埋下了伏笔。

却说堂姑父过继到条件优渥的羿家后，吃穿用度自然不在话下。而幼小的堂姑父天生又是块读书的料，十年长学后，不费吹灰之力就考上了县里唯一的师范学校。然而，他哪里感知得到自己打小养成的一些缺点，在日后的一段时期内中会被无限放大，直至自己的人生道路严重改变，甚至发生重大变故。

师范院校毕业后的堂姑父，被分配在当地供销社成为一名国家职工。出身优越，又手捧铁饭碗，自然是如沐春风，好生快意。在乡人眼里，那份职业简直就是掉进福塘里去了。乡谚有云：人是三截草，不晓得哪截好。不承想再过几年，一场接一场的变故就铺天盖地而来，直接将他从人生巅峰一下子摔落到最低谷。这中间的落差，让堂姑父差点就没挺过来。这个时候，出场的最关键人物正是龚家伯娘。这个没读过几天书，却有着别样智慧和能量的乡间妇女，硬是将她这个既不同娘也不同爹的弟弟，从死亡的边缘给拽了回来。

夜深人静时，堂姑父怎么也想不通，为什么一夜之间就从天堂跌到了地狱门口，就像小时候荡秋千一般晃晃悠悠的。越想越觉得人生如戏，越想越感到这个世间太不值得留恋……

当堂姑父醒来时，围着他的不仅有妻室儿女，更有我的龚家伯娘。这个他喊姐姐的人，正坐在他身边不停地抹泪。见弟弟苏醒过来，我龚家伯娘一把抱住她弟弟痛哭流涕，那牵线一般奔涌而出的泪水啊，将我堂姑父的衣裳湿了个透。

多年的辛酸和屈辱，使得堂姑父早就荒废了不少学业，已近天命之年的他，才最终迎来平反，谋得了一份小学后勤工作的差事。孰知，不久堂姑父再次被莫名其妙地打回原形。命运一次又一次地调戏着他，似乎不将他蹂躏得体无完肤就不放手。铁饭碗没了，自家的一亩三分地也没了。这个时候作为一家之长的堂姑父，面对着一大家人的吃饭、穿衣，真不知道又该是怎样的一种郁闷和绝望。

这个时候，还是堂姑父的姐姐——我龚家伯娘，这个大字都识不了几个的妇道人家，用她最朴素的人生观开导着堂姑父，用她并不宽裕的经济，接济着我堂姑父这家人。试想，那时的龚家伯娘自己也是孑然一人，裹着的小脚行动不甚方便，每天颤颤悠悠忙进忙出，好不容易有了口饭吃，还得从牙齿缝挤出来，接济这个并非父母亲生的弟弟一家人。

这究竟是一个什么样的伯娘？

五

我想，是有必要说说那位我从未见过，更未听说过的龚家伯父了。

在硝洞中学读书的那些年，正是我家最为艰难的时期。我们四兄弟都在学校读书，原本家境就异常窘迫，此时就更是举步维艰。学校是统一的大锅饭，每餐都是没怎么蒸熟的苞谷饭，外加一小勺活渣，稍好家境的，还能带些油榨广椒之类的小菜拌一下，一来调味，二来增加可怜的一点营养。那时正值身体猛长阶段，活渣面饭毫无油水，老师在讲台上唾沫四溅，我却在下面盘算着怎样去伯娘家开小灶。

对于那个早已不在人世的伯父，从未听龚家伯娘说起过，而对于我这个穷少年读书郎而言，每天除了学习，剩下的就只关心空瘪的肚子了。恰恰那时学校管得非常严，对于下课去煮饭的学生，就像看贼，我们的注意力几乎都在对付老师的监管。时隔多年，当我走过了一段又一段艰难的路程后回望，才发现好多事情都成为憾事。自我走出粟谷坝、走出清江、走出大山后，就甚少回去了，直至多年后的某一天，突然觉得要为龚家伯娘写点纪念性的文字，才猛然发现老人家已去世多年。好在这个时代便捷的微信，让我很快就与伯娘的三子，那个在教育战线上工作多年现已退休的老校长联系上。从其微信交流中得知，那位从未见过面的伯父，早在那场变故后去世，到我读书的 1980 年代已然二十余年。

老校长在发给我的微信中这样写道："我父亲是个弹花匠人，为人谦逊耿直，手艺高超，远近闻名。1959 年，自然灾害频发，米珠薪桂，我父亲在巴东县弹棉花没饭吃，没力气干活了，只得回到粟谷坝。那年月，家里粮食极度缺乏。他被饥饿折磨，喊叫了三天三夜。在困难时期，我的母亲养育我们姐妹弟兄六人，吃的是鹅肠草、蒿子及能吃的一些野菜和枇杷树皮等。父亲吞咽不下去，只能喝水充饥。我永远都不能忘记最后那餐饭，是在锅里把干广椒烤焦了吃的。父亲那时身体已虚弱到了极致，是噙着泪水而逝。"

接连痛失家庭主心骨，在食不果腹的年岁里，恐怕连泪水也难以挤出啊。我裹着小脚连走路都颤颤悠悠的伯娘，强忍着心中的悲痛，挺起她孱弱的脊梁，独自一人扛起了养育整个家庭的重担。难以想象，她是怎样在那种艰难困苦的境地中，又是怎样挣扎着拉扯着五个尚未成年的孩子，一步一步地挨过来，直至女儿出嫁，直至四个儿子相继成家，直至四个儿子又吃上了公粮。老大进入烟草公司，老二当兵复员进入汽车公司，老三成了光荣的人民教师，老幺也顺利进入了体制内。

可以想见，龚家伯娘在那个原本就活得异常艰难的岁月里该是挨了多少困苦，受了多少磨砺，才得以最终走出生活的泥淖。

这里有一个细节，可以管窥出龚家伯娘作为一名母亲的慈爱与光辉，是多么的伟大。

“记得大集体时代，我还在读一年级。母亲随集体出工到大垭门赵家坡锄草。那时一个劳动力每餐只有一碗苞谷面菜糊糊的供应量，母亲强忍着饥饿，将一碗苞谷面菜糊糊从食堂端到赵家学校门口，让我吃。当时没有筷子，母亲就在沟边折了一根桐子树树枝，然后让我吃。我问母亲吃了没有，她说在饭堂已经吃了。让我快吃了好去上课读书。看着我狼吞虎咽的吃相，母亲的眼泪就大颗大颗地滴了下来。

“她拿着碗送去食堂后，又上坡出工了。那时，我少不更事，不知母亲是心疼儿子，情愿自己挨饿受罪。四季更替，长年累月，不知她老人家挨了几多饿，受了多少罪。多年后，我才晓得母亲那一天和之后的很多日子，都是饿着肚子在集体劳动，可怜天下慈母心啊！我真是一个不孝之子。每当想到此，我就心痛，一阵一阵地绞痛，且成了终生的遗憾，一世的心痛……”

这就是当年读书时我所无法理解的，为何伯娘四个儿子都吃公粮，自己却一个人过日子。孩子们小的时候，一心为着他们。孩子们长大成家立业了，伯娘不仅不愿意拖累他们，还在想尽办法帮助他们。尽管后人们都是吃公粮的，但后人们也养娃儿养家。能帮则帮，不能帮也不能拖他们的后腿。这就是一位母亲最原始、最朴素，也是最真实的想法和做法。

一边是自己的亲生后人，一边又是与自己有着血缘关系的弟弟。弱小的龚家伯娘，用自己孱弱的双肩，主动去承受、去接受生活给予她的种种下压的力量。她的这种爱，完全超越了传统意义上的母爱。这种爱，不仅仅体现在自己的生儿育女中，还体现在自己的血缘中，更体现在对我们这些八竿子都打不着的邻里乡亲身上。尔后多年，我一直都在思考。为何现在这种落到细节上的母爱越来越少了？为何现在更多人越来越自私？我似乎在龚家伯娘身上找到了答案。那就是，母性的慈祥和光辉，越经过生活的敲打和磨砺，越会绽放出迷人的光芒。

那时已六十多岁的龚家伯娘，不仅喂养着年猪，还种着两亩薄田。如果不是父亲重男轻女将自己表弟过继过来，这一切的一切都是自己的，哪里轮得到她表弟？哪里又会外嫁龚家？眼睁睁看着别人几辈子都挣不来的家产，让这个非亲骨肉的表弟继承，龚家伯娘又该有着怎样的一种胸襟，在我堂姑父一家落难的时候，还节衣缩食来接济他们？

我们自然无法还原当时那段历史，龚家伯娘该是怀着怎样一种心情下嫁到龚家？又是怎样再一次在20世纪50年代末重新迁回到粟谷坝阳家街，与我堂姑父成为左邻右舍的？而且，正好是在那幢非常惹眼的四合院旁边。是亲情？是恋旧？还是其他？这里边有着怎样的故事，我自然是一无所知。唯有一点可以断定，粟谷坝绝对是块风水宝地，尤其阳家街。事实上后来一切的一切都已然证实了，是龚家伯娘和她那时尚在人世的夫君果敢的抉择。对于大字认不了几个的伯娘来说，所有的智慧和人生经验，都应该归功于早年父辈的言传身教。

六

将近四十年过去后的今天，我依然清楚地记得龚家伯娘当年所居住的那间又矮且不透光的房间，就是栗谷坝人称为后廊的储物间。

这是一幢一明两暗的木栅子房，左右两间各住着业已分家立户的老大和老二，老三在灯盏窝下的肖家坡做了上门女婿，老幺则在阳家街的街尾自建了房子。按当地乡风习俗，龚家伯娘理应跟着儿子颐养天年，但她选择了寡居。或许是因为多年来一个人拉扯着四个儿子一个女儿，她早已厌倦了那种娃娃缠身的生活。再者，那时的后人们也各自都在养家养娃儿，跟了谁家也难免和儿媳有这样或那样的磕磕碰碰。尤其是孙子辈的娃娃加起来都有十多个，跟谁都觉得给他们增添了负担。虽说眼睛早已不太灵光，但手脚尚算麻利，自给自足不成问题，干脆一边过日子，倒也落得耳根清净。

于是，伯娘就选择了那间十来平方米的后廊子，作为自己晚年的安身之处。靠里摆着一张床，就占去了一半位置。左前方是个小小的灶台，右前方则是一张小小的饭桌，再加上一个黑黢黢的小碗柜一放，能活动的空间就实在有限了。就是这个狭小的地方，还要容纳我们这些饿柴狗们的不断打搅。

我曾对人自嘲地说我是“初中本科”，实际上是说我在初三复读了一年。其实，初一因病休学了一年还没算进去。那时数学成绩老拖后腿，想补习考县里的师范学校，为父母和家里分担点责任。那些年学生一不小心就惹上了流行病，什么脑膜炎啊黄疸肝炎啊疥疮什么的。休学这事就是常规现象。

那个年代，家长们的心思都在集中对付一个家庭的吃饭温饱问题，我们学生则一边应付学习，一边想法子解决身体猛长与营养跟不上的矛盾。学校照例是一进入初中就吃大甑子饭，睡楼板通铺。清一色的地打滚，条件好点的，垫被下面放一张篾席。两个同学同铺，两张被子，刚好一垫一盖。如果是单人，十有八九是个“走尿娃儿”，没人愿意。晚自习下课的铃声敲完不太久，整个楼板就开始叮叮咚咚，夹杂着各种嘈杂声，直到就寝的钟声再次响起，这一百多号学生突然就安静了下来。顺着昏暗的灯光一眼望去，学生睡觉的姿势像面苕，又像插笋子般。

学校的生活照旧是一日两餐，苞谷面饭和清汤寡水的活渣汤。如果自己不带点小菜，那些苞谷面饭嚼起来就如锯末一般。像我这种没多少油水补给的学生不在少数，唯一的办法就是星期天返校时多备点红苕、洋芋，实在饿得不行，就找地方煮熟后吃。虽无油无盐，但填满肚子也管用。

同样是苞谷面饭，学校用大甑子蒸出来后，完全就不是那么回事了。近百斤生苞谷面，通过第一次拌水一瓢瓢放进甑子里蒸，来气后倒出来翻甑，加水再一次拌均匀，复蒸直至再次“来气”。这种大锅饭多数时候是一些死面疙瘩，不是水多，就是欠水，那种混合型的气味闻起来反胃，吃起来更反胃。

原本就没怎么吃饱，上最后一节晚自习时，我肚子就开始造反了。晚上十点钟统一就寝，躺在硬邦邦的木板楼上，翻来覆去就寻思着去龚家伯娘那里煮洋芋。便爬起来，轻手轻脚穿过窄窄的人行通道，屏住呼吸小心翼翼经过三楼木板楼梯下到二楼，再经过老师寝室外面那长长的走廊，最后下到一楼。如果被值日老师或者还在备课的老师发现，罚站自然免不了，第二天在全校早操会上挨批，也是逃不掉的。最后一关，还得写出深刻的检讨对着全班同学念。

学校三令五申禁止晚上外出，被逮过几次后，我们就将煮饭时间调整到白天中午。上午最后一节课铃声一响，老师前脚跨出教室，我们便从后门飞快地飙了出去。几乎是百米冲刺的速度，谁赢得了先机，谁便占据了天时地利，可以早煮早吃，享受那份诚惶诚恐的成就感和满足感。

我们班上有好几位同学，与龚家伯娘有着这样或那样的亲戚关系，伯娘自然不会厚此薄彼。如果一定要有轻有重，基本上彼此间并不太清楚。比如说，有时就我一个人在，伯娘会偷偷给我一个鸡蛋，或是将煮好的腊肉给我饭碗里放一点。有时干脆就舀一勺子放进我饭碗里，叫我别吱声。

人在最饥饿的时候，最亲近的自然是食物。而给予你食物的那个人，你一定会通过味蕾的吸收，形成肠胃记忆而烙在灵魂深处。特别是当你离开那个人越远、越久，且随着年岁的增长，一定会像饮长年存放的苞谷酒，总在回味，总在思念，总在反刍。

七

我曾无数次念着，哪天回到鲍坪，一定要去看望龚家伯娘，这才对得起那些年老人家对我的照顾，谁承想最终却没能变成实际行动。一方面，早些年自己没混出多大名堂，总觉得有点过意不去。另一方面，当自己有了点小小成就时，老人家却早已不在人世了。对于我们这种谈不上很亲的亲戚关系，如果找到老人家的坟墓去上坟，多少都显得有些矫情。

细细想来，其实还有更深、更复杂的原因在从中作梗。粟谷坝之于我，既不是父母与儿子的关系，也不是简单的师生关系，更不是亲戚族间的关系。有点说不清道不明，甚至还有点“暧昧”。总之，什么样的关系好像都有，又没有哪样关系非去不可。在我有限的几次回乡里，偶有想去看看的冲动，却又立即否定了自己的想法。甚至，有几次开车经过学校门口和阳家街，也仅仅透过车窗的玻璃“瞄”了一眼那些一晃而过的、变化得让我有些无所适从的建筑。当然，还有街道边那些打望着我的乡亲。我依稀看到过几张闪烁着当年模样的“伯伯、伯娘”们。他们大概与我彼时的内心一样，这又是谁家的娃儿在哪里发财了回来的？那时的我，也曾闪过一丝忧虑：这条街上的人都能一眼就认出我，还能准确叫出我名字？然后，给我一堆比较适合我的赞美辞令？反问自己之后，我最终还是选择放下了那些念头。我这点可怜的成功，在乡人眼里恐怕最多就是个会写几个字的文化人而已。

当然，还有一个最重要的原因，那所学校也好，那条阳家街也罢，甚至那一条街的记忆，几乎都随着伯娘的远去，而以最快的速度淡漠、风干，直至消亡。

晚年的龚家伯娘，按理应该有着常人想象不到的清福。四个后人都是国家职工，吃喝不愁。实际上多年来，伯娘都是一个人寡居，不仅种着两亩薄田，还喂养着年猪和一群下蛋的母鸡。她的菜园子就在屋后田坎上，常在课余间就能看到老人家劳作的身影。有时候看到她那么大年纪，还挑着半担稀粪，艰难地往田坎上挪动，心里就难受。我们唯一能做的，就是利用星期天，去鲍坪附近的肩包岩或是中路岩弄些岩柴送到伯娘那里，算是多多少少的一点回报。当然，每年腊月，母亲也一定会早早备好茶食，让我在正月十五前给龚家伯娘拜个年。

学校操场是一块非常大的空地，中间是篮球场，靠大马路边是一排浓密的修剪得较为整齐的女贞树。为了不轻易被老师发现，我们常常将煮饭的饭碗夹在两腿间，身子尽量前倾，就像偷食的老鼠，边奔跑边四处观望，在确认没被发现后，一溜烟就钻进了转拐处伯娘家的后门。那扇门很小，平时很少关，即便关了，也没上锁。这道小门就是一位母亲为我们这些饿鬼们一直敞开着的大门。

据伯娘的三儿说，他在县城工作的二哥，前些年曾将老母亲接过去住过一段时间，伯娘就不肯再去了。我曾写过一篇《乡愁的距离》，究竟距离多远才有乡愁，实在难以界定。在我看来，只要踏上恩施的地界，就等于回到了故土。然而，对于一个在阳家街生活了将近一个世纪的老人而言，也许跨出村口半步都有不小的难度。阳家街与任何一片土地一样，就像一个巨大的磁场，而引力的大小，与年龄和经历当然有着深厚的依存关系。城市有着城市的优越，乡村也有乡村的实惠。尤其像伯娘这般年龄过惯了孤寂日子的人，热闹和喧嚣定然不属于她。她最需要的就是将自己置身于泥土周围，呼吸着最清新、最踏实、最稳妥的气息，一步步走完最后的岁月。

那一年，八十七岁的龚家伯娘，在经过一段时间的病痛后，安详地离开了这个世界。

在鲍坪，在粟谷坝，甚至在整个中国，这样的年纪，是真正意义上的白喜事。这样的福分，更是龚家伯娘用中国式母亲所有的美，穷尽一生的修行，一点一滴积攒得来的。

第六辑：事件志

炸　鱼

“没吃过鱼？我们天天吃芋，还是洋芋！”

这大概是鲍坪人没吃过鱼而惯用的自我解嘲罢了。鱼是真见过的，小时候小溪里满河沟的小鱼，只不过它们像未成年的孩子，算不上成人而已。有几年端午节，大我两岁的哥哥和我曾扛着大锤在小溪里砸过小鱼。不知道用开山的大锤砸鱼，是哪个才华横溢的人想出来的，对着那些有可能藏鱼的大石头猛的一锤砸下去，小鱼瞬间就被震晕。那些肚皮翻白的小鱼就被我们一抓一个准，放进木桶内。或者干脆直接将它们开膛破肚，用狗尾巴草的一端穿过它们的腮部，串起来提在手里。

小溪这么小的河沟，是犯不着用炸药来炸鱼的。至今我都不明当年青龙河小沟那个人居然还要用炸药，大材小用不说，一只手也给弄没了。据说是点燃导火线后停留在手中的时间太长，结果还没来得及扔出去就爆炸了。炸鱼的人因此成了“一把手”，这是鲍坪人作践人的一种说法。如果一只眼给弄没了呢？便是“一只虎”。那个在清江炸鱼的高中同班同学他老爸，尽管也将自己弄成了“一把手”，但炸回了好多好多的鱼。那些鱼就是我们说的真正的鱼，最重的一条居然有几十斤重。记得有次星期天放假回家从下渡坪路过，看到那条在街边摆卖的大鱼，将我吓了一跳。想不到活泼可爱的小鱼长到足够大时，其面目就会变得如此狰狞。历经世事沧桑之后，我也算是明白了许多事理。我们的童年时代何尝不是如此？谁敢说现在的自己心里依然像孩童时代一样清澈见底？而童年的阴影却又贯穿着一个人的一生，就像那对死不瞑目的眼神，在我此后有机会餐餐吃鱼时，也从未敢吃过鱼眼。那里面蓄满了年少时我的影子啊。

在我高中毕业等待高考分数出来的那个漫长假期里，鲍坪的天气火烧火燎般炎热。苞谷尚未到收割时节，家里连润锅的油星子都没了，我便邀同屋的幺幺去清江炸鱼，保不准还能赚点小钱，为父母为家庭分点负担。此前的我还从未下过那深不可测的清江，最多也就在粟谷坝河那条河沟里畅游过而已，而仅有的那次清江之行，差点就让江水水神给收了回去。看似平缓的清江，实际下面暗含着激流，将我猛往死神边沿推去。我内心十分清楚，如若被推进那黑黢黢的长潭里，此生无疑是要做“水鬼”了。求生的本能激发出了我潜藏的所有能量，我用惯用的“狗刨”的方式，莽撞而仓皇地泅到了清江野三口对岸。全身瘫软的我，在沙滩上暴晒了半个小时后，不得不又以同样的方式回到对岸。只有那里才有唯一的一条小路，才能去到枝东河表叔家。

之前，表伯嫁姑娘“过喜会”那年，我曾去过枝东河一次。八百里清江有个独特现象，它每流经一个地方便有一个小名。譬如途经景阳时就叫景阳河，途经野三口就叫野三河。现在，它流经我表叔所在的村庄，又变成了枝东河。明明一条江，怎么就变成了河？是山太大？还是江太小？抑或清江在山里人看来就是一条小河？在我看来，这条被称为巴人母亲河的清江，实在没能为巴人后裔带来多少福音。倒是这茫茫武陵山源源不断为清江输送了不少血液。清江筑坝截流之前，沿途是高山峡谷和险滩激流，极少有平缓迂回之水域，故鱼类资源并不丰富。可想而知，这条母亲河给予巴人的乳汁少得多么可怜了。

现在，我和幺幺历经生死较量后，曲折婉转来到了我表叔所在的枝东河。之所以很少提及我另外两个表伯，是因为表叔曾在鲍坪买杉木条到清江往枝城放排而来往多些。亲戚一走动，自然就更亲近了。表叔家并没有我想象的那般富有，这对我有过不大不小的打击。在我看来，一个靠放排为生的家庭，至少也要过着人前人后、人上人下的生活。很显然，表叔与我家并没有什么分别。那条我和幺幺一起，还在表叔帮忙下才炸到的唯一的一条鱼，在成为那个荒月里在表叔家做客唯一的一道荤菜的同时，也成为我此生记忆里无法抹去的一道炫目彩虹。

二十几年前狭窄而激流凶险的清江，在经过隔河岩等几个拦河截坝工程之后，已然变得极为平缓，水位遽然上升了数百米。原来靠近清江沿岸一带的住户全部搬走，而我表叔那个家族自然首当其冲，也不知搬到何方何处。放排中被一网烂渣子裹挟而去的表叔，如今已然作古多年。表婶尚在否？老表们过得怎么样？那几个表伯们的情况又如何？

人生就是一次偶然，也是一次路过。我在那个特定的时候，因为炸鱼，曾经路过表叔家门口，表叔也因为放排，曾经路过我家门口。然后别过，就是一生。

打　靶

说到打靶，和我这个年龄相仿的，或许会想到当年民兵训练时的情景。我幺幺曾当民兵连长抑或排长之类的小头目时，家里有一支三八式步枪，挂在厢房二楼被烟熏得黢黑的土墙上。我们几兄弟缠了幺幺多次，想试试打枪的感觉，他顶多就给我们把玩一下空枪，怎么说也不来真的。有次生产队的学年来我们家，幺幺却主动拿出来给他玩真家伙。幺幺用粉笔在菜园子对面岩壁上画了个较大的圆圈，然后手把手教学年要记住哪些要领，我们看得心里痒痒的。这是我第一次以一个旁观者的身份，亲历真枪实弹的打靶。枪响那一刻，我悬在喉头的心只差一点就蹦出来了，而学年也一屁股瘫坐在松软的灰粪堆上，好一会儿才回过神来。再看那支步枪，早被扔在了一边。

幺幺正在和学年的姐姐搞对象。那时还没有谈恋爱一说，只要一有恋爱趋向，便是将要“说媳妇子”了。这里的“说”基本是靠媒人的嘴巴“说”成的。新式样的自由恋爱，那时应该说才刚出现苗头。幺幺正值青春年华，又是家中独子，长得也算是一表人才，还在大队里有个小职位。按理而言说个媳妇儿不存在多大问题，稍大后才晓得，幺幺一直在等学年姐姐的回话。

学年他们一家人属于知识青年下乡，在我们生产小队“落户”

了好几年。幺幺教学年打靶那年，已有知识青年即将回城的苗头了。幺幺这一举动，很明显有讨好学年之嫌。

学年头上有两个姐姐。大姐叫学淑，早在下乡前就嫁给了剃头匠，下乡后便在粟谷坝街上租了个门面开起理发店，生意虽不怎样，起码不晒太阳，不用风里来雨里去，比农民的日子滋润光鲜得多。二姐叫学静，就是我幺幺搞对象的那个。她与我们生产队社员一样，每天按时出坡、放工。男劳动力通常承担重体力活，妇女们更多地承担着手上的轻省活。比如割麦子、扯黄豆、薅草、挖洋芋或红苕等。据说当年全国知识青年下乡，主要目的是让他们“接受贫下中农的再教育”。

不可否认，学静姐姐的确很漂亮。她身上有着城里人的气质，还懂得许多乡下人听都没听说过的东西。上帝将这样一个尤物放到身边，你兴奋都还来不及，哪还有心寻思着去“教育”人家？如果不是后来上天的眷顾，几乎所有鲍坪人从未去过县城，从未见过城里的人究竟什么样子。单说人家用过的香皂、牙膏、毛巾等的牌子都没听过。只要学静姐姐从那些女社员们身边走过，就有一种说不出的香气飘来，然后就忍不住偷偷深吸几口。这城里人啊，跟咱乡下人就是不一样。你说说，正值青春期的幺幺，不迷上学静姐姐才怪呢。

父亲是上门女婿，本应叫舅舅，我们改口就喊幺幺了。一边是亲亲的舅舅，一边却是我们喊的姐姐。按鲍坪当地风俗，似乎有点不太般辈。其实，说穿了屁大个事。“姐姐”就像时下流行的说法叫叔伯老师、叔伯同学，转折亲戚罢了。在我们鲍坪，但凡没什么亲戚关系、年纪相仿的便以兄弟相称。学静姐姐的父母与我父辈年龄不相上下，而学静姐姐又与幺幺年龄相仿。只要没定亲，一切充满着变数。婚姻一旦确立，该喊什么喊什么。即便曾有过定亲的举动而最终未能成功，也有“生意不成仁义在”的说法，该干吗还干吗。当然，这种说法多少都有点意淫的味道在里面。

我家住在麻岩包，顶坪有好几亩地，周边都是林子。那年生产队开始自制苞谷种，刚好要找这么一块相对独立的地方做试验田，就等于为幺幺和学静姐姐谈恋爱提供了一块极佳的温床。让他们在共同却又相对较为独立的土地上，铺开了一张别样美丽的恋爱画图。我曾不止一次见过幺幺挽留学静姐姐吃饭的情景，这情景之所以到今天还一直那么清晰地保存在我们脑海里，最直接的原因当然不在幺幺这边。那时，学静姐姐常戴一顶好看的草帽，上坡和放工时一般都披在背后，只要稍有太阳晃一下她就会立马戴在头上，生怕晒黑了那张白里透红的脸。因为当时我年幼，还在上学，他们的故事里究竟上演了怎样的一场缠绵悱恻的剧情，我自然是不得而知。

后来，也就是幺幺主动教学年打枪那次，当时根本就没想到我幺幺是在讨好他未来的小舅子。甚至，好长一段时间我心里都对幺幺不怎么感冒，觉得他太偏心。即便他每天清早起来仍要蹲在厢房门口那个土坎上刷牙，在我看来，都不再那么令我痴迷和羡慕。

再后来，也无法说得清楚是具体哪一天，就听说学静姐姐一家人回城了，就像他们来的时候一样悄无声息。只是很多年过去了，我对那年幺幺教学年荷枪实弹打靶的那个场景，一直无法忘却。

只是，我总觉得我幺幺教学年打靶，正如学年一枪打在了石壁上一样，里面蕴含了许多当年你我无法懂得的人生哲理，远非走火或者脱靶那么简单。

名　字

虽说我就一个名字，小时候的叫法却有多种。在家里，父母通常会唤我名字后两个字，表示亲近；在生产队，那些长辈或者年纪大我很多的同辈，在我名字最后那个字后面加上“娃子”，表明我还是个细娃儿；而学校就完全不一样了，无论老师还是学生，都很正规地叫我全名，这也许就是父母为什么要将孩子送往学校读书的一个原因吧。

叫我全名，并非个人特权，大家彼此间的待遇完全一样。规矩是从集合站队叫名字开始的。有所区别的是，我们不可以随便叫老师的名字，特别是当着老师的面，那是大逆不道的事。如若谁在背后喊了老师的名字，保不准就有同学打小报告。事实上，即便喊了老师的名字被老师批评、罚站或者给予其他方式的惩罚，好像并不常见。我们知道老师的名字，一般都是从学校课程安排表上看到的。当然，这是相对较大点的学校而言，像我就读的小溪小学，最多时才三位老师，而学生也就几十名。课程表上只有老师的姓氏，因为三位老师并不同姓，有无名字，实在无关紧要。老师大凡彼此间也是不叫名字的，仍称之为某老师，极有给学生做示范来提高自身地位的嫌疑。换个角度来看待这个现象，只能说明当时老师地位高，完全有别于“文化大革命”时期，连他们自己不仅真实地感受到了，还能自主且自觉地在日常生活中用这种形式体现出来。

学生间如果为一件小事干了起来，常用一种非常愚蠢且可笑的攻击方式，那就是喊对方父母或者嗲嗲、婆婆的名字。起先声音不大，继而慢慢升级，到最后往往变成如下情景：将双手张开五指并拢做成喇叭罩在口前，来提高分贝从而达到声音的最大值，使之在狭窄的山谷间回荡，产生出最佳攻击效果。这个时候，如果对方是个较为含蓄的女同学，最厉害的反击方式无外乎撇上几句骂人的话而已，再者，将这骂人的话的频率提高，像机关枪扫射一样，实在顶不住了，就“哇哇哇哇”嚎起来。那么，如果对方一样是男同学，这戏就注定有得看了。双方用了同样的方式，比拼着谁叫喊的声音更大，回荡的效果更强烈。你叫一声，我就连着叫两声或者一鼓作气，直叫得两眼发花、耳膜轰鸣，直至最后要借助“武力”方能结束这场较量。

在这场关乎“名字”之间的较量中，用得最多也最具实效的逻辑方式就是：“取的名字是喊的，不是‘收’到尿罐里的!”“收”就是藏的意思。尿罐一般都“收”在床底下，自然羞于人见。你有气力，你喊就让你去喊吧！看你能喊成什么样子！似乎有点阿Q精神胜利法，实际上是完全对对方知根知底。餐餐少油寡盐的活渣面饭，看你逞能到何时！其结果往往是看似弱者的一方取得胜利。

如果一个人同时拥有两个大名，只有一种情况，这人必是上门女婿无疑。包括我父亲在内，鲍坪这个巴掌大的地方就有好几起例子。颇有戏剧性的一幕，我小溪学校那位老师的父亲同样也是队里的上门女婿，与父亲同宗同族，甚至娘家也是挨着生产队。那年月不仅流行勤工俭学，还盛行“支农”活动。学校每学期总要搞那么几次支农活动，帮邻近的生产队割麦子或者扯黄豆、撕苞谷壳叶。那个被我们喊做苏老师的班主任创作了一出“三句半”，让我和他弟在生产队保管室表演。原本是为了表扬他父亲和我父亲两人的，孰知台上一紧张，我就将两个名字全念成了父亲的名字。台下一片笑声，弄得我面红耳赤好生尴尬。

后来大概是四五年级吧，对文学创作没有丝毫概念的我居然就萌发了作家梦，无非也就是作文在班上多次被老师表扬而已。然后呢？就将短句子往长里写，一日三，三日九，居然就写出了些许意思，便又捣鼓文学社团，还给自己弄了个笔名，有点赶时尚的意思。开始只是觉得好玩，玩着玩着就有些在意自己的名字了。这种在意始于自己的文字变为铅字，而父母的、老师的，以及其他长辈的名字便逐渐淡出我的视线，这只能说明一个问题，我渐渐长大成人了。

年 关

在鲍坪，每年农历腊月初到过年那段时间，统统被称为“年关”。年关赋予了那时贫穷的真正内涵：“过了一关又一关，一关更比一关难。”不谙世事的我们，偏偏最巴望的就是过年——大人望种田，小娃望过年。

再苦再穷的日子，我们依然不会怠慢岁月的脚步。又是一年接近尾声，鲍坪人仍像往年一样，在忙碌的节奏中，迎接着新年的到来。年的内容除去准备吃的喝的，还有一项更伤脑筋的烦心事。那就是不管孩子多少，总得想尽办法给他们换身新衣服，让孩子们开开心心地过一个年，才是一个完整而美满的新年。

鲍坪人喂养的肥猪，一般在年前即年关时宰杀，称为杀年猪，这是年前准备工作中的重头戏。当然也有宰羊或者杀鸡杀鸭类的内容，与杀猪相比，虽无法出彩，却也极大地丰富了过年的内涵。鲍坪不产大米，就将苞谷用水浸泡，然后用石磨脱去粗糙的外壳，再磨成大米粒一样大小的“苞谷米”，架起甑子用柴火猛蒸。这种颗粒较大的“苞谷米”，不但要蒸很久，还得费很多柴。这倒不用太过担心，鲍坪虽说缺柴，过年烧的肯定早就备好了。早在寒假期间甚至更早，我们就跟着嗲嗲背着背架子和打杵，在山背后的崖里弄回了不少岩柴。那时“农业学大寨”把山上的枞树全砍去种了松茯苓，我们只好去屋后不远的悬崖上砍柴。岩柴好烧耐烧，但我们是拿命换回来的。把金竹蔑和棕绳搓合的缆绳盘拴在腰间，然后攀上几乎横长在悬崖上的树，用手锯从树梢一直锯到树兜，再用绳子一截一截扯上来。脚下就是万丈悬崖，稍有不慎，后果不堪设想。然而，为了过上一个温暖而舒心的年，鲍坪人不得不选择了冒险。

灶膛里的柴够了，火塘里的柴也不缺了，年关的脚步也一步一步逼近，一家人这就围坐在火塘边，把寒风关在了门外，把季节关在了门外。屋内开始升温，火焰欢快地跳跃，挟裹着岩柴燃烧发出的“哔哔啵啵”声，嗲嗲讲起了他年轻时那些趣事、奇事、怪事，而我们都将耳朵竖得高高的，生怕有丁点遗漏。火塘居中的巨大树蔸叫年蔸，一般都能持续到正月十五。即便无法燃烧到那个时候，也会提前将尚未烧完的树蔸留到元宵节。鲍坪人期盼着来年也与这年蔸一样有头有尾。

没有鱼，就变通着用洋芋（乡下最普遍的马铃薯却有着一个洋味十足的名字）做成各式菜肴：洋芋粉粑粑、洋芋片、洋芋丝、洋芋干果等。父亲一改平时的不苟言笑，幽默地对我们说：“全是他们杨（洋）家几爷子，真是年年有芋（鱼）啊！”

如果大方桌中间位置的荤锅没上来，再多的“芋”也只是配角。就像一家之长还没入座，其余人只能继续等待。事实上，荤锅里的坨坨肉早就在火塘的吊炉锅里煮好了多时，只等依然忙碌的父亲一上桌，一家人这才开始动筷子吃饭过年。

一个年要过得有声有色，除了年猪肥、柴火旺，还得有鞭炮响助阵。有了千字头甚至万字头鞭炮响，年的气氛才算得上真正热闹。这表面上的欣欣向荣，既是“响”给别人听的，更是一种刚需。一年苦到头，都寄希望于这“噼里啪啦”的鞭炮声能祛除所有不堪回首的过往。母亲的存心好，平时就将用小麦从加工厂换来的面条包装纸收集起来，再将我们用过的作业本，以及其他地方弄来的旧杂志、旧报纸拿去换鞭炮。不怎么识字的母亲，甚至将我用卖棕骨买回的那本《水浒传》，也拿去换了鞭炮。当我玩完鞭炮后，才知道《水浒传》已被卖了，兴高采烈劲儿也烟消云散了。

没有苞谷酒的年，当然也不能成为一个完整意义上的年。尽管粮仓并不充实，母亲仍会装上苞谷去小溪的作坊换回苞谷酒。四斤苞谷换一斤酒，心底也曾有过短暂的纠结，与年的重要性一比较，立马就爽快起来。作为孩子的我们，自然还不太体会生活的艰辛，哪怕几乎每年荒月都要去借粮，或吃政府的救济粮，依然扳着指头算计着过年的时日。而鲍坪的大人们一旦喝开了，照样用大碗比拼，那些烦心忧心的东西皆被扔在了身后。

春联虽说能有效地丰富鲍坪人过年的内涵，不得不说确实是他们的短板。鲍坪那些有点文墨会写字的老一辈，基本不再舞文弄墨。父辈能将几个字写整齐能认识就算不错了。唯有我们这批 20 世纪 60 年代出生的，正在学校读书的愣头青，多少有点跃跃欲试，而最终的结果则是画虎不成反类犬，仅仅增添了些氛围而已。

直到正月十五点燃“毛狗棚”那刻起，这才意味着整个年关才算得上真正意义上的结束。那“赶毛狗”的声音啊，可以说是一年中我们发出的最响亮、最得意忘形的声音，这与我们年关吃得饱、吃得好一定有着直接关联。这个时候，父母极有可能正在饭桌上算计着怎样应对接下来的那些日子。一年三百六十五天，似乎前三百六十四天的努力，只为腊月三十最后这天。年关啊年关，每一年都要冲一次关，而每一次冲过去后，又是下一个轮回。反正那些年，一直在这种循环往复中，不断地“原地转圈”。

恍惚间我已离开鲍坪多年，没再回去陪着父母“原地转圈”，但儿时的情景总是历历在目，却再也没了那种急切的心境。这种一日三餐鸡鸭鱼肉的生活，早已日复一日地填充了我。我理当高兴，理当庆幸，更理当自豪，却在循环往复中转起了另一种圆圈。平庸或者麻木，迟钝或者浑噩……

唯有每到年关时，再也见不到母亲忙进忙出的身影。她早已去到另一个未知的世界，不知那里是否仍与当年一样，继续有着转不完的圆圈。

高高的神龛上，除嗲嗲、婆婆外，我还要为母亲装上三炷虔诚的香，敬天敬地，敬我平凡而伟大却又极为卑微一生的母亲。我扔下了操劳过度淤积成癌症而走的母亲，未能让她享受到我哪怕是丁点的跪乳之恩。每每年关来临，我总会怅然若失，母亲忙碌年关时的身影，一次又一次在我眼前晃来晃去，久久地，久久地，也挥之不去。

腊　肉

我工作的广东中山也有腊肉，只不过是那种味道甜甜的“广味”，在单位食堂尝试过几次，总觉得那味道怪怪的，就特想吃老家的腊肉。那时既没电话，更没微信，只能修书一封到湖北乡下那个叫鲍坪的村庄。

腊肉在两三千里的征途上被辗转许久，终于来到这座湿漉漉的沿海城市。那时我和妻双双住在我单位那间逼仄的小房子里，单位那些“老广”们时不时就跑来看稀奇，似乎我们就是外星人。

有一天下班后，我像往常一样正在做饭，“老广”们见砧板上摆放着巴掌大的红肉片，惊得下巴要掉似的说：“你们北方人真能吃啊!”（广东人将广东以北的外地人一律称为北方人）那时，我和“老广”们不仅混熟了，就连他们的话我也会说了。我也忍不住带着戏谑的口吻说：“仲系你哋广东人犀利啦，连埋死老鼠都不肯放过!”曾有个说广东人能吃的段子：天上除了飞机不吃，地上除了火车不吃，水里除了轮船不吃，其他都吃。

电磁炉锅里的开水“嗞嗞”有声，不一会儿就有醇厚的腊肉香味扑鼻而来。“老广”们终于忍不住了，纷纷自找筷子，一边说着“我吔试下先啦”，一边就在锅里翻搅起来。不承想这一试麻烦就来了。我和妻子几乎还没动什么筷子，就被他们风卷残云一般搞掂了。

还是妻子留了个心眼，提前留了一大截放在箱底，等“老广”们星期天悉数回了家后，这才拿出来。腊肉火锅下洋芋片和生菜，再配上一碟花生米喝酒。两杯酒下肚，整个胃就开始暖起来。接着双眼迷蒙、身子恍惚，那些烟云往事就禁不住天马行空舒卷而来。

20 世纪 70 年代我读小学那时，正赶上“农业学大寨”的热潮。硝洞公社到处都充斥着石灰浆刷写的各种标语。粟谷坝南面的大垭门聚集了从各个大队抽调来的劳动力，有近千人同时上阵搞“三治”，红旗、标语、高音喇叭和人群一起，编织成一片热火朝天的景象。而鲍坪生产队长戏剧性的“苞谷砣嫁接法”，更是将他推成了公社先进典型。可那年秋收后我家分到的苞谷不到一千斤，外加几斤架子猪肉，一家六口人勉强过了一个有点油水的年。这样的窘迫一直持续到责任制实施后我上初一那年冬天，才吃上记忆中的第一次腊肉。

心厚的母亲一下喂了两头猪。尽管粮食远远不够，只要稍稍有点空闲，母亲就提着篮子满山遍地打猪草，然后又剁又煮，硬是将那两头猪熬到那年十月尾，终因粮食不够不得不提前宰杀。

那时学校两个星期才放一次假，我们叫大星期。学校的生活照例是一日两餐，顿顿四两苞谷面饭，加上一勺活渣汤。太久见不到油荤，心里就发慌、发抖，好几次上体育课，我眼前突然一发黑就晕倒在地。老师以为是低血糖，细问之下才晓得是缺少油荤，就批假让我回家改善一下生活。

下了九点钟的晚自习，背着盛粮食的篾背篓，探着那条模糊的小路，摸到家已快十点了。还在对面槽里，狗就听到了我咳嗽，然后就奔出来在半山腰接到了我。那只很久没见到我的狗，在我身前身后钻来钻去，两只前爪不停地往我身上搭。母亲知道我回来了，迎出来接过我肩上的背篓，说："前几天杀了年猪，昨晚就做了个梦，刚才吃夜饭灶里的柴火还笑哩。"

推开板门，比外面亮堂得多了。煤油灯摇曳如豆。灶上猪食锅里正沿着盖边冒出股股热气。墙边的木盆里还有一盆未剁完的洋芋。

"妈，您还在煮猪食啊，都小半夜了噢。"

"妈不天天剁呀砍呀，你们过年哪有腊肉吃啊。"

说着，母亲就用火钳将灶膛里燃得正旺的柴头夹过来，放进右边做饭的灶里，架好火后又摸进菜园里扯了兜白菜，"哗"地将洗净的菜倒进热锅，一碗白嫩嫩的肥肉就端到了我的面前。我早就急不可耐地端着碗狼吞虎咽吃起来。母亲一边看着我吃，一边摸我身上的肋骨："多吃点吧，膘不够，斤两还是不少的。"

等我吃完，母亲拿着煤油灯让我看腌在腰盆里的肉："再过几天，我就将它们挂在火塘上熏，你放寒假就有腊肉吃了！"我抬头望了一眼母亲，心底暖融融的。

责任制实施几年后，父母勤扒苦做总算有了些回报。但我们的责任田土质极差，加上没钱买化肥，终归只能维持在温饱线上。父亲决定发动我们几兄弟，利用各种时间帮忙去田间地头割草，然后放进羊圈，在喂养更多山羊的同时，使秋季种洋芋拥有更多家粪，从而大大提高了产量。年猪的饲料一下子丰富起来，每年仍是两头年猪，却比之前的肥了不少。即便如此，过年时母亲还是不怎么舍得吃，常将那些好吃的精肉拣给我们。正月里亲朋族友来拜年，母亲也总是站在桌边为来人来客拣菜、添饭，客人常将母亲刚拣到碗的腊肉，趁母亲不留意还给她，母亲这才不得不多吃点，仍边吃边抱歉："年猪杀得小，您莫嫌弃嘛！"

日子在一天天好转。鲍坪人逢年过节或是办喜事，吃腊肉喝苞谷酒的场面，就更是闹热得多了。无论是走亲戚，还是接媳妇、嫁姑娘，从心里洋溢出的那种幸福，不仅写在脸上，更体现在背篓那一块块腊肉上。腊肉成为一种载体，尤其是腊猪蹄，在人们相互间的走动中，将那份满足、那份快乐传递到人身体的每一个部位，充斥在每一个家庭的日常生活中。

电磁炉锅里的腊肉片还在不断翻滚，高度白酒还在往杯中不断添加。远在几千里外的他乡，尤其混迹在粤语和不同乡音中，锅里那些来自老家鲍坪的腊肉，就像我背负的大山名片，让不少与我一样来自五湖四海的人，可以非常精准地判断出我的品性和人格。就像那些表面黑黢黢的腊肉，在火的淬炼和水的刷洗下，迅速还原我们最初的颜色和品质，并能绽放出别样的醇厚香味。

这些腊肉之所以能被"老广"们迅速接纳，甚至喜爱有加，首先是基于他们对我这个"人"的认可，继而又由对腊肉的认可，回头对我这个"人"再次审视。在语言和饮食的相互浸透中，我们走得更近了，直至最后难以分清本土和外省。

就像现在，我也在不知不觉间习惯并接受了广东腊肉的味道，但我并未疏远与家乡腊肉的关系。那些从几千里外辗转到中山的腊肉，它们平时安静地躺在我家冰箱里。一旦想家，想那片土地，以及那里的父老乡亲，味蕾总在最合适的时候提醒我：思乡了就吃腊肉吧，况且这些年交通越来越便捷，家乡的土特产很轻易就能来到这里。用这样一种方式回家，虽不能彻底解决我们的思乡之痛，却也能最大限度地缓解。

曾有人说，故乡就是回不去的地方。而我的故乡就像那一块块黑黢黢的腊肉，一直挂在远方的视线里。风起时，它们就在那里摇啊晃啊，似挂在牛羊身上的铜铃，又似母亲哀婉的呼唤。当远方逐渐模糊成天际线时，我恍惚看到了鲍坪村庄里那个熟悉的身影，正将腌制好的年猪肉，一块一块往火塘上空悬挂……

布　鞋

小时候大部分时间穿的鞋子，几乎都是用废轮胎做成的“边耳草鞋”。这种草鞋鞋底耐磨，鞋身的胶耳朵，却有点磨脚趾。鲍坪的冬季寒冷而漫长，脚上就用棕片包裹起来，再穿上棕绳织就的“满耳草鞋”来御寒。大概二三年级吧，就觉得穿着草鞋在同学面前抬不起头。尤其那年冬天老师在讲台上讲课，我实在忍不住冷而跺脚，被老师当着同学的面拧出来罚站，让我那双“满耳草鞋”在众目睽睽下格外显眼。母亲一直叨唠给我做一双布鞋的，嘴巴都说起茧了。我是多么渴望早点穿上布鞋啊。

母亲白天要随大集体出工，经常很晚才放工，尤其去到较远的地方，回到家就更晚了。父亲是小队会计，每天和社员们一样出工，往往放工后还要记账、开会甚至分粮食，家里一摊子事就落到了母亲身上。服侍完我们这群饿鬼，还要剁猪草、煮猪食、喂猪。好几次半夜醒来，母亲还在摇曳如豆的煤油灯下，一针一针纳着鞋底。

只有到了鲍坪下雪的时候，母亲才真正有时间坐下来。这个时候，天地白茫茫一片，将整个鲍坪笼罩起来。母亲就将那些穿了又补、补了又穿、实在没法再穿的衣裤找出来。然后扒出灶膛里的灶灰，将那些拆下来的布片浆洗，这是做鞋底的第一道功夫。那些被洗净、晒干的布片，还要用洋芋粉做的浆糊，一片一片贴在小样上晒干，最后才能剪掉多出的部分，而形成一层层薄薄的鞋底。而要真正成为这些布鞋鞋底，还要将这些薄薄的鞋底叠在一起，纳上密密麻麻的针脚。这是做布鞋最关键也是最烦琐的一道工序。

一双布鞋能否耐穿，不仅与鞋底的层级有关，更与针脚的稀疏和紧实密不可分。鞋底那么厚，针头粗且长，要将针眼里的麻绳穿过去再穿回来，就得靠右手食指上戴的那个顶针。此后循环往复地来回穿梭，要的是细心、耐心、克制和隐忍。这完全就是一道检验一位母亲是否优秀、是否配得上鲍坪人赞誉的考题。

母亲将做好的鞋底带在身边，只要出工时稍有一点空闲，她就从怀里拿出来，坐在树底下纳上几针。鞋底纳完，再将早就做好的鞋帮，又一针一线地合口。

那些年里经常会出现困窘，当母亲忙里偷闲把一双双鞋底纳好后，常因没钱买布料做鞋帮而搁浅在放置针线布头的笸箩里。放学回来，书包还未放下，我就急忙往吊脚楼边的鸡窝里跑，恨不得从鸡屁眼儿里抠出几个鸡蛋来。母亲不知从何时心脏出现了毛病，时不时就突然心里发慌，止不住地发抖。年轻时总以为这病是生活条件不好导致的，哪知道若干年后才查出是肺癌导致的。

母亲的韧性和隐忍，是被生活逼出来的。但她毕竟是个女人，一个有着一定承受限度的女人。当生活不断强加给她的那些无法想象且难以承受的担子时，就像压死骆驼的最后那根稻草，最终将她的情绪还是彻底爆发出来了。

那年性格倔强的父亲，不顾生产队长的反对，犟着性子为生产队一“五保户”称了口粮，最终被队长和大队干部，给严肃批评了一顿。父母瞒着正在上学的我们，担心影响我们的学业。也正是那个境况下，毫不知情的我还缠着母亲，和最小的弟弟争布鞋。母亲将正在吃饭的碗筷一扔，就劈头盖脸骂起来。一向少言寡语的父亲，抽出插在火塘里的火钳，朝我就是一顿暴揍。那个夜晚，进了厢房的父亲没再出来。

崭新的布鞋终于穿上了，父亲揍我的疼痛也早被我抛诸脑后。母亲叫我别跳来跳去，要顾惜布鞋，要懂得来之不易。新鲜劲儿一过，我就全然忘了母亲的嘱咐。甚至有时候下雨天回到家，吃完夜饭就忘了要将布鞋放在灶头上烘烤。母亲一边咒骂，一边从门旮旯里拿过湿鞋，叉开火钳放在灶头上烘烤。

我也不记得初中毕业前究竟穿烂了几双布鞋，只记得去另外一个镇读高中那几年，母亲给我做布棉鞋的那些往事，至今依然清晰无比。母亲知道我念书的地方比鲍坪更冷，怕我脚冷影响学业。而她那时又因疾病缠身没法捏拿针线，便专门请了姨妈来我们家帮忙做。穿着棉滚滚的布棉鞋，心里就特别暖和。那时正值我文学梦勃发，便一口气写下了我第一首诗歌处女作《漆树》，后来发表在县级刊物上。

我知道七口之家的姨妈也是儿多母苦，更懂得珍惜这布棉鞋的来之不易。于是花了两块钱，去鞋摊给布棉鞋鞋底上了一层胶皮。三个冬季下来，脚底下一直是暖暖和和的，除鞋身的颜色略显旧外，基本上完好无损。

再过几年我走上社会决定去北京闯荡，母亲知道那里更冷，对我说：“把这布棉鞋也带上吧，冷的时候好穿上。”看着那双显得有些陈旧臃肿的大头布棉鞋，我觉得有点不好意思穿出去，何况是大城市北京，想了想最后还是带上了。没想到一次意外中，它竟成了我的保护神。那天一根钢管从工地二楼斜刺下来，正好从我的左脚背上擦过，那只厚实的鞋身一下便吐出白花花的棉絮来，幸好有了鞋身的缓冲，脚背上仅破了一层皮。

自从第二年来到了四季如春的南方后，我就再也没怎么穿过布鞋了。在这座沿海城市里打拼了几年，我与鲍坪渐行渐远，也与母亲渐行渐远，直到母亲化为一堆泥土。

棉　帽　子

近日闲着无事重读贾平凹的《商州又录》，忽然想到儿时那段有关棉帽子的往事。

小时候我们同学间常因一块橡皮擦、一支铅笔或是一张白纸，发生一些小小的矛盾，在学校里不敢造次，就在放学的路上找碴儿。本来按照老师安排好的次序，路走得好好的，突然就有个家伙来个急跑，窜到了队伍最前面。就有同学说："好啊，你插队啊，明天要报告老师。"于是，这个乱插队的家伙，就喊对方爹妈的名字，声音越喊越大，在山谷里回响。

气恼不过，又打不过对方，便急中生智："取的名字是喊的，不像你爹妈的名字是'收'在尿罐里的。"这还得了啊，爹妈的名字被曝光等于遭受了奇耻大辱。双方开始零距离"接触"，最常见的方式是互揪头发。时值隆冬，对方戴了当时颇为时尚的"雷锋帽"，就是雷锋叔叔戴的那种绿色的棉帽子。雷锋戴棉帽子的形象，不仅书上有，学校的宣传栏随处可见。头发没揪着，却将那昂贵的棉帽子给抓了过来。然后就像抓到了宝似的撒腿就跑。山谷里回荡的哭声，鬼哭狼嚎一般……循着这声音就知道号叫的是我。

那些年我家穷，刚好有个堂兄在公社负责民政救济工作，因为近水楼台，这位堂兄便给我家弄了一顶棉帽子。我的记忆中，那时鲍坪附近的几个生产队只有小溪的杀猪佬伯伯才有一顶。按理说这顶棉帽子怎么也轮不到家中我这个排行老二的头上。或许是我身体单薄，常咳咳吐吐，父亲盘算后便将那顶极不容易得来的棉帽子给了我。

俗话说身从脚下寒，母亲就将破烂衣服拆下来，然后用针线连成裹脚布，裹住双脚板。上身依然单薄，便尽量将头往衣领里缩。要对付漫长的冬季，各种招式都被用过，显然很难奏效。尤其没衣服换洗，往往要一身衣服穿到长满虱子，衣领衣袖脏得发光后，选个干燥的晴天，将洗完的衣服一晚吹干，第二天起床才有得穿。否则，还得继续忍耐这如铁一般的衣服。

自从有了“雷锋棉帽”后，我忽然觉得自己就是整个鲍坪最幸福的孩子，感觉在几个兄弟中高出了半个头。一旦回到学校，这种感觉往往又被糟糕透顶的算术课，将我彻底打回原形。五岁时我就跟着大哥一起“发蒙”读一年级，此后一直都是算术成绩拖后腿，经常因为简单的加减法出错而被老师揪耳朵。我将棉帽子两边的“耳朵”放下来，再系上带子。无从下手的老师，就“zhua”我“弯心脚”。“zhua”是鲍坪方言，我想了很久也写不出相对应的字来，如果换成“踢”怎么也表达不出老师穿着厚厚的棉鞋，用鞋头袭击我的情景。可能是老师惯于揪耳朵、掴耳光，多次没能如愿就将委屈积蓄起来，等到某个爆发契机，那只愤怒的大手，一把就将我系棉帽子的绳带扯脱了。然后，就是我的身体被悬在两只耳朵上，被老师“称盐”一般来到了篮球场上。我的头就像刚从鸡屁股下出来的热蛋，一下子就僵硬在寒风中。唯有耳根还在火辣辣地疼痛着，直到几分钟后褪去热度，再度变得冰冷。

大哥自然第一时间打了报告，有没有添油加醋我不晓得，反正被父亲狠狠揍了一顿。母亲只好找出针线，将那被老师给扯缺了半边“耳朵”的棉帽子，一针一线地缝补好。

冬季漫无边际，我也被寒冷的岁月裹挟着艰难前行。两年过后十岁的我，居然就能与大哥一样，背着挖锄和斧头去山里帮家里弄柴火了。

又一个雪花飞舞的腊月天，漫天大雪覆盖了鲍坪所有的小路。我们守着火塘，帮做饭的母亲往灶膛添柴火，那些半干半湿的树枝，常常要拿起吹火筒鼓着腮帮子一个劲地吹，才能燃烧起来。但浓烟冒了老半天了，锅里还没响动，母亲气不过，抢过我手里的吹火筒就劈面而来，骂我死烂苕无用。打骂后母亲拿起吹火筒自己去吹，依然冒出的是滚滚浓烟，气得她将吹火筒摔了个稀烂。

天气终于放晴，我和大哥很自觉地背着背篓，带着挖锄和斧头，去顶坪山里挖树蔸。我们与小溪的杀猪佬伯伯临界，常常就悄悄跑到他山里挖蔸。伯伯家人少烧柴也少，很少来这么远的林子里砍柴。但常在河边走，哪有不湿鞋。有一次，我们挖得正起劲，杀猪佬伯伯神不知鬼不觉地摸到我们身边，没收了父亲那把精致的木工斧，还顺手把我放在旁边的棉帽子也给拿走了。

得知我们不仅动用了木工斧，去偷杀猪佬伯伯的树蔸，还被没收了斧头和棉帽子，父亲气不打一处来，将我和大哥绑在木梯上痛打了一顿。也刚好是那一年母亲病倒在床，家里留着的那只腊猪蹄都没舍得送给医生，最后送给了那位在民政办工作的堂哥。他不但送给我家一顶棉帽子，还为我家争取下来了当年的救济粮的指标，这是父亲狠揍我和大哥时才说出来的真相。

父亲边揍我们边说，做人要干净，向人借最多脸皮厚，一旦去偷就彻底没了脸皮。斧子和棉帽子最后自然被父亲取了回来，但从那以后我就感到自己懂事了很多。

祖　屋

近日读梁实秋先生《雅舍小品》之《鸟》，其中有这样一个镜头：“只是清早遇到烟突冒烟的时候，一群麻雀挤在檐下的烟突旁边取暖，隔着窗纸有时还能看见伏在窗棂上的雀儿的映影。”我在想，那烟突大概就是烟囱吧。这样的情景，让我一下子就想到了几千里外的鲍坪，想起了那里的祖屋，想起了祖屋檐下的燕子和麻雀们，以及那修长而瘦削的冰凌……

我也是曾经有过祖屋的人。说是祖屋，似乎又不太准确。怎么说呢？自我记事起确实就有两间泥墙石板屋，一边是泥巴墙，一边是木栅子。至于这两间房屋是不是祖屋，我只能说大抵算是吧。至今我都不太清楚祖辈的渊源，作为上门女婿的父亲没说过，而母亲的父亲同样也从没讲起过。只能说那时我还太小，而且一家人连一日三餐都成了问题，哪有心思追问自己的身世？直至我渐渐长大，且在忙碌中将四十多年光阴抛在身后的某一天，突然一回头，便发现嗲嗲辈和父辈早已相继作古。像我这种定居在别人城市里的外省人，若再想回头追问自身的身世，很多东西极有可能成为永远的秘密。

所谓祖屋，通俗点说就是祖上留下来的老房子。我住过的那幢老房子，是父母结婚时建的，充其量也就几十年的历史而已。真正更老点的房子，则是幺幺住的那两间土墙屋。那时，常年卧床不起的婆婆一直睡在二楼，好像从未下过楼，直至死去。嗲嗲身体明显好不少。我知晓祖上的那些有限的过往，都是平常听嗲嗲“谈散白”时得来的。据嗲嗲说他的父辈是从后山青龙河迁来的，至于具体时间他也许说过，只不过我忘了而已。大致推算出这个祖屋，其历史也不过百年，而且我从未在里面住过。

在我看来，我祖屋就是我跟父母所居住的那两间土墙石板屋。盖板是从对门苏家坡石场里开采来的。小时候靠西面的木栅子还是“亮架子”，平时用一些打了捆的枞树枝条排起来遮风挡雨，堂屋楼上也稀疏地摆着一些楼板，晚上一家人就挤在吊脚楼的厢房过夜。后来，我们几兄弟渐渐长大，父亲将用得上的枞树砍伐了一批回来，解成木板，把旁边“亮架子”装成“板壁”，再把堂屋楼全装成了“紧楼”，与父母的卧室分开。再过几年我上初中，大我两岁的哥哥辍学回家，两个弟弟也将近小学毕业，父亲又要考虑房子扩建的事情了。

我所居住的地方叫麻岩包，一听名字就知道这地方的出产，除了麻岩石还是麻岩石。这种岩石极为坚硬且不易炸开，相当费炸药，难度之大可想而知。况且，老房子边上全是这种麻岩石，开山放炮危险之大也不得不考虑。那时虽说责任制落实已有几年，但由于家大口阔，父母白天要下地干活，只有在农闲时候或是有月色的夜晚才能开山。经历了三个多月艰辛困苦的修建，总算建好了新接的那间，加上原来的两间，我们这个六口之家终于有了三间正屋。右边是火塘和灶屋，中间堂屋，左边一层和二层是卧室。尽管是土墙石板屋，尽管遇到风大或者雨大楼上也会受些影响，但我们却有一种无法言说的自豪感和喜悦感。就连燕子们也主动寻来，在前檐下筑起了暖巢，叽叽喳喳好不闹热。

听老辈人讲，燕子筑巢的地方颇有讲究，一旦选择也预示着这家人即时的富有，或者将来的富贵。燕子在家门口筑巢，一个家就更显得生机勃勃。当然，还得有其他诸多元素的注入，譬如门前有树，屋后有林。树是桂花或者其他树，林是竹林。当然，水井最好就在附近。人与自然和谐共处，犹如一幅典型的农耕生活画图。哪怕是寒冷的冬天，屋檐下面结出长长的冰凌，也让这个家显得格外饱满而富有生机。

一个人一生的想象力或者幸福感，几乎全部来自他的童年和少年时代经历，同样也是他后半生的精神家园。就像我眼下的躯体，在别人的城市里构筑起了暖巢，唯独心思不在里面。古人言乐不思蜀，但现在的我并不那么不快乐。有人说小时候的我们没钱，有快乐。而现在的我，既没钱也不快乐。究其原因，与祖屋有着不少关系。表面看上去，似乎就是一幢破旧而古老的房子，实际上那里就是我们的根。父母在根就在，父母走了，祖屋就成了另一种形式上的根。

我在这座城市里见到过许多和我有着相似境遇的长者，他们的后人都在海外过着优越的生活，自己却跑了回来，在祖屋里过着独居的晚年生活。多年前遇到这样的情景，我自然无法理解，或者说不太理解。令人难以接受的是，有的老人在祖屋里死去多时竟无人知晓。还有一种现象，有些老人即便因各种原因无法回到祖屋安享晚年，却始终不肯将祖屋卖掉。据说很多祖屋因多年失修残损严重，或者根本无法联络到屋主，祖屋正在一步步变成一段历史，留下一个不为人知的秘密。

这些年来，岳父岳母跟着我来到中山这座城市，他们一直过不惯这里的生活，总想着某一天还要回去。是我断了他们的后路，是我将老家所有的不动产权全部贱卖给他人，甚至连早年建造在山边的房子，也毫不犹豫地拆除掉了。当某一天我回到老家祭奠父母转身那一刻，忽然才意识到，曾经的祖屋已被弟弟卖给了他人。站在当年那么熟悉的屋檐下，同我说话的人异常热情却又那么陌生。当家的说："二哥回来了？到家里喝杯茶!"我这是要在自己祖屋里做客吗？很显然，我愣了短暂的一瞬才慌张作答："改天吧!"改天？会改到哪天？我不断反问自己。

惶惑着，失落着，空荡着，我就来到了幺幺新屋檐坎下。一如前文所言，我真正意义上的祖屋，亦即幺幺曾经居住的那几间土墙屋，早就被他们推倒，在坎下几十丈远的地方重建了新居。听说幺幺也跟着我表弟打工去了。我又喊："小幺！小幺!"寂静的房子不理会我。曾经熟悉不过的山水不理会我。那里的天空不理会我。

就这样，我未在祖屋喝上一杯热茶甚至一瓢凉水，就又心急火燎地回到了中山这座城市。

二十多年来，家中的变化也颇具颠覆性甚至戏剧性。我们四兄弟先后成家立业。大哥在清江边我姑父家做了上门女婿，老三将原来分给他的石墙厢房推倒，在一步之遥的岳父家门口建了新屋，老幺不断在祖屋上推陈出新，直至最后还是贱卖给了别人，也在清江边上重建了新居。包括我在内的四兄弟，尽管性格各异，享受的教育也不同，我们却有一个非常默契的理念，那就是远离甚至不惜抛弃祖屋，寻找更为广阔的天地和舞台。在我看来，他们的种种方式都有着置之死地而后生的逻辑。我与他们唯一的区别，也仅仅是走得更远，而他们从不曾走出过清江的视线。这，也许就是距离决定着乡愁的同时，也决定着我们精神的最后归宿。网络或许在某种程度上为距离做了一些必需的缓冲，但要真正缓解，一如诗人乔木所言，就得在老房子里住上几天。现在，我去哪里住？哪里才是我真正意义上的老家。我可以随时回到那片地理意义上的故土，却早已丢失了那块真正属于安放自己灵魂的处所。

我的心就像被掏空了的软弱无力的棉絮，整个骨架也难以支撑起我全身的赘肉。当下与我有着同样身份和境遇的人，又何止千万？我在慨叹灵魂游荡的同时，同样也在为相似境遇的同辈人而忧郁：他们的祖屋也还在吗？我们这一代人所共有的境遇，是否就是罩在我们头上的宿命，或者套在我们精神上永远的枷锁？